_____ 님께 드립니다.

작가 **고 선 자**

깊은 침묵

깊은 침묵

고선자 소설집

현대소설사

작 | 가 | 의 | 말

　오랜 시간 무엇으로도 채워지지 않는 내면의 혼란이 컸던 시기가 있었습니다. 번민과 초조함이 자라 좀처럼 자리를 비켜주지 않았습니다. 그로 인해 하루가 멀게 되풀이되는 갈등과 반목, 그 뒤에 밀려온 후회는 잠시일 뿐 다시 원점으로 되돌아가는 악순환의 늪에 빠져 지쳐갔습니다. 나락으로 곤두박질친 삶은 어느새 변방으로 밀려나 초라한 기슭에 나앉아 있었습니다. 그렇게 살아가야만 하는 삶이라면, 차라리 포기하고 싶은 순간도 많았습니다. 하지만 살아내고 싶었습니다. 단지 목숨만을 부지하는 무의미한 생명 연장이 아니라, 내 존재의 숨결로 진정한 나를 되찾고 인간답게 살고 싶다는 절박한 갈망이었습니다.
　어렵사리 찾아낸 탈출구로 시작에 입문해 시를 쓰면서도 나의 우울은 사라지지 않았습니다. 이름 붙일 수 없는 증상은 고질적인 아픔이었고, 불치병처럼 느껴졌습니다. 그때 깨달았습니다. 내 안을 휘감은 이 어둠이 단순한 우울감이란 이름만으로 치부할 수 없는 깊고 오래된 애증의 실체였음을. 애서 외면하고 회피하는데 급급했던 그것과 정면으로 마주하기 위해 나는 소설이라는 언어를 선택했습니다. 시로는 다 풀어내지 못한 이야기들, 말 줄임표와 쉼표 사이로 안타깝게 흘려보내야 했던 감정들을 비로소 산문의 뼈대에 서사의 살을 붙여 엮어내기 시작했습니다.

  소설을 쓰는 시간은 나를 되찾아가는 고요한 여정이었습니다. 소설 속 주인공의 입을 빌려 내 안에 쌓여가던 감정들을 쏟아낼 수 있었습니다. 분노와 자격지심, 상처와 집착까지 문장으로 흘려보내고 나니 거짓말처럼 치유가 시작되었습니다. 글 속 타인의 삶을 빌린 대리 경험은 어느새 나를 낫게 하는 처방이 되었고, 오랜 시간 곪아있던 상처에 새살이 돋았습니다. 그 길에서 나는 인내를 배웠고, 삶의 아름다움을 새삼 깨달았습니다. 이제는 세상을 좀 더 사려 깊게 바라볼 마음의 키가 자라 있음을 느낍니다. 내 앞에 놓인 그 무엇이든, 더 깊이 이해하려 애쓰고, 먼저 손 내밀며, 심지어 미움까지도 보듬어 안을 수 있는 용기도 생겼습니다.

  짙은 안개비에 젖은 나목처럼 쓸쓸하고 위태로웠던 삶. 그러나 글을 쓰면서부터 생의 마른 가지에 조금씩 물이 올랐고, 그 끄트머리에서 연둣빛 생명의 싹이 조심스레 얼굴을 내밀었습니다. 도망쳐 찾아간 곳에 낙원은 없다고 했지만, 뜻밖의 기적이 기다리고 있었습니다. 가슴 속에 별을 그리듯 막연히 꿈꾸던 신춘문예 당선이 현실로 이루어지던 날, 나는 처음으로 내 삶의 한 페이지가 빛나고 있음을 느꼈습니다. 산문이 내게 가르쳐준 화해와 타협, 그 따뜻한 삶의 방식에 고개 숙여 감사를 전합니다.

  이제 한 편 또 한 편 써 모은 단편들을 한데 묶어 세상에 내놓습니다. 아직도 한구석은 부끄럽고 걱정이 앞서는 게 솔직한 고백입니다. 그러나 이 책을 통해 내 안에서 자라나 숙주까지 갉아 먹던 원망과 불신, 미움과 증오라는 지독한 좀 벌레들을 몰아내고 싶습니다. 그리고 간절히 바랍니다. 이 책의 단 한 줄, 짧은 문장 하나라도 어딘가에서 상처받고 외로운 누군가에 작은 위로가 될 수 있기를. 그것만으로도 내 글이 세상에 나온 이유로 충분하기에 진정 기뻐할 수 있습니다.

  항상 한걸음 뒤에서 묵묵히 응원해준 가족과 친구들, 그리고 말없이 지지해준 모든 선후배 동료들에게도 깊이 머리 숙여 고마움을 표합니다. 그리고 사랑합니다.

                2025년 7월 햇살이 유난히 뜨겁고 투명한 날에
                                      고 선 자

차례

끊어진 매듭 __ 8

문패(門牌) __ 48

부음(訃音) __ 94

흑점(黑點) __ 130

흔들리는 땅 __ 172

깊은 침묵 __ 204

닭 잡는 여자 __ 244

해설 __ 287

고선자 소설집

끊어진 매듭

✻

 가슴에 응어리진 매듭은 풀어야 했다.
 종규는 아내에게 처가 방문을 반허락받고도 다녀올 명분을 찾으려 그녀 눈치를 살폈다. 그런데 드디어 계획을 실행에 옮길 절호의 기회가 왔다. 대학 동창의 아버지 팔순 잔치에 초대받았다는 아내 말이 더없이 반가웠다. 그녀가 집을 비운 동안 처가에 다녀오려고 마음 굳히자 설렘과 긴장감으로 가슴이 널뛰듯 했다.
 "종규 씨, 휴일인데 혼자 있게 해 미안! 반찬은 냉장고에서 꺼내기만 하면 돼. 자기 좋아하는 갈비찜도 해놨으니까 데워 먹어. 귀찮다며 배달 음식 시켜 먹지 말고. 알

앉지?"

경애가 마스카라 발라 치켜세운 속눈썹이 눈 밑 애굣살에 닿도록 생글생글 눈웃음치며 콧소리 섞어 아양 떨었다. 제 처지가 궁지에 몰리면 곧잘 하는 행동이었다. 기분이 금방 만든 인절미처럼 말캉말캉 누그러졌으니 어떤 말도 들어줄 확률이 높은 청신호였다. 이때다 싶었으나 속마음은 숨긴 채 텔레비전 화면에 시선을 두고 에두른 얘기를 꺼내 툭 던졌다.

"내 염려는 하지 마. 오늘 점심은 처가에 가서 씨암탉 잡아달라고 할 거니까."

순간, 꽁꽁 얼린 아귀처럼 입을 쩍 벌린 채 미동도 하잖는 경애가 어이없단 표정으로 종규를 노려봤다. 그녀 시선에서 싸한 냉기를 느낀 종규는 모른 척 시치미 떼고 딴청을 부렸다.

"알아서 해."

한동안 말 없던 경애는 무미건조한 대답을 짧게 남기고 쌩하니 밖으로 나갔다. 거칠게 여닫은 현관문 소리가 '가기만 해봐'라는 말로 해석되며 엄포처럼 종규 귀를 때렸다.

며칠 앞서 그는 자석에 이끌린 쇳조각처럼 칼퇴근해 곧장 집으로 달려왔다. 운전하는 내내 아내를 설득할 묘안을 짜내느라 미간에 깊게 잡힌 내 천자가 사라지지 않았다. 직장 동료가 늘어놓는 처가 자랑에 버럭 소리 질러 타박한 일도 되새김질하듯 곱씹었다. 괜한 질투심에 배알이 꼬여 참지 못하고 드러낸 얕은 속내가 그제야 부끄러웠다. 사실 결혼한 뒤부터 줄곧 장인 얘길 어떻게 물 흐르듯 자연스레 끄집어낼까 골몰했었다. 이제나저제나 기회를 엿봤으나 아내는 빈틈을 내주지 않았다. 딱히 이렇다 할 비책이 떠오르지 않아 골머리 썩이며 혼자 애태워 왔으나 그날만큼은 어떻게든 해결하고 싶었다.

저녁상 물린 종규가 힐금힐금 경애 눈치를 살폈다. 식탁 가득 차린 음식을 하나하나 맛보며 맛있다고 칭찬한 뒤끝인지 그녀 표정이 유난히 밝아 보였다. 분위기로 봐서 어떤 말도 수용할 낌새라 용기 내 은근슬쩍 처가 얘길 꺼냈다.

"경애야, 우리 결혼하고 장인 장모님 뵈러 당신 친정집에 한 번도 안 갔잖아."

"그게 뭐! 처가와 화장실은 멀수록 좋다는 말도 있잖아. 요즘 젊은 주부들 시댁은 나 몰라라 한 채 친정만 챙기는 여자가 얼마나 많은지 알긴 해? 자기는 오히려 다행으로 생각해."

 종규 말뜻을 눈치챈 그녀가 뒷말은 빤하다는 듯 일찌감치 끝맺음하려고 했다. 종규도 안다. 말싸움으로 경애를 이길 수 없단 걸. 하지만 이번만은 굽히지 않았다.

 "그것과는 다르지. 우리 신행도 안 갔잖아. 처가가 없는 것도 아니고……."

 내심 섭섭했던 속내를 내보이자, 경애가 정색하며 되물었다.

 "종규 씨, 그걸 아직 맘에 두고 있었던 거야? 그런 절차가 뭐 필요해. 다 겉치레지."

 "그건 겉치레가 아니라 자식 된 도리고 예의야. 더구나 부모, 자식이 연락까지 끊고 사는 건 어쨌든 옳지 않아."

 "됐어! 여태까지 내가 한 말 다 어디로 들은 거야? 자식 된 도리고 예의, 그런 건 받을만 한 자격이 있는 사람에게나 하는 거야."

결혼하며 집 주소와 전화번호까지 알리잖고 인연마저 끊다시피 한 경애 반응을 예상했지만, 그녀 고집은 완강했다. 종규는 움찔하고도 말 내놓은 참에 장인 태수에게 쌓인 아내의 앙금을 풀어 그녀 상처에 새살이 돋아나도록 돕고 싶었다.

"경애야, 난 말이야. 내가 세상에서 가장 사랑하는 아내를 낳아주신 부모님께 정말 감사해. 그런데 과거사 끌어안고 괴로워하는 널 지켜보기가 너무 안타까워……."

돌같이 굳은 아내 마음을 풀려고 시작했지만, 울컥한 건 오히려 종규였다. 새치름한 경애 앞에 한 무릎 다가앉아 두 손을 맞잡은 그가 타이르듯 차분히 말했다.

"너 아까 자격이라고 했니? 그래, 그 자격은 널 낳아 준 아버지 그 자체로 자격인 거야."

"낳기만 하면 뭐해! 아비 노릇 못 했으면 자격 미달 아니야? 내가 왜 아기를 안 낳겠다고 했게. 그 DNA를 고스란히 물려받은 몸으로 똑같이 무책임한 부모가 될까 싶어서야!"

경애는 종규가 당사자인 양 그에게 쌓인 울분을 쏟아

내다 파르르 떨며 끝내 참았던 울음보를 터뜨렸다.

"그래 울어. 울어서 네 가슴속 응어리가 풀린다면 실컷 울고 모두 지워버려. 그리고 인제 장인어른 받아들이자. 우린 배울 만큼 배운 사람들이잖아. 똑같이 맞서면 노인과 뭐가 달라. 젊은 우리가 져드리고 용서해야지."

"용서! 종규 씨 말 참 쉽게 하네. 잘못한 사람은 꿈쩍도 안 하는데 왜 내가 미안해하며 용서까지 해야 해?"

"어쩌겠어. 지금까진 그리 살았어도 남은 날 더 상처받지 않으려면 마음 바꿔야지. 이대로 살면 나중에 정말 크게 후회할 거야. 난 그런 널 보게 될까 봐 정말 두려워."

종규는 안타까운 마음에 경애를 품고 등을 토닥이며 진정시키려 애썼다. 어떻게든 자신을 설득하려는 남편 품에서 감정 추스른 경애가 한풀 꺾인 음성으로 담담히 말했다.

"사위 사랑은 장모라는데 그 사랑까지 못 받게 하는 건 내 이기심이겠지. 그렇게 가고 싶으면 종규 씨나 가. 대신 내게는 강요하지 마. 절대로!"

짐작조차 못 한 변화였다. 아버지라는 단어만 꺼내도

발끈해 '절대'란 말부터 앞세워 제 뜻을 강하게 표출하던 그녀였다. 하지만 아직 섣부른 판단 말라고 일침 놓듯 이번에도 절대라는 말만큼은 빼놓지 않았다.

종규가 아끼며 특별한 날에만 입던 양복으로 골라 입고 집을 나섰다. 아파트 정문 밖으로 사라지는 아내 뒷모습까지 꼼꼼히 확인한 뒤였다. 오래 바라온 처가 방문을 실행에 옮기는 터라 사뭇 설렜다. 하지만 무조건 좋은 결과를 만들자는 조급함이 마음 한쪽에 덩어리째 쌓여 근심 또한 만만찮게 그를 옥죄어 들었다.

*

경애의 엄마 순정은 날마다 이른 새벽 집을 나섰다. 그녀는 물목 가리잖고 그날그날 뗀 도매물건으로 이집 저집 행상을 다녔다. 언니 셋마저 학교에 가면 경애는 늘 혼자 남았다. 아침마다 제 엄마와 둘째 언니 경화를 따라가겠다며 울고 떼쓰던 아이는 언제부턴가 그 짓을 멈췄다. 그래 봤자 아무 소용이 없단 걸 스스로 깨달았기 때문이다.

아버지란 의미도 그랬다. 다른 집엔 있고 제 집에 없는 오빠나 할아버지, 혹은 옆집 영주가 자랑하는 금발 머리 인형처럼 있으면 좋고 없어도 그만인 그런 존재에 불과했다. 실체를 몰랐기에 그립기는커녕 제 집에는 왜 아버지가 없느냔 질문도 하잖았다. 그러나 매사 호기심 많은 경애는 몹시 궁금했고 자세히 알고 싶었다. 하지만 가족 누구도 아버지 얘기를 입 밖에 꺼내지 않아 해선 안 될 말이라고 되짚을 만큼 영특한 아이였다.

경애는 한글이나 아라비아 숫자보다 기다리는 법을 먼저 배웠다. 장사 나간 엄마와 등교한 경화를 눈 빠지라 애타게 기다렸다. 기다린 대상이 꼭 경화라고 말할 순 없었다. 하교해 돌아온 그녀 손에 들린 빵을 더 기다렸는지도 모를 일이었다. 경화는 늘 학교에서 무료로 나눠준 제 몫의 옥수수빵을 아꼈다가 집에 혼자 남은 막냇동생에게 가져다주곤 했었다.

무던히 더운 여름날, 마을 어귀 방앗간 마당에서 뛰어놀던 경애가 서럽게 울기 시작했다. 맨발에 신은 꽃고무신이 질컥질컥하게 밴 땀에 미끄러지며 찢어져 더는 못

신게 되었기 때문이었다. 며칠 앞서 제 엄마가 큰맘 먹고 사준 신발이라 안타깝고 속상했다. 뭐든 언니들에 물려받는 게 일상이던 아이가 제 몫으로 얻은 첫 번째 새 물건이라 설움이 더 컸다.

중천에 있던 해가 뉘엿뉘엿 넘어갈 무렵이면 들창문엔 석양빛이 물들어 불붙듯 벌겋게 달아올랐다. 경애에게 장사 나간 엄마가 돌아올 시간이 되었다고 알리는 알람 같은 거였다. 그러나 새 신발을 찢어먹은 아이는 엄마 불호령이 두려워 집에 들어갈 수 없었다. 경화가 건네줄 옥수수빵에 구미조차 당기잖았다. 해가 꼬빡 넘어가도 빨리 어두워지지 않는 여름밤이 그나마 다행이었다. 겁먹은 채 방앗간 모퉁이 쌓아둔 벼 가마니 틈에 숨어 숨죽여 우는데 제 이름을 부르며 찾아 나선 경화 목소리가 들렸다.

"경애야! 경애 어디 있니? 빨리 집에 가자."

반가운 마음에 벌떡 일어난 경애가 머뭇거리며 선뜻 나서지 못하고 다시 주저앉았다.

"경애, 너 어디 있는 거야? 얼른 안 나올래! 셋 셀 동안 안 나오면 맞는다. 하나, 둘."

자기를 찾는 사람이 경화뿐 아니고 첫째와 셋째 언니도 함께였다. 경애는 제 귀를 의심했다. 그 둘은 걸핏하면 막냇동생을 토끼몰이하듯 막무가내 몰아세웠었다.

"재수 없는 계집애! 너 태어나서 아버지가 우릴 버리고 집을 나간 거야. 재수라곤 일도 없는 너 때문이라고 알아?"

그렇듯 허구한 날 꼬집고 쥐어박으며 타박해 눈치 주기 일쑤였는데 직접 찾아 나선 게 믿기잖았다. 더구나 오늘은 행동거지까지 손바닥 뒤집듯 달라졌다. 세 자매는 막냇동생을 동네 우물가로 데려가 찬물 들이부어 꼬질꼬질하게 얼룩진 땀부터 마구잡이로 씻겼다. 경애는 영문도 모른 채 찬물 세례를 받아도 새 신발을 찢어먹은 죄로 할 말이 없었다. 온몸으로 번지는 차가움에 작은 몸뚱이를 와들와들 떨면서도 닥닥 맞부딪는 이빨을 앙다물고 참아냈다.

새파랗게 질려 경화 등에 업혀 도착한 집 안마당에는 웬일로 동네 여인들이 삼삼오오 모여 기웃거리고 있었다. 그들 옆에는 행상 차림인 순정이 소매 끝자락으로 눈물을 찍어내며 훌쩍이기까지 했다. 어린 맘에도 뭔가 미심쩍었다.

"아이고! 경애 왔네. 어서 옷부터 내놔봐요. 애물단지가 복덩이가 되는지……."

체신이 작달막하고 이목구비가 오종종해 미달로 불린 혼자된 앞집 여자는 제 집 일인 양 나서며 설레발쳤다. 경애의 젖은 몸에 마른 옷을 갈아입혀 매무새를 훑더니 머리카락까지 매만져 준 뒤 다짜고짜 안방에 밀어 넣으며 어둑한 곳에다 잔망스러운 말투로 얘길 던졌다.

"얘가 핏덩이 때 두고 간 그 막내딸이에요. 이름은 경애고요. 한 번 안아보시구려."

미달은 하지 않아도 될 말까지 거푸 덧붙이며 모여든 마을 사람들 눈살을 찌푸리게 했다.

"너 여태 아버지 얼굴도 모르지? 어서 들어가 인사부터 해라. 네 아버지다."

미달 손에 강제로 등 떠밀려 들어선 안방 아랫목에는 웬 낯선 남자가 앉아있었다. 미달이 아버지라고 말한 남자는 얼굴 반을 덮은 덥수룩한 수염 때문에 입 주위가 숯

끊어진 매듭 19

으로 발라놓은 듯 시커멓게 보였다.

'저 수염 속에 커다란 이가 숨어 있을 거야. 아이 징그러워.' 두 눈 질끈 감고 오만상 찌푸린 경애가 기억을 떠올리며 진저리쳤다. 이웃집 바짝 마른 박 영감이 양지에 앉아서 졸고 있을 때 분명히 보았다. 옥수수 털처럼 하얗고 긴 수염 가닥에 달라붙은 새까만 이가 소리 없이 기어 다니는 것을. 영감은 맨입에도 연신 합죽거렸고 그럴 때마다 수염 가닥을 타고 명치까지 기어 내려간 이가 그네놀이하듯 대롱대롱 매달려 앞뒤로 달랑거렸다.

엉겁결에 등 떠밀려 들어온 경애가 우두커니 앉은 남자와 눈이 마주쳤다. 커다란 덩치에 수염까지 덥수룩한 그가 무섭고 달갑잖았다. 푹 떨군 고개를 외로 꼬고 새치름히 눈 내리깐 경애에 무릎걸음 해 다가앉은 그가 다짜고짜 아이를 와락 끌어안았다. 경애의 조막만 한 얼굴에 털 수세미 같은 제 얼굴을 비벼대며 울먹이는 음성이 가늘게 떨렸다.

"네가 정말 경애라고? 몰라보게 많이 컸구나. 경애야 내가 아버지다. 아버지……."

남자 입에서 술내와 담배 냄새까지 뒤섞인 고약한 악취가 진동했다. 경애는 역한 냄새보다 양쪽 볼을 타고 턱 아래까지 감싼 수염 끝에 찔리는 따가움이 더 싫었다.

'앗 따가워! 그나저나 어떡하지. 털 속에 숨은 커다란 이가 전부 내게 옮을 텐데 아ㅡ.'

숨 참으며 얼굴 찡그린 채 남자 품에 안겼던 경애가 가느다란 두 팔로 그의 가슴을 힘겹게 밀어내곤 뒷걸음 해 살금살금 빠져나왔다. 다행히 남자는 아이를 붙잡지 않았다. 이때다 싶은 경애가 방문을 밀치자 궁금해서 안달 난 미달과 마을 여자들이 문살에 귀 들이밀고 엿듣다 화들짝 놀라 얼결에 뒤로 물러섰다. 이내 오지랖 넓은 미달이 경애 손목을 냅다 끌어당기더니 다그치며 경망스레 말했다.

"잠자코 방에 들어가 네 아버지하고 있어. 재롱부리며 눈앞에 알씬거려서라도 다신 못 가게 꽉 붙잡아야 할 거 아냐! 어휴ㅡ. 철딱서니 하곤······."

그랬다. 그 남자를 눌러앉게 해야 할 임무가 경애 몫이었다. 그 역할을 시키기 위해 언니들은 저를 찾아 나섰고 알뜰히 씻기며 전에 없이 친절했단 걸 아이는 그제야 알아차렸다.

수염 많은 남자가 있는 불편한 공간에 다시 갇힌 경애는 그조차 새 신발을 찢어먹은 벌이라 여기고 방 밖으로 나가기를 포기했다. 돌이켜 생각해도 진저리나게 싫은 그 역겨운 입 냄새와 가시덤불처럼 따갑게 찌르던 수염. 악몽과 같았던 그때 일이 경애 기억에 각인 되어 지워지지 않고 이따금 꿈에서조차 나타나 소름 돋게 하는 아버지의 첫인상이었다.

다음 날, 아버지라던 남자가 혼자 남은 경애에게 다시 오겠다는 말 대신 잘 있으란 인사를 남기고 홀연히 떠나버렸다. 순정은 아무것도 모른 채 여느 때처럼 새벽에 나가 행상하고 저녁 무렵 돌아왔다. 남자를 위해 차려놓았던 밥상만 덩그러니 남은 텅 빈 방을 들여다본 그녀가 더는 아무 말 없었다. 학교에서 돌아온 세 딸도 궁금증 가득한 눈빛으로 제 엄마 눈치만 살필 뿐 남자에 관한 얘기는 단 한마디도 묻지 않았다.

경애는 한동안 엄마와 세 언니의 눈을 똑바로 바라보

지 못했다. 눈 맞추는 순간 뒤도 돌아보지 않고 동구 밖으로 사라지던 남자 얘기를 종주먹 들이대며 물을 것만 같아서였다. 떠날 채비하는 남자 앞을 가로막으며 가지 말라고 붙잡지 않은 게 제 잘못인 양 불안했다. 실은 미리 빠져나와 땡볕 내리꽂힌 토담 아래서 사금파리로 소꿉놀이하는 척하며 남자 동태를 살폈었다. 혹시 또 부둥켜안고 따가운 수염을 비벼대면 어쩌나 싶은 두려움도 있었다.

며칠 뒤, 순정은 체념한 듯 다정히 말했고 엷은 미소나마 되찾았다. 경애도 평소처럼 엄마와 경화를 기다리는 무료한 일상에 다시 갇혀 지냈다. 손에 쥔 장난감이 변변찮은 아이의 놀이 대부분 저지레였다. 경애가 텃밭에 들어 하릴없이 도라지꽃 망울을 터뜨리고 있었다. 엄마 젖꼭지를 쥘 때처럼 포만감 주는 봉긋이 부푼 꽃망울을 잡아 꼭 누르면 어김없이 폭폭 터지는 소리가 신기하고 재밌었다.

"꽃망울 일부러 터뜨리면 씨가 맺지 않으니 괜히 만져서는 안 돼. 착한 우리 경애 알았지? 언니들 올 때까지 밥 챙겨 먹고 집 잘 보고 있으렴."

 집에 홀로 남겨질 어린 경애를 애잔한 눈빛으로 바라보며 어르고 달래는 순정의 속내는 연해 타들었다. 하지만 신신당부하며 조곤조곤 알려준 엄마 말은 아랑곳없이 어느 틈에 까맣게 잊혔다. 경화가 직접 그려 오려준 종이 인형은 가느다란 목 부분이 뒤로 접혀 인형 놀이마저 심드렁했다. 엄마가 장삿길 나서며 쥐여 준 미역귀는 이미 다 뜯어 먹어 줄기까지 물러졌다. 짭짤한 소금기가 빠져야 느껴지던 달착지근한 맛조차 사라지자, 경애는 부엌으로 들어갔다. 대소쿠리로 덮어 부뚜막에 올려놓은 꽁보리밥 앞이었다. 고사리 같은 손으로 능숙하게 밥을 덜고 고추장 넣어 비비는 손놀림이 한두 번 해본 솜씨가 아닌 듯했다. 찬이라야 냉수 한 대접을 떠 놓은 게 전부였다. 부뚜막에 올라앉은 경애가 벌겋게 비빈 보리밥을 담뿍담뿍 퍼 입안 가득 넣고 몇 번 씹지도 않아 꿀꺽 삼키곤 했다. 밥 한 숟가락에 반찬 먹듯 냉수 한 모금을 번갈아 들이킨 입 주위가 발그레 달아오르고 콧등에는 땀방울이 송골송골 맺혔다. 입속 매운 기를 잠재우려 혀를 길게 내밀고 손바람 일으키느라 정신없던 아이는 봉당에 들어와 우뚝 선 남자를 미처 보지 못했다.

*

내리 낳은 딸 셋을 애지중지 키우면서도 태수는 대놓고 아들을 바랐다. 마침맞게 임신한 순정의 뱃속 아기를 막내로 단정 짓고 아들을 기대했으나 또 딸이었다. 실망한 그는 자배기에 담가놓은 미역을 발로 차 엎어버리고 뛰쳐나가 사흘 밤낮 술만 들이부었다. 끝내, 출산하고 몸도 추스르지 못한 아내와 딸 넷을 버려둔 채 아예 그 길로 집을 나가버렸다. 부초처럼 정처 없이 떠돌던 그가 정착한 곳은 수원이었다.

허우대 멀쩡한 태수에게 한복 지으며 생계를 잇던 청상과부 영자는 살가웠다. 행상으로 찌들어 늘 꾀죄죄한 아내와 달리 한복 곱게 차려입은 영자의 단아한 모습에 반한 그는 죄의식을 느낄 틈이 없었다. 둘은 오래되지 않아 살림을 차렸고 태수가 그리 원하던 아들도 낳았다. 벙

굿벙굿 웃던 아기가 걸음마를 하고 자신을 아버지라 부르며 커가는 아들 모습에 고향의 가족은 기억에서 하얗게 지워졌다. 돈 잘 버는 영자 덕에 한량처럼 사는 꿈같은 날은 마냥 즐겁고 행복했다. 영원할 것 같던 그 행복은 다섯 살 된 아들을 사고로 잃은 뒤 서서히 금가 감당할 수 없게 틈이 벌어졌다.

 술타령으로 세월을 보내는 태수에게 술이 슬픔까지 잊게 할 명약은 아니었다. 취하면 취할수록 불현듯 떠오르는 고향 가족이 그리웠다. '또 딸'이라는 전언만으로 강보에 싸인 핏덩이마저 외면한 일이 알량한 제 양심을 쥐흔들었다. 부질없는 선택으로 부평초처럼 살아온 삶을 후회하기에 이른 그는 먼발치에서나마 한 번만이라도 봐야겠단 열망이 속내에 가득 차올랐다. 몇 번을 망설이다가 찾아간 날 처음 본 경애 모습이 눈에 밟히고 아른거려 하루도 마음 편할 날 없었다. 칠 년이 지나서야 만난 어린 것은 잔뜩 주눅 들어 있었지만, 눈매가 깊고 야무진 입모양이 꼭 자신과 닮아 있었다. 태수의 고민이 날로 깊어졌다. 이미 죽고 없는 아들의 환영에 사로잡혀 허송세월

하느니 딸일망정 자식 넷이 버젓한 고향 가족 곁으로 돌아가야 순리라 생각했다. 그러나 혼자 남게 될 수원의 아내 영자도 맘에 걸리기는 마찬가지였다. 그녀와 지낸 세월 동안 알알이 싹튼 정도 단칼에 자르기 아쉽고 안타까웠다. 하지만 영자와 합의는 예상보다 쉽고 빨랐다. 이미 돌아선 태수 마음을 돌이킬 수 없다고 여긴 그녀는 기구한 제 팔자를 한탄하면서도 붙잡지 않았다. 남자에겐 가족이 있었기 때문이었다. 다만 태수가 다시 돌아올 수 있도록 여지를 두었다.

"당신 마음 잘 알아요. 내 염려는 말아요. 언제든 다시 오고 싶을 때 오세요. 기다릴게요."

자식 잃은 심정이야 아비나 어미나 같으련만 태수는 제 슬픔만 앞섰다. 참담히 무너진 모정에 피고름 엉겨 옹이 박힌 아픔까진 헤아리지 않았다. 그는 아내와 딸 넷을 무책임하게 버려두고 뛰쳐나갈 때처럼 아들 잃은 영자를 홀로 남겨둔 채 선술집 단골손님 다녀가듯 가벼이 그녀 곁을 떠나왔다.

태수가 파란색 물방울무늬로 모양낸 하얀 나일론 원피

스를 사 들고 고향 집에 도착했다. 경애를 처음 보던 날, 목 부분이 늘어난 색 바랜 큰 옷을 입고 후줄근하기 이를 데 없어 내내 마음에 걸렸었다. 가족 누구보다 핏덩이 때 버린 아이가 목에 걸린 가시처럼 늘 양심을 아프게 찌르곤 했다. 화사한 원피스 한 벌로 자기 죗값을 대신할 수 없지만, 그렇게라도 속맘 드러내 기꺼이 다가가고 싶었다.

고향 집에 들어선 태수가 처음 마주한 광경은 부뚜막에 올라앉아 고추장에 비빈 꽁보리밥을 먹는 경애 모습이었다. 자신이 몰라라 외면했던 세월 동안 힘겹게 살아온 아내와 네 딸 형편이 얼마만큼 곤궁했을지 한눈에 그려졌다.

"경애야! 아버지 왔다. 왜 이제 밥을 먹는 거야?"

태연한 척 말했지만, 안쓰러움을 다잡지 못한 목소리가 칼에 베인 듯 아린 목구멍을 제대로 넘지 못했다. 어른이 먹기에도 매울법한 고추장에 비빈 꽁보리밥을 먹으며 땀으로 범벅된 경애를 보고 울컥한 그가 아이를 번쩍 들어 안았다. 겁에 질린 경애는 그를 경계하며 작은 몸을 고슴도치처럼 말아 잔뜩 움츠렸다. 태수가 두려움에 떠는 경애의 작은 볼에 얼굴 들이대 비비며 마음속 깊이 제 잘못을 책망했다.

"아아―. 싫어!"

날카롭게 소리 지른 경애가 태수 얼굴을 강하게 밀어냈다. 이내 발버둥 쳐 그의 품에서 빠져나온 아이는 대문 밖으로 뛰쳐나갔다. 태수를 피해 토담 밑에 웅크리고 앉아 우는 경애가 이물질 털어내듯 연신 제 볼을 닦고 문질러댔다. 남자 입에선 지난번처럼 술내와 담배 냄새는 나지 않았다. 덥수룩한 수염도 없었다. 하지만 푸르스름한 수염자리가 얼굴을 따갑게 찌르고 쓰리도록 할퀴어 견디기 힘들었다. 혹시 태수가 뒤따라올까 봐 두려운 경애는 커다란 함지박을 인 엄마 모습이 한눈에 내려다뵈는 뒷산 언덕배기로 달음박질해 올라갔다.

한참 만에 어둑한 들판을 가로질러 오는 순정의 모습이 보이자, 아이가 목청껏 소리쳐 엄마를 부르며 쏜살같이 언덕 아래로 뛰어 내려갔다. 경애는 반가운 엄마를 보고 왜 눈물이 나는지 알 수 없었다. 집에 태수가 와 있다며 울먹이는 막내딸 얘기에 순정은 아무런 대꾸도 하잖았다.

그날 저녁, 순정은 밥상만 들이고 뒷수쇄를 핑계로 부엌에서 나오지 않았다. 딸 넷은 처음으로 남자와 한 상에 앉아 밥을 먹었다. 태수 주발에는 하얀 쌀밥이 수북하게 담겨 있었다. 경애가 밥숟가락을 입에 문 채 언니들 밥그릇과 제 것을 번갈아 둘러봤다. 늘 먹던 꽁보리밥 그대로였다. 밥 먹을 때조차 깔깔 웃고 수다스럽던 계집아이 넷은 그날 저녁 밥상머리부터 서로 눈치만 살필 뿐 더는 말하거나 웃지 않았다. 그렇게 날마다 태수와 겸상해 밥 먹고 한집에서 잠자며 그를 아버지라 부르기 시작했다.

*

태수가 돌아온 뒤부터 경애의 하루는 예전과 달라졌다. 엄마가 장사 나가며 쥐어 주던 미역귀를 더는 먹지 않아도 됐다. 부뚜막에 올라앉아 혼자 먹던 밥도 반찬이 골고루 차려진 밥상에서 아버지와 함께 먹었다. 주인 없는 집에 들어가 맘대로 고물을 가져가는 넝마주이가 돌아다녀도 겁나지 않았다. 손에 갈고리 찬 사람들이 두어 명씩 무리지어 다니며 상이용사라는 말 앞세워 당당하게 돈이나 쌀을 요구해도 두려울 일 없었다. 하지만 술도가에서 마차가 오는 시간에 맞춰 가게로 내달려 막걸리를 받아 오는 일은 죽기보다 싫었다. 순정이 며칠에 한 번씩 밀린 외상값을 갚았지만, 주인에게 외상술을 받아 오려면 염치없고 부끄러워 얼굴도 못 든 채 모깃소리로 겨우 말했다.

"아줌마……. 아버지가 외상으로 막걸리 반 되만 달래요."

"또 외상이냐? 쯧쯧쯧―."

가게 주인은 혀를 차며 흘깃거려 눈치 줘도 빈 주전자로 그냥 돌려보내지는 않았다.

"물타기 전에 받아 와야지 그 여편네 꼼수가 여간 아니야."

늘 외상술을 받아 오라면서도 태수는 뻔뻔할 만큼 당당했다. 간혹 술도가 마차 도착할 시각에 맞추지 못하게 되면 그는 막걸리 맛을 신뢰하지 않았다.

"에이―. 싱거워! 이놈의 여편네 그새 물 탔구먼."

태수는 하루에 세 번, 끼니때마다 막걸리 반 되를 받아 오게 하곤 술맛 가려내는 감별사처럼 미각신경이 예민해졌다. 술맛을 보고 영 마땅찮은 표정으로 술잔까지 내려놓으면 심사가 제대로 꼬이는 날이었다. 경애는 그 불똥이 제게 튈까 조바심하면서도 맨정신인 아버지 대하기가 수월했다. 술이 거나해져 흥이 오르면 경애를 끌어안고 수염 난 얼굴로 따갑게 비비는 일이 잦았기 때문이다. 취기에 죽은 아들 얘기하며 울고불고할 때도 마찬가지였다.

"내가 경식이 그놈만 살아 있어도 딸년만 바글바글한 이 집구석에 다시 올 일 없었어!"

경애는 얼굴도 모른 채 세상 뜬 배다른 남동생 얘기는 정말 듣기 거북했다. 술에 취하면 태수가 첫 번째 내놓고 반복해서 읊어대는 군소리일 뿐이었다.

"경애 너만 아들이어도 내가 이러고 살지 않는다. 아들 없이 내가 무슨 재미로 일해!"

다음 차례로 영락없이 나오는 말도 경애는 듣기 싫었다. 제 위로 언니가 셋이나 있는데 왜 자기가 딸로 태어난 것만 못마땅한지 이해할 수 없었다. 그 수수께끼 같은 의문은 철들기 시작한 무렵에 풀렸지만, 차라리 모른 채 살았더라면 더 나았을 거란 생각이 들었다.

경애 일상이 바뀐 것과 달리 순정과 딸 셋은 변함없었다. 남편이 돌아왔어도 순정은 여전히 새벽이면 장삿길에 나섰고 가장 역할을 놓지 못했다. 언니들도 그랬다. 아침에 등교하면 저녁나절이 돼야 돌아왔고 가능한 태수를 피해 밖으로만 나돌아 오히려 경애와 놀아주는 시간은 예전보다 줄어들었다. 아버지 없이 살 때는 자매끼리 잔 다툼이 있었으나 엄마가 든 회초리나 부릅뜬 눈길 한 번에 잠잠해졌다. 하지만 태수가 돌아온 뒤부터 하루 멀다고 술에 취해 벌이는 주사로 그가 잠들기를 기다리며 집 밖에서 애간장 졸이는 날이 허다했다. 게다가 장사하고 돌아온 엄마에게 밑도 끝도 없이 가해지는 아버지 매질이 반복됐다. 말리지도 못하고 울며 지켜보는 일은 차라리 경애가 대신 맞고 싶을 만큼 괴롭고 슬픈 일이었다.

하루 다르게 점점 폭군이 되어가는 태수가 이따금 며칠씩 집을 비웠다. 집 나서기에 앞서 늘 순정에게 손 벌려 돈을 타냈다. 때론 겁박에 못 이겨 수중의 돈까지 몽

땅 빼앗기고 목놓아 우는 엄마를 보아야 했다. 얼토당토 않은 말을 남기고 훌쩍 나간 그가 지내다 온 곳이 수원 영자의 집이란 건 떠도는 소문으로 알 수 있었다. 수원의 대규모 우시장을 드나들며 애꾸라 불리던 이웃 마을 소장수가 본 태수는 그곳에서도 늘 만취해 있더라고 했다.

차라리 아버지가 없으면 좋겠다고 생각하기 시작한 건 중학생이 되어 사춘기에 접어들 무렵이었다. 주정뱅이 아버지와 함께 있는 시간을 줄이기 위해 야간 자율학습이 없는 날에도 학교에서 미적거리다 돌아왔다. 학교에 남을 수 없는 사정으로 다른 날보다 두어 시간 일찍 집에 도착한 날이었다. 어스름한 저녁 무렵인 데도 집안은 불빛 하나 없이 괴괴했다. 아직 순정과 딸 셋은 돌아오지 않은 게 분명해 보였다. 굳게 닫힌 방문을 조심스레 열던 경애가 경악해 휘둥그레진 눈망울이 금방이라도 튀어나올 듯했다. 어두침침한 방안에서는 태수와 아랫집 미달이 방문 열린 줄도 모른 채 뱀 흘레하듯 뒤엉켜 나뒹굴고 있었다. 놀란 나머지 두 손으로 입 틀어막고 당황해하던 경애가 뒷걸음 해 물러나 허겁지겁 마을 산등성이로 도망쳐 올라갔다. 어느새 불편한 다리를 절며 걸어오는 순정의 모습이 보였다. 경애가 쏟아지는 눈물도 닦을 새 없이 제 엄마 앞을 다급하게 가로막았다.

"엄마. 지금 집에 가지 마!"

"응? 어서 가 저녁밥 해야지 늦었다. 아버지 시장하셔서 또 역정 내실라."

"글쎄 안 돼! 지금은 가지 말라고."

"어째 그러는 거야? 왜, 무슨 일 있었어?"

"엄마 내일부터 장사도 하지 마! 왜 엄마만 혼자 고생해야 하는데?"

"얘가 뜬금없이……. 안 벌면 너희 공부는 뭘로 하고 어찌 먹고살 건데?"

"아버지 있잖아! 아버진 판판이 놀고 엄마 장사하는 거 정말 싫어. 부끄럽고 창피하다고!"

"너, 엄마 장사하는 게 그렇게 부끄럽니?"

"엄마 장사하는 게 부끄러운 것이 아니라 나쁜 짓만 하는 아버지가 창피한 거라고!"

"아버지한테 그런 말 하면 못써! 그래도 아버지가 계셔서 든든하잖니."

"든든하긴 뭐가 든든해! 엄만 장사해 번 돈 다 뺏기고 두들겨 맞으면서도 아버지가 좋아?"

"고생스러워도 배 안 곯고 너희들 가르치면 됐지. 네 아버지 너무 뭐라 하지 마라. 그 양반 속도 속이 아닐 거야. 엄마는 내 딸들 아버지 없는 자식으로 키우지 않아서 좋다."

"엄마 바보야? 지금 아버지가 어쩌고 있는 줄이나 알고 그렇게 말하느냐 말이야."

벼락 치듯 퍼부으며 울부짖는 경애를 달래던 순정도 딸의 마지막 얘기에 입을 닫았다. 하지만 태수와 미달의 행실을 낱낱이 들은 뒤에도 두 사람 대하는 언행에 한 치 변함없었다.

미달은 태수가 돌아오자, 막걸리를 들고 와 술판을 벌이기 시작했다. 온갖 색다른 음식도 날라다 둥지 안 새끼 입에 모이 넣어주는 어미 새처럼 살뜰히 굴었다. 그렇지만 흉측한 꼴을 목격한 경애가 미달에 대놓고 벌레 취급하며 경멸하기에 이르렀다. 거기에 아무리 허기져 회가 동해도 그녀의 손 탄 음식은 아예 거들떠보지 않았다.

*

 고등학교 진학을 앞둔 경애는 들뜬 친구들처럼 마냥 즐겁지 않았다. 언니들은 태수의 반대로 고등학교에 진학하지 못한 채 일찌감치 돈벌이에 나섰다. 그 행태로 보아 자신도 그리될지 모른다는 불안감에 조바심쳐야 했다. 초조한 얼굴로 식음 전폐한 딸의 고민을 눈치챈 순정이 결기에 찬 음성으로 안심시켰다.
 "경애야 걱정하지 마라. 아버지한테 맞아 죽는 한이 있어도 너 고등학교는 내가 보내주마. 원하면 대학도 보내줄 테니 넌 그저 공부만 열심히 해."
 경애 집에 돈 버는 사람이 넷이나 되어도 형편은 나아지지 않았다. 순정과 세 딸이 버는 족족 관리한단 명분 앞세워 모조리 가로채 술로 탕진한 태수 때문이었다. 급기야 그의 횡포를 견디지 못한 첫째와 셋째 딸이 야반도주해 연락을 끊어버렸다. 경애에 살가웠던 둘째 경화는 경상도 어느 부잣집 보모로 보내져 얼굴조차 볼 수 없게 되었다. 세 언니가 그리운 만큼 아버지를 향한 경애의 원망은 하루 다르게 자라나 어느새 증오와 분노로 바뀌었다.

"난 아버지 같은 사람과는 절대 결혼 안 해! 엄마처럼 바보같이 살지도 않을 거고. 제대로 가르치지도 못할 거면서 넷씩이나 낳을 일이야! 야만인."

태수의 가출로 생활고와 맞닥뜨린 순정은 경애 출생신고는 생각할 겨를이 없었다. 뒤늦게 호적에 오른 경애가 아홉 살이 되어 또래 친구보다 일 년 늦게 입학했다. 학교에 들어가며 아버지에 대한 반감은 더욱 커졌다. 두 언니가 그토록 재수 없는 애라며 쥐어박고 구박했던 이유도 깨달았다. 자신의 출생이 축복받지 못했던 것은 어쩔 수 없었다. 가족을 무책임하게 버렸던 아버지 부재로 힘겹게 살아온 날들도 참을 수 있었다. 그러나 돌아와서조차 순정을 홀대하며 가장 노릇까지 떠안긴 채 제집에서 다른 여자를 품는 일은 무엇도 견줄 수 없는 배신이었다. 더구나 버려두었던 딸들을 객지로 뿔뿔이 흩어지게 한 무책임하고 비정한 아버지는 너무 원망스러워 도저히 용서할 수도, 받아들일 수도 없었다.

경애가 제 아버지를 괴롭히려는 계획을 세웠다. 비록 소심한 복수에 지나지 않아도 제 딴에는 엄청난 도전이었다. 태수가 보물처럼 아끼며 늘 윤기 나게 닦아 놓은 자전거가 첫 번째 목표물로 정해졌다. 기름칠한 자전거 바퀴에 단단히 바람을 넣을 때면 마을 언덕에선 기다리는 여인이 있었다. 그 사람은 미달이었다. 그녀를 태우고 동구 밖으로 사라지는 모습을 경애에게 몇 번 들킨 뒤부터였다. 자전거 바퀴가 칼집 나 있거나 안장이 뜯겨 있고 어느 땐 기름칠해 놓은 체인이 벗겨진 채 인분이 뿌려지기도 했다. 아끼는 자전거가 해코지당하는 일이 빈번해지자 태수의 관찰도 예리해졌다. 얼마 지나지 않아 모든 소행이 경애 짓이었다는 걸 알아낸 그가 딸의 머리채를 잡아 흔들고 뺨을 때리며 앙갚음했다.

"못된 것! 막내라 오냐오냐했더니 요런 맹랑한 짓을 해! 네 어미가 그리하라 시키던?"

"제가 한 일을 두고 왜 아무것도 모르는 엄마를 들먹이세요? 아버지는 세상에서 엄마가 제일 만만하시죠! 엄마에게 미안하지도 않으세요?"

 빌기는커녕 눈 똑바로 뜨고 말대꾸하는 딸을 보자 태수가 화를 걷잡지 못했다. 반미치광이처럼 휘두른 매질에 입술이 터져 피가 흐르고 눈두덩이 시퍼렇게 멍들어 수북하게 부어올랐다. 경애는 굽히지 않았다. 이미 어떤 체벌도 각오했던 터라 태수의 매 따위는 두렵지 않았다. 오히려 동네방네 회술레시키듯 그의 치부를 헤집고 까발려 큰 수치심을 느끼도록 하겠다는 각오로 더 거세게 도발했다. 태수의 실체를 알게 된 경애에게 아버지란 증오만 키운 대상이었다. 대학에 진학해 집 떠날 때까지 부녀간 갈등은 하루 멀다고 끝없이 이어졌다.

 경애의 대학 진학을 장담한 순정은 예순을 갓 넘겨 관절염으로 더는 장사할 수 없었다. 출산한 뒤 조리도 못한 채 임질로 생긴 무릎 통증을 진통제에 의존하다가 고질병 된 결과였다. 졸지에 순정이 들어앉게 되자 학비 끊긴 경애는 휴학과 복학을 되풀이하다 대학 입학 십 년 만에 겨우겨우 제힘으로 졸업할 수 있었다.

 직장인이 된 경애는 순정이 짊어졌던 가장의 짐을 통

째로 떠안았다. 경제력이 생기자, 태수에 가하는 수모와 겁박이 그의 젊은 날보다 더 치졸하고 가혹했다. 어느덧 삼십 중반을 넘어서까지 그녀 속내에는 여전히 태수를 향한 미움과 증오가 고스란히 남아있었다. 독신을 고집하다 종규의 끈질긴 구애로 늦깎이 결혼하면서 태수에 허락받지 않았고 남편감 선뵈는 자리조차 동석시키지 않았다. 결혼식 역시 요즘 젊은 세대가 선호하는 방식이라고 주장하며 고집한 신랑, 신부 동시 입장도 끝내 제 계획대로 관철했다.

*

세월은 인간이 가장 넘기 힘든 장애물이었다.

종규는 처가 동네에 들어서기에 앞서 식은땀부터 닦았다. 아내 입을 통해 들은 장인 성품으로 봐서 본인만 빼놓고 결혼식 올린 사위를 어떻게 대할지 상상만으로도 아찔했다. 하지만 어차피 자기가 직접 나서서 쓸모없이 엉킨 실타래 같은 부녀 사이의 매듭을 풀고자 한 각오였으니 어떤 대우도 달게 받겠다고 마음 다잡았다.

　종규가 순정과 처음 만나던 때를 복기하며 물어물어 찾아간 처가는 생각보다 초라하고 쓸쓸함이 감돌아 을씨년스럽기까지 했다. 번듯한 벽돌집들 사이에 납작하게 끼어있는 낡고 초라한 집은 홀로 과거의 시간 속에 갇혀 있는 듯 흑백사진처럼 보였다. 설렘보다 마음이 쓸쓸해 선뜻 들어갈 수 없었다. 헛기침 몇 번으로 불안 잠재운 그가 대문 앞까지 용기를 내 성큼성큼 다가갔다. 하지만 인기척이 느껴지지 않는 집 대문에 붙은 종잇장 문구를 보고 당황해 낯빛이 하얘졌다. 말라죽은 짐승의 앙상한 갈빗대처럼 우툴두툴하게 나이테 드러난 빛바랜 나무 대문 중앙에 '喪中'이란 글씨가 선명했다. 터무니없이 벌어진 틈새로 집안이 훤히 들여다뵈는 대문에 어른 주먹만 한 통 주물 자물쇠도 매달려 있었다.

　누군가의 죽음이 분명한 터라 당황한 그는 허둥지둥 골목을 빠져나왔다. 엉겁결에 모퉁이 작은 구멍가게로 뛰어들어 주인부터 다급히 불러댔다. 가게 안 쪽방에서 졸고 있던 노파가 선잠 깬 눈으로 종규를 물끄러미 바라보았다. 세상 어디에도 바쁘거나 놀랄 일이 없는 양 무심한 표정이었다. 그는 휑한 눈을 한 노인에게 다짜고짜 요점부터 물었다.

"할머니! 강태수 어르신 댁에 어느 분이 돌아가셨나요?"

"아, 그 집? 어젯밤 바깥양반이 저녁 잘 잡숫고 자는 듯이 갔다오. 그 양반이 들어앉은 마나님 살뜰히 챙겼는데 인제 어쩔까 몰라. 막내딸 보고 싶다고 노랠 부르며 혹시라도 막내딸이 오려나 싶어 날마다 골목 끝에 나와 그리 눈 빠지라 기다리더니 얼굴도 못 보고……."

종규는 눈앞이 깜깜하고, 다리에 힘이 풀려 몸을 가누기 힘들었다. 전언에 따르면 경애가 결혼하고 얼마 지나지 않아 순정은 이따금 정신 줄을 놓치곤 했단다. 불편한 다리 때문에 서기는커녕 기어서 생활하던 그녀가 치매 증상을 보이자, 살림뿐 아니라 뒷바라지까지 태수 몫이었다고도 했다.

하나부터 열까지 의외의 말을 들은 종규는 혼란스러웠다. 우선 팔순 피로연장에 가 있는 경애에게 전화부터 걸었다.

"이제야 우리 엄마 마음 편히 살 수 있겠네."

다급한 나머지 앞뒤 없는 사망 소식에도 전화기 너머 경애 음성은 남 얘기하듯 담담했다. 무릇 여느 막내딸이라면 부음 전해 듣자마자 울며불며 한달음에 달려올 터. 시큰둥한 아내 반응에 종규가 불같이 화내며 전화를 끊어버렸다. 태수 시신이 안치된 장례식장 위치를 문자메시지에 담아 보내며 '당장 와'라는 명령조 다분한 세 글자도 잊지 않았다.

종규가 부리나케 장례식장에 도착해보니 분향소 안내판 고인 난에 장인 이름이 올라가 있었다. 상주 칸에 적힌 이름은 강경애, 제 아내뿐이었다. 상주 노릇 할 아들이 없다지만, 네 딸 가운데 막내딸이 상주라니. 그런 정황에 직면하고서야 늘 막내딸만 찾으며 기다렸다고 얘기한 가게 주인의 말이 어떤 의미인지 이해됐다.

경애는 늦은 밤이 되어서야 도착했으나 태수 영정에 분향하지 않았다. 딸만 둔 노인의 마지막 가는 길은 찾아오는 문상객이 드물어 한적하다 못해 적요하기까지 했다. 더구나 경애 부부 외에 다른 세 딸은 연락처를 몰라 아버지의 부음조차 알릴 수 없어 더 그랬다.

평소 눈물 많던 경애가 장례 기간 내내 독기 어린 표정으로 눈물 한 방울 흘리지 않았다. 그저 말없이 상주 역할, 꼭 그만큼만 해냈다. 순정은 앉은 채로 출상 일까지 분향소 앞을 지켰고 이따금 보였다던 치매 증상도 다행히 나타나지 않았다. 종규 부부가 순정의 거취 문제를 의논하자 그녀는 태수와 살던 집에 남기를 고집했다.

부부는 장례를 마치고 순정과 함께 태수가 떠난 빈집으로 돌아왔다. 방문 열자마자 맞은편 벽면에 사각모를 쓴 경애의 대학 졸업사진이 기다렸다는 듯 가장 먼저 세 사람을 반겼다. 허름하고 단출한 방안 살림과 어울리잖게 크고 화려한 사진이었다. 누가 봐도 눈에 가장 잘 띄는 곳에 모셔진 듯 돋보였다. 두 노인만 살던 낡은 집에는 손 봐야 할 곳이 허다했지만, 집안팎 구석구석 먼지 한 톨 없게 깔끔했다. 태수가 살림을 도맡아 했다던 구멍가게 주인 얘기를 떠올린 종규는 그가 순정을 얼마나 정성껏 돌보고 살뜰했을지 짐작할 수 있었다.

종규와 함께 태수 물건을 정리하던 경애 모습이 보이지 않았다. 버릴 옷가지를 들고나오던 그가 뒷마당 앵두나무 앞에 서 있는 아내를 발견했다. 뒤돌아선 그녀가 어깨를 들썩이며 북받치는 울음을 애써 억누르고 있었다. 아내 곁으로 다가가던 종규는 만월 품은 장독대가 정겨운 처가 뒤란 한쪽에서 조용히 걸음을 멈췄다. 경애가 뚫어지라 바라보는 커다란 앵두나무 아래 태수의 자전거가 보였다. 이제 더는 탈 수 없이 망가진 자전거가 시뻘건 녹물을 뒤집어쓰고 앞뒤 바퀴 모두 납작하게 찌그러진 채 속절없이 나자빠져 있었다. 시간이 지나면 다 해결된단 말은 현실을 회피하려는 막연한 방패막이일 뿐이었다.

 제 아버지 자전거 앞에서 온몸을 떨고 있는 경애가 손에 무언가를 꼭 움켜쥔 채 곧 쓰러질 듯 위태로워 보였다. 제 초등학교 입학할 때 태수 손으로 큼직하게 써준 '강경애'란 이름자가 흐릿해진 낡은 필통이었다. 인기척을 느낀 경애가 종규의 품에 와락 안겨 기어코 울음을 터뜨렸다. 한동안 목 놓아 울던 그녀는 메말라 쩍쩍 갈라진 목소리로 속맘을 열어 보였다.

"아—. 종규 씨 나 이제 어떡하지? 아버지 얼굴이 도무지 떠오르질 않아. 이젠 다신 볼 수 없는데……. 당신 말이 옳았어. 그때 그 얘길 좀 더 일찍 귀담아듣고 받아들였어야 했어……. 미안해! 미안해. 내가 정말 미안해."

경애가 허공에 거푸 쏟아낸 미안하단 말이 종규에 한 말인지 태수를 향한 것인지는 그녀만이 알고 있을 터. 부녀 사이를 가로막은 단단한 옹 매듭을 제 손으로 풀고 싶었던 종규는 깊은 상실감에 사로잡혔다. 경애도 감형 없는 종신형이 선고된 피의자처럼 때늦은 후회의 무게에 짓눌려 참담히 무너져 내렸다.

주인 잃은 참회의 말이 허공을 맴돌다 흩어진 장독대 옆으로 흰줄갈풀이 흐드러지게 피어 소담스러웠다. 소슬한 가을바람이 불어와 스칠 때마다 울부짖듯 서걱거리는 소리가 경애의 탄식을 단숨에 삼켜 버렸다. 뱀풀로도 불리는 그 야생초를 울안에 키우면 뱀이 들어오지 않는단 속설만 믿고 태수가 딸들을 위해 심어 지금껏 정성스레 가꾼 화초였다.

고선자 소설집

문패
(門牌)

✶

 양재골 계절은 성급한 남정네 걸음새처럼 다른 곳보다 한발 앞서 왔다. 눌러 앉아 미적거리는 겨울은 지루하게 길었다. 앞서 내린 눈 위로 거푸 내린 눈이 시루떡처럼 켜켜이 쌓여갔다. 눈은 며칠 새 언덕배기 좁은 틈새까지 파고들며 세상을 죄다 덮어버렸다. 어디가 길이고 도랑인지, 눈 속에 묻혀 경계가 불분명한 산과 들이 외려 숨통을 조이는 듯했다. 운신 폭이 좁아진 장흥댁은 절간처럼 괴괴한 집안에 갇혀 외로움에 휩싸였다.
 지혜가 종일 셈하며 놀던 십 원짜리 동전들이 됫박에 담긴 채 써늘한 윗목에 덩그러니 놓여 있었다. 십 원짜리로는 뽀로로 스티커도 꿈틀이 젤리도 살 수 없다며 뽀로통하던 표정이 눈앞에 어른거렸다. 스티커와 꿈틀이가 뭔지 몰라도 값어치 없단 말이었다. 어미 잃은 강아지처럼 꽁무니 졸졸 따르며 할머니, 할머니하고 부르던 목소리가 귀에 쟁쟁했다. 까르르 웃는 모습이 시도 때도 없이 눈에 밟혔다. 금방이라도 달려올 것 같은 아이가 눈 두는 곳곳에 머물다 흐릿한 눈망울로 안겨들었다. 곁에 있던 사람을 숱하게 떠나보냈는데도 늘 처음인 듯 헤어나기 힘겨웠다. 또다시 외톨이로 남겨진 그녀에게 지혜의 빈자리는 터무니없이 깊고 넓은 못으로 들어앉았다.

"오메, 정이 징그랍게 무선 거랑께. 참말로 보고 자파 환장허겄구만이라잉."

댓돌 위 털신에 발을 꿰며 쏟아낸 혼잣말이 냉기로 얼어붙었다. 야속함은 시간이 흐르며 무뎌지고 희미해졌지만, 옛일은 새록새록 또렷해져 그리움을 키웠다.

"엊저녁이 끝순네 영감 지삿날이었는디……. 나가 이라고 있을 게 아니랑께. 눈에 파묻혀 죽는 한이 있어도 가봐야 쓰겄구먼. 괄시허믄 까짓거 되루 와뿔믄 그만이랑께. 암만."

가래침 뱉은 우물도 절박하면 되찾는 게 인간의 속성이었다. 그녀는 십 원짜리 동전 꾸러미부터 단단히 챙겼다. 다급히 목도리를 동여매고 발목까지 빠지는 눈길을 지팡이에 의지해 마을로 향했다. 집을 나서며 남편의 문패에 대고 다녀오겠단 인사도 서둘러 마쳤다.

골짜기를 휘돌아온 칼바람을 마주 안고 걷기가 여간 고된 게 아니었다. 맞바람을 가르며 끝순네 집 앞에 이르러서야 후줄근히 땀 밴 등허리를 곧추세웠다. 반쯤 지그려 놓은 대문 앞에서 조심스레 집안 동정부터 살폈다. 민망했다. 그래도 가쁜 숨을 멈추고 끝순네를 불러 젖혔다. 인기척 없는 집안에선 겨울바람보다 더 매서운 한기만 감돌았다.

"오메, 그새 회관으로 내뺐는갑네. 썩을……."

그녀는 노루 꼬리만큼 남은 용기를 내 노인정으로 발길을 옮겼다.

"인자는 암만 뭐라 씨부렸싸도 나 죽었소 허고 있어불랑게."

마음 다잡고 찾아간 노인정은 아예 문이 굳게 잠겨있었다. 썩 내키지 않아도 내친김에 여수댁 집까지 찾아갔다. 그러나 그곳 역시 대문에 커다란 자물쇠를 걸어놓은 빈집이었다. 그 집에 얹혀 기거하던 말자네까지 보이잖는 뜻밖의 상황이 혼란스러운 한편 따돌림당한 성싶었다.

"오메, 점다 하늘로 솟았당가 땅으로 꺼졌당가. 대체 믄 일이당가요."

당장 눈감아도 이상할 것 없는 팔순 노인들이었다. 하지만 작정이나 한 듯 세 사람이 한꺼번에 집을 비운 일은 적잖이 수상쩍었다. 정체 모를 불안감이 엄습해 그녀를 옥좼다.

장흥에 살던 때는 건장한 남자들이 걸핏하면 풍랑으로 돌아오지 못했다. 과부들이 북적이는 갯마을에서 어머니도 남편을 바다에 빼앗기고 시신 없는 장례를 치렀다. 그런 그녀가 딸만은 뱃사람 아낙이 되지 말라며 등 떠밀어 평생 살아온 양재골이 처음으로 섬뜩하니 무섭고 두려웠다.

*

　장흥댁은 열여섯에 혼례를 치렀다. 스무 살이나 많은 미륵산 산지기 노총각과 부부의 연 맺고 양재골에서 칠십 년을 붙박이로 살았다. 마을 농지라야 층층이 다져놓고 하늘만 바라보는 천수답과 산비탈을 깎아 만든 자갈투성이 자드락밭뿐이었다. 그래도 이웃 간에 혈육처럼 끈끈한 정이 있어 인심은 야박하지 않았다. 그녀가 태어난 장흥에서 처음 왔을 때만 해도 십여 가구에 사는 주민들 머릿수가 적잖았다. 지금은 사람 사는 집보다 빈집 찾기가 더 수월해 조용하다 못해 을씨년스럽기까지 한 마을로 변했다. 다 삭아 내리고 뼈대만 남은 양철 대문에 녹슨 자물쇠만 덜렁 매달고 있는 만복이 살던 집. 떠나며 활짝 열어 놓았던 대문이 떨어져 나간 살구나무집이 곧 넘어갈 듯 삐딱하게 기울었다. 영호가 살던 집은 지난해 여름 쏟아진 폭우로 폭삭 주저앉았다. 야트막한 돌담 아래로 계절 따라 꽃피던 애자네 집은 진즉에 무너져 수북하게 뒤덮인 잡풀이 집터 흔적마저 감춰버렸다.

양재골은 6.25 전쟁 때도 피난은커녕 인민군 얼굴조차 구경 못 한 외진 산골이다. 눈뜨면 사방을 까마득히 둘러싼 산봉우리 위로 빤히 드러난 하늘이 가장 넓은 줄 알고 살았다. 그런 마을을 떠나며 누구 하나 빈말로도 다시 오겠단 인사는 하잖았다. 남아 있는 사람들 역시 자식들만은 하루빨리 도회지로 내보낼 시기만 톺았다. 사내아이 코밑이 거뭇해지고 팔뚝에 힘줄이 툭툭 불거지기 시작하면 부모들 마음은 다급해졌다. 처음 결단 내린 이가 여수댁이었다. 그 뒤로 마을 사람들 저마다 같은 속내로 앞다퉈 자식을 내보내기 시작했다. 양재골에 즐비한 빈 집은 그런저런 비슷한 연유로 아예 가족 모두 마을을 떠난 이들 터전이었다.

젊은 부부가 이사 오기 전까지 마을에서 유일한 남자는 이장밖에 없었다. 그마저 환갑 지난 지 서너 해를 넘기고도 젊은 축에 들었다. 그가 양재골을 떠나지 못한 데는 사연이 있었다. 태어나서 뇌성마비 증세로 말이 어눌하고 비대칭으로 뒤틀려 제멋대로 움직이는 팔다리 때문이었다. 그런 몸으로 외지에 나가느니 고향에서 죽겠다고 눌러앉아 같은 처지 처녀와 살림을 꾸렸다. 하지만 이장 내외도 외아들을 일찌감치 도회지로 내보내긴 마찬가지였다.

남겨진 안노인 넷은 매일 노인정에 모여 낮을 해소일했다. 요통 잦은 끝순네는 혼자 끙탕하다 파스를 가져와 말자네 손을 빌리곤 했다. 곧잘 엉뚱한 우스갯소리로 웃음보 터져 뱃살 잡게 했지만, 이내 신세타령하며 훌쩍거리는 일도 빼놓지 않았다.

말자네는 평생 더부살이로 잔뼈가 굵었다. 걸핏하면 늙어 저세상 갈 때까지 구정물에 손 담그는 팔잔 개도 안 물어 갈 거라며 자탄을 쏟아냈다. 그나마 여수댁 덕에 산다며 눈치껏 앞선 말을 얼버무렸지만, 여태껏 그녀 그늘에서 벗어나지 못한 제 처지를 한심스러워했다.

여수댁도 큰아들 집으로 갈 날만 손꼽아 기다리며 살았다. 국회의원 아들이 곧 데리러 올 거라며 간다는 말을 입에 달고 보낸 세월이 십 년은 족히 넘자 속앓이도 깊어졌다. 긴 기다림은 자동차 소리에 귀 기울이는 버릇을 갖게 했다. 어쩌다 마을 어귀로 들어선 외지 차가 되돌아갈 때면 차 꽁무니에 삿대질하며 욕지거리로 끓는 속을 풀어냈다.

그녀들은 저마다 가슴 한쪽에 애달픈 사연 하나씩 훈장처럼 지닌 채 살아온 날보다 죽을 날이 가까운 비슷한 처지였다. 장흥댁은 그런 그들에게조차 소외감을 느꼈다. 자격지심이 태반이었지만, 찾아갈 피붙이가 있는 것만으로 마냥 부러웠다.

*

양재골에도 노인정이 생겼다. 서울 지역구 국회의원인 여수댁 큰아들이 건축업 하는 동생을 앞세워서 지어준 마을 회관 한쪽에 딸린 방이다. 그때 여수댁 집도 얼렁뚱땅 번듯한 양옥으로 탈바꿈했다. 벽돌집 두 채는 뱁새 무리에 낀 황새처럼 눈에 확 띄었다. 그러나 비루먹은 개가 죽같이 낡고 헌 고만고만한 흙집이 전부인 풍경과 애당초 어울리지 않았다.

마을 회관 앞에 깃대봉 두 개가 깃발을 펄럭이며 문지

기처럼 서 있었다. 준공식 날 게양된 태극기와 새마을기는 사철 밤낮 걸려있던 터라 본디 제 색깔이 퇴색된 지 오래였다. 청기와 모양을 본뜬 플라스틱 지붕도 별반 다르지 않았다. 그나마 처마 밑 한가운데 '양재골 마을 회관'이라 새긴 현판과 출입문 옆에 걸린 노인정 세로 간판은 그럴싸했다. 마을 회관에서 회의가 열린 적은 단 한 번도 없었다. 여수댁 땅에 지어진 공공건물은 그녀 소유의 별채처럼 쓰였다. 열쇠까지 꽉 움켜쥐고 주인행세 했지만, 이장을 비롯해 마을 사람 아무도 문제 삼지 못했다.

큰물이 지면 속수무책 잠겨버리는 개울 위에 튼튼한 다리도 놓였다. 구불구불한 흙길을 시멘트로 덮어씌운 일까지 여수댁 두 아들이 주거니 받거니 한 공사였다. 그들은 발정 난 암캐 찾는 수캐처럼 이따금 불쑥 나타나 마을 곳곳에 찔끔찔끔 흔적을 남겼다. 그 덕에 기세등등한 그녀의 거드름은 이만저만 아니었다.

여수댁은 날 밝기 무섭게 말자네를 거느리고 노인정으로 향했다. 그 낌새만 보이면 끝순네가 여지없이 쪼르

달려왔다. 옹기종기 붙어있는 그녀들 집과 달리 장흥댁의 집은 마을 끄트머리 언덕배기에 있었다. 아무리 잰걸음에 와도 항상 꼴찌를 면하지 못했다. 언덕에선 마을 회관이 한눈에 훤히 내려다보였다. 하지만 산기슭과 논틀밭틀을 돌고 도는 거리가 오 리가 족히 되었다. 자갈투성이 언덕길을 기다시피 내려와 다리를 건너면 그나마 시멘트로 포장되어 수월했다. 그러나 도착할 때쯤에는 어김없이 점심 먹을 시간과 맞물렸다. 벗은 옷가지를 주물러 땟물이라도 빼놓고 오는 날에는 입맛 다실 것조차 남지 않을 때가 허다했다.

여수댁은 밥때가 되어 들어서는 장흥댁을 대놓고 눈치 주기 일쑤였다. 여수댁 집에 얹혀사는 처지에도 그녀 위세를 등에 업은 말자네가 덩달아 우쭐거렸다. 싫은 내색 역력한 그녀들 눈총에도 반기는 건 끝순네 뿐이었다. 매사 잔망스러운 염소웃음이 오히려 살가운 정을 느끼게 했다. 노인정에 모이면 뒤치다꺼리와 자질구레한 잔심부름은 늘 장흥댁 몫이었다. 눈치껏 알아서 한 일이었지만, 함께 어울리기 위해 그렇게라도 한몫하며 당당해지고 싶었다. 눈곱만한 자존심을 세우려면 차라리 납죽 엎드릴 때 더 꼿꼿해졌다. 그도 부족하다 싶을 땐 오두막에 걸린 문패를 떠올렸다. 자기 수호령과도 같은 남편의 문패만 생각하면 자신감이 생기고 없던 괴력도 솟았다.

*

 마지막 복달임하고 두 이레를 보냈어도 한낮 더위는 여전해 하루에 두 계절이 오가는 듯했다. 긴 가뭄에 뿌연 흙먼지를 뒤집어쓴 작물들이 처마 아래 걸린 시래기두름처럼 축 늘어져 헐떡거렸다. 음향이 제거된 정지화면같이 인적 뜸한 마을은 시간조차 멈춘 듯 적요했다.
 돌연 그 정적이 깨졌다. 쩌렁쩌렁한 고함과 앙칼지게 응수하는 언성이 뒤섞여 회관 앞 공터에 깃든 적막을 뒤흔들었다. 화투판에서 벌어진 두 노인의 다툼에 줄곧 방정맞게 깔깔거리던 끝순네 웃음소리마저 잦아들었다. 여느 때 같으면 그쯤에서 언쟁이 끝나곤 했다. 하지만 이번에는 달랐다. 평소 좀체 응대하지 않던 장흥댁이 악다구

니로 맞받아쳤기 때문이다.

　노인들 싸움은 그렇게 시작되었다. 몇 푼 안 되는 밑천이 떨어지자 끝순네가 벌렁 드러누우며 밉상을 떨었다. 치러야 할 오십 원을 달랑 삼십 원으로 때운 참이었다. 광 팔고 빠졌던 말자네도 슬금슬금 궁둥이를 밀며 물러앉았다. 화투판이 그렇게 흐지부지 끝나려나 싶었다. 그런데 여수댁이 웬일로 천 원짜리 한 장을 장흥댁 앞으로 투박스레 내밀며 토를 달았다. 동전 멀쩡히 놔두고 지폐를 내민 여수댁 속셈을 그녀는 훤히 꿰뚫고 있었다. 냉큼 집어 든 돈을 꼬깃꼬깃하게 접은 장흥댁이 고무줄 바지 안주머니에 깊숙이 찔러 넣었다. 꽁꽁 묶어둔 동전 꾸러미를 보란 듯이 화투 방석 위에 쫘르르 쏟아놓기까지 했다. 벌렁 누워 지켜보던 끝순네가 화들짝 놀라 벌떡 일어났다. 두 다리를 쭉 뻗쳤던 말자네도 휘둥그레진 눈으로 부리나케 바짝 다가앉았다.

　"하안나, 두울, 서이, 너이, 다아섯······."

　장흥댁이 십 원짜리 동전을 하나하나 세기 시작했다. 한참 만에 동전 열 개씩 아홉 무더기가 만들어졌다. 그

위에 나머지 오십 원을 보태 의기양양하게 여수댁 앞으로 쏙 밀어 건넸다. 수북한 동전 가운데 손때 묻어 검게 때 오른 돈으로만 고르고 골라낸 거였다.

"맞는가 틀리는가 세보드라고. 십 원두 빠지지 않을 것잉께. 암만!"

애초에 장흥댁 속내를 떠보려던 여수댁 얼굴이 벌겋게 달아올랐다. 젊은 아낙이라면 만삭으로 보일 만큼 부풀어 오른 배가 씩씩거릴 때마다 연신 꿈틀거렸다.

"오메, 참말 솔찮허네잉. 새 놈은 점다 꼼차불고 이딴 지지한 놈만 골라 내미는 심보 보소! 첨부터 받자 허는 게 아니었당께."

여수댁 말 끝나기 무섭게 말자네가 쏘아붙이며 거들고 나섰다.

"옴마! 으째 쓰잘떼기읎이 이딴걸 내밀어 사달을 벌인다요. 막판까정 꼭 받으야겠소?"

장흥댁을 채근하던 그녀가 여수댁을 다독인답시고 너스레를 떨었다. 얼마나 궁하면 그러겠느냐며 참으라는 말까지 덧붙였다.

문패(門牌)

"궁허긴 뭣이 궁혀? 두 손 쭉 뻗치고 있어도 나라에서 다 멕여 살리는디! 다달이 돈 주제, 병나믄 공짜로 고쳐주제. 못나 빠진 자슥 둔 이보다 낫은디."

 대화의 핵심이 엉뚱한 방향으로 흘렀다. 기초 생활 보장 수급자인 장흥댁 처지를 빗대며 여수댁이 빈정거렸다. 거기다 초년에 앞서간 그녀 남편과 아들 얘기까지 들먹여 묵은 상처를 헤집었다. 들추고 싶잖은 치부가 낱낱이 파헤쳐져 드러났다. 억장 무너뜨리는 모진 말이 장흥댁 감정에 독처럼 퍼졌다. 그녀는 가뜩이나 평생 부걱부걱 괴어 무시로 치밀던 울화를 오장육부 밖으로 끄집어 올렸다. 처져 짓무른 눈 부릅떠 여수댁을 쏘아보다 기어코 화투 방석을 뒤엎었다. 번갯불 일 듯 순식간이었다. 화투장과 쏟아놓은 동전이 뒤섞여 요란한 소리를 내며 방바닥 가득 흩어졌다. 다스리지 못한 부아가 기어이 울분으로 터지고 말았다.

 "우짜코롬 그란 말을 입에 올린당가? 즈그들 명이 고것이라 일찌거니 목심 놓친 것두 짠허고 가련헌디, 시방 나 가심팍을 쑤셔부러?"

당장에라도 멱살 틀어쥘 듯 팔 걷어붙인 그녀 앞을 끝순네가 가로막았다.

"아따! 뭣 헐라고 와설랑 오늘따라 으째 그란다요. 그만 허랑께요. 여서 이라지 말고 댁으로 싸게 가쇼잉."

"썩을! 이깐 데 안 오믄 그만이제. 또 오믄 나가 개 딸년이여. 죽어도 다신 안 올 거랑께."

그 와중에도 여수댁은 돌절구처럼 커다란 덩치와 어울리잖게 연신 깐족거렸다. 그 뒤로도 서로를 노려보며 저주에 가까운 심한 악담들이 오갔다. 막말 퍼부은 여수댁이 잠잠해지자 말자네가 흩어진 화투장과 동전을 쓸어모았다. 이리저리 눈치 보던 끝순네도 궁둥이를 쳐들고 엉거주춤한 채로 거들었다. 삽시에 싸한 냉기가 무겁게 내려앉았다. 가려낸 동전 한 닢 빠트리지 않고 묵묵히 챙긴 장흥댁이 자리를 털고 일어섰다. 돌아선 꼭뒤로 세 사람의 시선이 화살처럼 날아와 꽂혔다. 붙잡는 이는 아무도 없었다. 십 원짜리 화투 놀이는 매번 감정 상한 채로 끝을 내곤 했었다. 하지만 낙지처럼 뒤엉겨 드잡이 직전까지 간 이번 다툼은 전 재산을 건 노름판보다 더 살벌했다. 그날 이후 더는 노인정 안으로 발을 들이지 않았다.

*

 장흥댁 심사가 단단히 틀어져 있었다. 모로 누워 아랫목 벽에 대고 궁싯거리며 목울대로 밀어내는 혼잣말이 텁텁한 모주처럼 걸쭉했다.
 "나가 여든 하고도 여섯이여. 즈들보담 낫살 많은 날 매번 그라고 깐봐야! 나가 오만 꼴 허벌나게 겪음서 가심에 시커먼 숯뎅일 태산맨치 싸놓고도 눈 한번 끔뻑 안 한 년이여. 썩을 할망구 꼬락서닌 배알이 꼬여 더는 못 보것당께. 나가 푼수여? 허파에 바람 든 것도 아닌디 실실 웃어넘기는 것도 한두 번이제. 말자네 고것두 그려. 쓸개 빠진 할망구 같으니라고……. 절 싫으면 중이 떠나야제. 암만! 빌어먹을 회관일랑 다신 안 갈라네."
 그녀가 푸성귀에서 굴러떨어진 애벌레모양새로 돌돌 말고 누웠던 몸을 반대쪽으로 돌려 눕혔다. 이마부터 양 볼과 목까지 골 깊은 주름이 뒤덮어 말라비틀어진 감자

껍질같이 쪼글쪼글했다. 새된 소리로 자지러지게 기침할 때마다 바짝 구부린 등허리가 쭉 펴졌다가 다시 오므라들었다. 굽은 몸뚱이는 마치 쥘부채처럼 접고 펴기가 가능한 듯 보였다. 오만상 찌푸린 채 질끈 감은 눈두덩을 뒤덮은 주름이 움찔거릴 때마다 다짐도 이어졌다.

"지발 가자고 사정함서 잡아끌어도 인자 절대 안 간당게. 나가 안가면 화투판도 행편읎을 것이랑게. 즈들끼리 뉘 할망구가 광을 판다요. 킥킥―."

자기가 빠진 화투판을 상상하자 쌤통이란 생각이 들었다. 그녀는 괴상한 소리로 억지웃음까지 만들며 자기 행동을 정당한 쪽에 두려고 애썼다. 마주쳐야 소리 나는 손바닥처럼 다툼은 어느 한 사람 잘못이 아니었다. 그걸 빤히 알면서도 아직 이해와 화해를 떠올리지 못했다. 단단히 뭉친 오목가슴이 영 풀리지 않았다. 그동안 쌓인 서운함보다 가장 아픈 상처를 마구잡이로 헤집는 그들과 실없이 노닥거린 시간조차 아까웠다.

구무럭구무럭 몸을 일으킨 장흥댁이 깨끗하게 빨아 말린 헝겊쪼가리를 집어 들었다. 발걸음이 멈춘 곳은 싸리문 지지대에 걸린 남편의 문패 앞이었다. 일상 외로울 때 하던 버릇이 또 도졌다. 편백나무로 투박하게 만든 장방형 문패는 망인의 이름을 새긴 채 반세기 넘도록 그 자리를 지켰다. 아들이 살아있다면 그와 동갑내기인 나무 문패가 쓸어간 세월만큼이나 낡삭고 볼품 없었다. 끌로 깊이 파낸 글자에 입힌 먹물 흔적도 바래고 씻겨 희미했다. 하지만 남편의 이름자 새긴 문패가 거기 있다는 것만으로 의지하며 긴 세월 버텨낼 수 있었다. 그녀가 다소곳이 잡은 문패를 정성스레 닦아냈다. 오늘은 더 꼼꼼히 살피며 몇 번을 쓰다듬고 어루만졌다. 마치 남편의 젊은 날 펄떡펄떡 힘차게 뛰던 가슴을 쓸어내리듯 얼굴에 얕은 미소가 어렸다. 너른 가슴에 안겨 수줍게 올려다보던 남편 얼굴을 마주한 양 홍조 띤 어린 아내 표정이 되살아났다. 무시로 돋는 추억앓이가 여지없이 까마득한 과거로 이끌었다.

*

　미륵산 산지기 단칸 오두막에 문패가 걸렸다. 혼인하고 이태가 지나 초경 치른 장흥댁이 이내 배불러 남편 품에 아들을 안겨준 지 이레째 날이었다. 산실 밖에서 초조하게 순산을 바라던 사내 귓전에 아기 울음이 가 닿자 그는 벙싯거리며 평생소원 풀었다고 덩실덩실 춤까지 추었다. 그는 근엄한 표정으로 이제 온전한 어른이 되었다며 눈여겨 봐둔 편백나무를 베어다 깎고 제 이름자 '한명규'를 새겼다. 비록 삐뚤빼뚤한 글씨가 조악하기 짝없지만, 뿌듯하고 자랑스러웠다. 눈뜨면 움켜쥔 소맷자락으로 문패를 문지르고 후후 먼지를 불었다. 하루에도 몇 번씩 싸리문을 드나들 때마다 흐뭇하게 문패를 바라보았다. 평생 총각 딱지도 떼지 못하고 몽달귀신이 될 줄 알았다. 그런 판에 서른 중반이 넘어 새침하게 흘기는 눈길조차 고운 여인을 아내로 얻고 천하를 가진 듯한 기쁨으로 들떴다. 더해 자기를 쏙 빼닮은 아들까지 태어나자 남부러울 게 없었다.

그들 혼사는 산판에 드나들던 인부 주선으로 몇 다리 건너 성사되었다. 떠들썩한 혼례도 나누어 낀 가락지도 없었다. 달랑 작은 옷 보따리 하나 들고 따라나선 길이 열여섯 처녀가 여염집 아낙이 되며 장흥댁이란 이름까지 얻었다. 쥐면 바스러질 듯 가냘픈 새신부는 신랑을 맞이할 준비가 덜 된 어린 처녀 몸이었다. 집 떠나기 며칠 앞서 친정엄마가 귀띔해준 몇 가지로 단박에 성숙한 여인이 될 수 없었다. 먹잇감으로 잡혀 온 토끼처럼 겁에 질려 파들파들 떨기만 했다. 남편은 서두르거나 재촉하지 않았다. 아내가 완전한 어른이 될 때까지 기다리겠다고 약조한 다음 무던히 아끼며 지켜줬다. 꽃 같은 여인이 사는 집에 울타리는 있어야 한다며 온 산을 뒤져 베어온 싸릿대로 바자를 엮어 둘러쳤다. 장흥댁은 남편의 마음 씀이 고맙고 미더워 야무진 손끝으로 주부 몫을 알뜰히 챙겼다. 남편과 눈길 나누고 밥상머리 정이 쌓이며 몸과 마음은 하루하루 옹골차게 무르익었다.

남편은 해묵은 장송처럼 우직하기가 미련스러울 정도였다. 위토전 한 뼘 함부로 손대지 않았고 산등성이 몇

자락 일궈 잡곡 나부랭이를 갈아 마름할 줄도 몰랐다. 오로지 산 지키고 숲 가꾸며 산주인 묘지 살펴서 받는 가외 것에 탐내지 않았다. 하루 한때 게으름 없이 바지런 떨어도 살림 형편이 나아지지 않았다. 하지만 남편을 탓할 수 없었다. 대쪽같은 남편의 성정에 맞춰 주어진 여건에서 행복을 추구하려 했다. 듬직한 남편의 아낌없는 사랑과 그를 닮은 아들 키우는 일상은 더없이 만족스러웠다. 어느덧 은밀한 이불 속 정까지 깊어져 내외간의 참 행복에도 눈떴다. 남편은 떠나온 고향과 거기 남겨둔 친정 엄마조차 잊힐 만큼 정을 쏟아부었다. 그러나 넘치지 않고 부족함 없는 평탄한 시간은 길지 않았다. 말벌집을 건드린 대가로 두 목숨을 한날 한시에 바쳐 치른 값은 터무니없었다. 냉혹하게 거둬간 건 두 생명만이 아니었다. 그녀가 누리던 행복마저 송두리째 앗아갔다. 자기가 일찍 떠날 걸 알기라도 한 듯, 남편이 한꺼번에 퍼준 온갖 사랑도 순식간 사라졌다.

  넋 놓고 보낸 몇 날 뒤 그녀가 문패를 닦기 시작했다. 남편이 죽던 날 식전까지 제 손으로 하던 일이었다. 멀쩡한 문패를 일없이 툭 건드려보곤 히죽거리며 혼잣말하던 모습이 또렷이 떠올랐다. 장흥댁은 생전의 남편을 대하듯 애틋한 눈길로 문패를 바라봤다. 저세상으로 가면서 함께 쌓은 정을 척 걸어놓고 간 문패였다. 그의 손길이 고스란히 남은 문패에서 남편 숨결이 느껴졌다. 음성이 들리고 표정이 묻어나고 체온이 감지되는 듯했다. 한명규 석 자 안에 '한'의 ㅎ이 호탕하게 웃을 때 짓던 눈웃음처럼 보였다. 금방이라도 여보―하고 자상하게 부를 것 같은 미음이 움직이듯 느껴졌다. 곧게 쭉 뻗은 튼실한 두 다리도 '규'자 안에 있었다. 난 자리의 휑한 만큼이나 서늘했던 빈 가슴이 가득 채워졌다. 문패만 바라봐도 혼자가 아니라 둘이 사는 느낌이 들었다. 큰 상실감에 땅속 깊이 꺼져 턱없이 움츠러들 때마다 자신감을 되찾았다. 형체는 사라져 존재하지 않아도 문패 안에 깃든 정신과 추억은 슬픔을 딛고 일어설 용기와 힘이 되었다. 집밖에 나설 양이면 눈앞의 남편에게 말하듯 '다녀오리다.'라고 인사를 건넸다. 집을 비워도 남편이 지키고 있다는 든든함에 안심했다. 외출해 돌아와서 다녀왔다고 알리는 인사말도 그러한 연유였다. 그녀에게 문패는 첫정의 증표였고 유일한 유산이자 남편 표상으로 자리매김했다. 그래서 자신이 평생 지키며 살뜰히 돌봐야 할 이유고 의미였다. 더는 혼자가 아니란 의지를 심어준 문패가 삶의 수문장이었다.

*

 노인정 초입 정자나무 아래에 장흥댁이 이틀째 나와 있었다. 금방이라도 일어설 것처럼 편히 올라앉지 못하고 겨우 한쪽 엉덩이만 걸친 채였다. 외떨어진 집에서 사흘을 틀어박혀 지내다가 좀이 쑤셔 나온 참이었다. 그러나 전처럼 선뜻 노인정 문을 밀고 들어갈 용기가 나잖았다. 다신 안 온다고 말뚝 박듯 대차게 질러놓은 닷새 전 말을 거둘 염치가 없었다. 우슬 줄기처럼 마디 불거진 뭉툭한 손으로 일없이 평상바닥을 문질러댔다. 나이테 드러낸 낡은 평상바닥이 영락없이 제짝 같았다. 연신 마을회관 출입문을 힐끗거리며 두리번대던 그녀가 언짢은 투로 구시렁거렸다.

"워따매! 으째 쥐새끼 한 마리 얼씬거리질 않는다냐."

누구든 등 떠밀어주면 은근슬쩍 노인정 안으로 들어갈 심산이었다. 하지만 다섯 가구가 전부인 산골 마을에서 사람 만나기가 쉽잖았다. 날만 새면 노인정에 모이는 세 노인을 빼면 이장 내외뿐이었다. 달포 전쯤 복희네가 버리고 간 집을 수리해 외지에서 이사 온 젊은 부부와 어린 딸이 있긴 했다. 그들은 이웃과 왕래조차 없어 텔레비전만 틀면 뉴스에 나오는 대통령 얼굴 보기보다 드물었다. 이장 내외는 밥 수저 놓기 바쁘게 논밭에 나가 해거름에나 들어오니 그녀 계획은 애초부터 불가능했다.

망부석처럼 앉아있는 장흥댁의 배꼽시계가 꼬르륵거리며 밥때를 알려왔다. 함께 어울려 먹던 때를 떠올리자 입 안 가득 군침이 돌았다. 못내 아쉬운 눈빛으로 노인정을 다시 돌아보며 들어갈까, 돌아갈까 갈등이 깊었다. 노인정 앞에 나오기까지 애써 다졌던 용기는 이미 포기로 바뀌었다. 결국, 주춤주춤 자리에서 일어나 평상 귀퉁이에 세워둔 지팡이를 집어 들었다. 천근만근 무거워진 발걸음에 허기까지 더했다. 납작한 뱃가죽과 맞붙은 등허리가 앞으로 힘없이 접혔다. 허리춤에 걸친 고무줄 바지는 덤불로 타고 올라 누렇게 익은 호박처럼 축 늘어져 흘러내렸다.

"썩을! 오살 나게 무겁네그랴. 쩝―."

집 나서기 전 머리를 쥐어짜 궁리 끝에 가져온 동전 꾸러미였다. 반짝거리는 새것으로만 골라 담은 십 원짜리 동전 천구백 원 무게가 자신을 더 초라하게 만들었다.

"망할 할망구들. 나가 헌것과 바꿔줄라고 혔는디……. 인자 되었구먼, 에이―."

남편과 아들을 황망히 떠나보내며 악에 받친 통곡 말곤 할 게 없었다. 황천길 노잣돈으로 관에 넣어줄 동전 한 닢도 지닌 게 없어 넣어주지 못했었다. 몇 번이나 놓았던 정신을 되찾으면서도 그조차 해주지 못하는 처지가 한스러웠다. 그 뒤부터 자신은 천덕꾸러기로 살아도 목숨값이자 이별 값처럼 여겨지는 십 원짜리 동전만큼은 귀히 여겼다. 그러나 화해를 위한 방법으로 유용하리라 믿고 악착같이 챙겨온 동전 꾸러미가 원수 같았다.

노인정에 발길 끊은 보름 남짓, 장흥댁의 무료함이 태산처럼 쌓였다. 텃밭에 뿌려둔 배추 씨앗에서 나부죽이 나온 떡잎 위로 자란 속잎이 제법 나풀거렸다. 텃밭이라야 담벼락을 병풍 삼아 서너 평 남짓 일궈 만든 안마당 끄트머리 자투리땅이었다. 그녀가 한자리에 무더기로 자란 갓난아기 손바닥만 한 푸성귀를 무딘 손끝으로 솎아냈다. 하지만 마음은 온통 노인정에 가 있어 몸이 굼뜨고 자꾸만 해찰했다.

"망헐 할망구들……. 으쩜 한 번 와보도 않는다요. 날랑 죽어 썩어 나도 모를 거랑께."

마을에서 우두머리 행세한 여수댁보다 조무래기처럼 살랑대는 끝순네와 말자네가 더 야속했다. 그러나 이내 머리를 가로저으며 뒤틀린 마음을 고쳐먹었다.

"허긴. 그 할망구들은 여수댁 눈치 보느라 오고자파도 못 오제. 참말 그럴 것이구먼. 암만."

그랬다. 그녀들은 누가 옳든 그르든 상관없이 무조건 여수댁 편에 서야 했다. 겉보긴 단순해도 그들 관계는 거미줄처럼 촘촘하게 얽혀있었다. 장흥댁은 자기 앞에 나서서 역성들어줄 사람이 아무도 없단 것을 알았다. 그러면서도 욱한 마음에 참지 못하고 내지른 화가 무리수였음은 꼭 일이 벌어진 뒤에야 되새겼다.

"늘 그라는 것을 암시롱. 나가 쪼까 참았으야 헸는디……. 이 지랄맞은 성질머리 죽으야 읎어지제."

불같이 화내며 화투 방석까지 뒤엎은 일을 되새길수록 후회가 밀려들었다. 처음 하루 이틀은 분하고 괘씸한 생각에 속을 끓였다. 사날은 뭐든 거리를 찾아 이런저런 궁리로 골몰했었다. 그러나 차일피일 망설이며 날짜만 흘려보내고 보니 모든 원인이 제 탓인 것만 같았다. 이내 움트던 용기가 뒷걸음쳐 아예 사라져 버렸다. 불현듯 이젠 햇수조차 가물가물한 그때, 아들과 한자리에서 죽어 나간 남편이 새삼 원망스러웠다.

"썩을-. 칠성이 눔만 살아있어두 이라고 고독시럽진 않을 꺼인디……. 으째 나만 여따 띠놓고 뭣이 급해 점다 저시상으로 일찌거니 내뺐당가요."

가족 잃은 서러움과 허전함이 새록새록 밀려들었다. 쥐고 있던 푸성귀를 밭고랑에 팽개친 장흥댁이 옷자락을 뒤집어 축축한 눈가를 꾹꾹 찍어냈다. 대놓고 업신여기는 여수댁 눈초리가 아무리 따가워도 그들 무리에 섞이면 텅 빈 가슴은 잠시 채울 수 있었다. 그녀가 어느새 문패 앞으로 사부작사부작 다가섰다.

*

 장흥댁이 고립된 생활을 자처한 지 한 달 남짓 됐다. 행동반경은 자기 집 울타리 앞이 고작이었다. 하루에도 몇 번씩 문패를 닦고 매만지는 일로 소일했다. 이따금 흙마루에 널어놓은 콩대에서 튕겨 나간 콩알 줍는 하루해가 홀로 산 세월만큼이나 길었다. 그런 그녀가 웬일로 집을 나섰다. 지팡이에 의지해 다른 한 손엔 낫자루를 움켜쥐었다. 산등성을 올라 향한 곳은 남편과 아들이 앞뒤로 묻혀있는 무덤가였다. 추석을 앞두고 잡풀로 뒤덮인 부자의 묘지를 벌초할 요량인 듯했다.

 올해도 묘지 주위에 어린 아까시나무가 무성하게 진을 쳤다. 자란 족족 쳐내도 그루터기는 해마다 기세 좋게 새

순을 올렸다. 별나게 웃자란 장록과 개똥쑥을 밟아 눕힌 자리에 풀썩 주저앉자 속절없는 넋두리가 쏟아져 나왔다.

"영감, 나 왔소. 오니라 욕봤다고 인사도 없는 게라우! 여그 이라고 누어 있응께 펀허고 좋소? 암만, 펀허고 좋컷제. 무심헌 양반."

혼자 묻고 대답하면서도 눈길은 한곳에 머물러 있었다. 산 아래 다랑논 밑으로 선을 그어 경계를 구분 짓듯 가로지른 개울 건너편 마을 회관이었다. 잠시 침묵하던 그녀가 앞서 읊조리던 때보다 높아진 목소리로 탄식을 늘어놨다.

"영감, 그라고 일찌거니 가뿔라믄 하나뿐인 자슥놈은 냉겨 두든가 여편네 살 궁리는 해놓고 갈 일이제. 어찌 이래 막막 강산에 날랑 혼자 덜렁 남겨놨는게라. 참말로······."

울적할 때면 무시로 찾아와 한바탕 꺽꺽대고 울던 때와 사뭇 달랐다. 마치 제 모습을 숨기려고 쓴 탈바가지처럼 굳은 표정이었다.

문패(門牌) 77

"나가 참말 서룹소. 징그랍게 고독시러 못 살것당께요. 저승사자 님네는 다덜 어데 갔는게라? 차라리 아무 날이라도 걍 자는 득이 콱 죽어버리믄 쓰겄는디……. 고것이 참말 나 맘대로 안 되니께……. 날랑 은제나 데려갈라요?"

다잡은 의지가 속수무책 무너졌다. 손등까지 점령한 검버섯 위로 애써 참았던 눈물방울이 쉼 없이 굴러떨어졌다. 그녀가 바짝 웅그려 앉았던 몸을 비틀어 무덤 쪽으로 돌아앉았다.

"나가 기억허는 영감은 안적도 마흔아홉 그대론디……. 이라고 쪼그랑 할망구 된 나가 낯설지라? 그라요. 죽지 못혀 산 무심헌 세월이 청춘까정 앗아가 인자 갈 날만 지둘린당께요."

우거진 풀숲에는 산모기 떼가 매섭게 달려들고 날벌레들이 윙윙거리며 아우성쳤다. 그녀의 굽은 키를 훌쩍 넘겨 자란 잡풀이 낫질에 사라지자 봉분 두 개가 선명하게 드러났다.

"영감, 인자 개운허겄소. 그라고 칠성아 이눔아! 부모

묏동을 자슥 눔이 깎아야제 늙은 어미가 아들눔 묏동 깎는기 될 일이다냐? 참말로 환장 허것땅께. 나가 죽어 불믄 으짜쓰까잉. 깝깝시런 노릇이랑게……."

묘지에 오기 전부터 마음먹었던 말은 따로 있었다. 몇 번을 주억거리던 그녀가 기어이 그 말을 털어내기 시작했다.

"힘에 부쳐 인자 이 짓도 더는 못헐란 갑소. 서운혀 말고 나 말 잘 들으시요잉. 나가 그때까정 살랑가 모르 것소만, 명년 한식에는 영감허고 칠성이눔 묏동일랑 싹 없애불라요. 여그서 영감 혼자 자슥놈 끼고 편히 누웠는 꼴 인자 그만 볼랑게 그리 아쇼잉. 칠성이 눔 뛰댕기던 산천에 훌훌 뿌려 줄랑게 자슥 손잡고 맘껏 담박질허란 말시. 알것지라잉!"

가슴에 품었던 말을 끝내기 무섭게 그녀가 자리를 박차고 일어섰다. 예전 같으면 뒤돌아보고 또 돌아보던 골짜기를 이번엔 단숨에 내려왔다. 잠든 남편과 어린 자식을 버리고 도망치는 아낙처럼 허둥대며 헛짚은 발에 내리 걸음이 꼬였다.

문패(門牌)

*

　한가위 만월이 하현으로 이울며 왼쪽 얼굴만 갸웃하게 내밀었다. 남쪽 하늘에 빛바랜 달이 기우뚱 걸린 즈음, 뒤꼍 감나무 우듬지로 날아든 까치가 요란스레 깍깍댔다.

　"식전에 깐치가 울믄 반가븐 손님이 온다는디······."

　장흥댁은 흔한 까치 소리조차 누군가 찾아올 징조인 양 반가웠다. 방문 앞까지 앉은걸음 해 문틈 사이로 빼꼼히 대문 밖을 살폈다. 갑자기 곤두박질한 기온 탓에 한기 머금은 바람이 먼저 문풍지를 비집고 차갑게 달려들 뿐이었다.

　"올 사람이 읎제······. 화투점이라도 한번 쳐봐야 쓰것당께."

　머리맡에 둘둘 말아놓았던 담요를 펼쳐 패를 놓자 솔과 비 넉 장이 딱 떨어졌다.

　"오메, 손님허고 소식이 떨어졌구마잉! 썩 괜찮은디······. 오긴 누가 올란갑네잉."

그녀의 말처럼 화투장이 뜻하는 의미대로라면 나쁘지 않은 일진이었다.

"끝순네가 올란가! 말자네……. 아녀, 오믄 이장이나 오것제. 암만."

순간순간 기대를 단념하는 헛헛한 속내가 새카맣게 타들었다. 이따금 각을 세워 아옹다옹하던 늙은이들이 떠올랐다. 잡념을 떨쳐내듯 굼뜬 몸을 일으켜 텃밭으로 나갔다. 서늘한 바람에도 하루 다르게 몸집 불린 김장배추 속이 제법 노랗게 차올랐다. 배추를 한 포기씩 묶고 있을 때 울타리 밖에서 인기척이 느껴졌다. 짐짓 모른 체하며 슬며시 뒤를 돌아봤지만, 사람의 그림자는 찾을 수 없었다. 허탈한 표정으로 다시 배추를 묶으려는데 낙엽 짓밟는 소리가 또 들렸다. 눈이 어두워도 듣기조차 못할 만큼 깜깜 절벽은 아니란 생각이었다.

"거그 누굴랑 왔소? 왔으면 들어올 일이제, 으째 그라고 숨어 있당가?"

그때, 싸리문 뒤에서 대여섯 살쯤 보이는 계집아이가 겁먹은 표정으로 얼굴만 빼꼼히 내밀었다. 혹시 끝순네라도 왔을까 하는 기대와 달리 낯선 어린애였다. 처음 본 얼굴이 언뜻 새로 이사 온 젊은 부부의 딸이라고 짐작됐다. 장흥댁은 목 빼 기다리던 사람 반기듯 오랜만에 볼웃음 가득한 얼굴로 내리 손을 까불렀다. 잠시 망설이던 계집아이가 천천히 울타리 안으로 발을 들여놓았다.

"아가, 어디서 왔능가?"

아이는 손에 든 토끼 인형만 만지작거릴 뿐 꼭 다문 입을 열지 않았다.

"쩌어기— 새로 이사 온 젊은 양반 딸인 갑네. 아가, 맞제?"

"나 아가 아니야! 아가 아니고 지혜란 말이야. 이지혜."

"오메오메, 그려. 지혜라고라. 그란디 여그까정 꽤 먼디……. 워째 혼자 왔능가?"

"……."

"몇 살이나 됐당가? 느그 나이 말여."

지혜가 토끼 인형을 겨드랑이에 끼운 채 왼손을 쫙 펴고 오른쪽 엄지손가락을 치켜들었다.

"여섯 살! 오메— 쪼깐헌 게 영특허구마잉. 그나저나

느그 엄니 아부진 널랑 여그 온 건 알고 있는게라?"

아이는 시무룩한 표정으로 말없이 고개를 가로저었다.

"그라믄 안 돼제. 엄니 아부지가 걱정 헌당께. 워따매! 으째 얼라를 이래 혼자 냅둔다요."

"엄마가 아파. 많이, 아주 많이……."

잔뜩 풀 죽어 내놓는 말에 외로움이 잔뜩 묻어났다. 젊은이가 얼마나 아프면 어린애 혼자 집 밖을 배회하는 것도 모를까 의아했다.

"그려, 아가! 아니제. 지혜야, 오늘은 느그 엄니 아부지가 걱정헌께로 얼른 집에 가고 낼 또 오니라잉! 낼랑은 아부지 엄니께 꼭 말허고잉 알았지라?"

지혜는 대답 대신 고개를 까딱이며 고분고분 집으로 향했다. 아이 뒷모습이 시야에서 벗어날 때까지 장흥댁은 눈길을 거두지 못했다. 기약한 만남에 가슴이 벅차올랐다. 설렘과 안쓰러움, 두 개의 감정선이 묘하게 얽혀 그녀 낯빛에 드리웠다.

아이는 약속을 잊지 않았다. 지혜가 오면서부터 장흥댁 일상이 예전과 완전히 바뀌었다. 멀거니 노인정을 바라보며 울타리 밖에서 서성이는 모습은 찾아볼 수 없었다. 쌓인 섭섭함을 혼잣말로 풀어내던 일도 더는 하지 않았다. 희뿌연 먼동에 문살이 뼈대를 드러내기 바쁘게 잠자리에서 벗어났다. 눈곱도 떼기 전 헝클어진 백발을 참빗질해 매무시부터 다듬었다. 귀한 손님맞이 하듯 아껴 둔 고구마와 알밤을 삶아 간식거리도 챙겼다. 누군가를 위해 먹거리를 준비하는 시간이 마냥 좋았다. 색다른 즐거움에 잊고 살았던 소소한 일상을 되찾으며 마음이 뿌듯해 고단함도 몰랐다.

아이가 노랑나비 날갯짓하듯 나풀나풀 날아든 지 한 달 남짓 되었다. 달음질해 오는 지혜를 고샅까지 마중 나가는 습관까지 생겼다. 날마다 가식 없이 쏟아내는 아이의 해맑은 웃음과 재롱이 그녀 삶의 활력소가 되었다. 처음 몇 날은 묻는 말에 고개를 까딱이거나 가로젓던 게 전부였다. 이젠 먼저 말하고 끊임없이 재잘재잘 질문을 던졌다.

"할머니, 저기 꼭대기에 있는 감은 왜 안 따?"

몰캉몰캉한 곶감을 한입 베어 문 지혜가 고개를 갸웃

거리며 그녀와 눈 맞추고 물었다.

"허리가 꼬부라져 못 따고 놔둔 거랑께. 그라고 저래 깐치밥을 냉기 놔야 새도 묵고 다람쥐도 묵음서 겨울을 나제."

"근데 할머니는 왜 혼자 살아? 심심하겠네. 난 엄마가 아파서 슬픈데……."

어린 것 입에서 나온 슬프단 말이 장흥댁 갈비뼈 밑을 아릿하게 후벼팠다. 그러나 가족의 죽음으로 홀로된 삶을 이해하기에 지혜는 어렸다. 그 모진 얘기는 해줄 수 없어도 에둘러 진심만은 솔직하게 털어놨다.

"낮에는 해가 뜨고 밤에는 달이 뜨고, 별도 있잖여. 따순 바람불믄 꽃피고 새우니께 그것보고 살제. 인자 이쁜 지혜까정 친구 허니께 참말 좋구먼."

"해님, 달님, 별님은 말도 못 하는데……."

"하늘만 올리다봐도 알 수 있당께. 곁에 있다가 갑재기 죽은 사람들이 큰 별 쪼깐헌 별이 되설랑 점다 거그서 내려다보고 있능 것잉게. 여서 을매나 보고 자퍼 허능가도 알것제."

"그럼 우리 엄마도 죽으면 별이 되는 거야?"

말간 눈망울로 진지하게 말하는 천진한 아이 질문이 당황스러웠으나 고개를 끄덕여 주었다. 토끼 인형을 한시도 놓지 못하는 지혜의 깊은 슬픔과 외로움이 고스란히 느껴졌다. 여섯 살 어린아이와 여든여섯 노인의 애달픔이 같은 모양새란 것도 알 수 있었다. 두 마음이 제각기 흐르다가 어느 강어귀에서 만나 함께 어우러지는 실개천처럼 서로 맞닿았다.

"이리 온―."

그녀는 솜병아리를 보듬듯 지혜를 가슴 깊숙이 끌어안았다. 작은 몸집에서 내뿜는 체온이 온전히 전해졌다. 어린아이에게서 받은 사람 온기, 남편과 아들을 잃고 살아온 세월 동안 까마득히 잊었던 따스함이었다. 할머니 냄새가 좋다고 품속으로 파고들며 종알거린 한마디에 콧등이 매웠다. 걸핏하면 냄새난다며 타박하던 세 늙은이에게 받은 설움이 봄눈 녹듯 단박에 녹아내렸다. 바짝 안겨 재잘거리던 지혜가 이내 쌔근거리며 곤히 잠들었다. 자기 존재감을 일깨워주는 사람 훈김이 좋아 잠든 아이를 내려놓지 못했다. 제 몸 하나 건사할 수 없는 엄마 품이 그리울 거란 생각 때문인지도 몰랐다.

애아버지가 찾아온 것은 그로부터 한 시간 뒤였다. 손에 꼽을 만큼 좀체 찾아오는 사람이 없던 집에 그의 방문도 처음이었다. 이사할 때 먼발치에서 한 번 슬쩍 본 게 전부였던 남자는 훤칠한 체구에 예의 바르고 점잖았다. 그러나 반듯한 이목구비를 갖춘 얼굴에 근심이 가득 얼룩져 있었다. 그는 지혜 때문에 폐가 많다며 정중히 예를 갖췄다.

"폐가 뭐다요! 요 어린 것 땀시 나가 요샌 시상 사는 맛이 난당께요."

환자 돌보느라 지혜까지 제대로 신경 못 썼는데 덕분이라고, 감사하단 인사까지 보탰다. 장흥댁이 안쓰러운 표정으로 끌끌 혀를 차며 어디가 얼마나 아프냐고 물었다. 아내의 병은 유방암이라고 했다. 수술은 절대 안 한다고 고집했던 그녀가 겨우 걸음마 시작한 아이를 생각해 한쪽 가슴을 떼어냈단다. 그런데 사 년 뒤 재발해 더는 손쓸 수 없게 악화했다고 말하며 깊은숨을 내쉬었다.

결국, 아내의 남은 날을 오롯이 함께하려고 휴직계까지 냈다며 멋쩍게 쓴웃음도 지었다. 그는 공기 좋고 한적한 곳을 찾다가 알음알음 알게 된 양재골에 오게 되었다며 엉거주춤 일어섰다. 아내가 진통제를 맞고 잠깐 잠든 사이 나왔는데 환자를 혼자 오래 둘 수 없다며 온 길을 서둘러 되밟아 갔다. 선잠 깬 딸을 업고 총총히 멀어지는 그를 장흥댁이 애처로운 눈길로 배웅했다.

매서운 미륵산 골바람을 타고 희끗희끗 날린 싸락눈이 기온을 급격하게 떨어뜨리며 함박눈으로 바뀌었다. 지혜의 발길이 뚝 끊긴 지 열흘 뒤, 아이 엄마가 고통스레 부여잡았던 목숨줄을 놓았다. 부녀가 다시 찾은 건 그로부터 일주일이 지나고서였다. 지혜는 여전히 토끼 인형을 끌어안고 있었다. 새 솔잎처럼 꺼칠한 수염 때문에 더 초췌해 뵈는 남자 얼굴에 생기라곤 찾을 수 없었다. 그가 떠나기 전에 인사하러 왔다는 말을 겨우겨우 꺼내놨다. 표정 없는 얼굴만큼 건조한 음성이 바짝 마른 장작개비처럼 쩍쩍 갈라졌다. 바투 앞서 제 엄마와 헤어짐을 경험한 아이가 이별 의미를 아는 듯 비죽배죽 울먹였다.

"울면 안 되제. 울지 말그라잉……. 서울 가서 이 할매가 그립걸랑 아니, 엄니가 보고 자플 땐 울지 말고 꼭 하늘을 보니라. 거그서 젤루 빤쩍이는 별이 엄니 별잉께. 지혜도 알제?"

애당초 예정된 이별이었다. 하지만 너무 일찍 찾아온 그 시간이 야속했다. 부녀는 쌓인 눈을 무겁게 인 채 휘어진 나뭇가지 아래로 총총히 사라졌다. 내리누르는 삶의 무게가 실팍하게 느껴졌다. 이웃들이 떠날 때처럼 그들도 다음을 기약하지 않았다. 장흥댁 역시 또 오라는 인사를 할 수 없었다. 새하얀 눈길에 선명하게 찍힌 두 사람의 발자국만 하염없이 바라볼 따름이었다. 그들 만남은 이별을 전재한 잠깐의 스침에 불과했다.

*

아랫마을 노인들을 만났다면 돌아갈 힘이 생겼을까. 장흥댁은 요란스레 두방망이질 치는 가슴과 달리 맥 풀린 다리로 되돌아갈 일이 아득했다. 그때 생각지 못한 음성이 들렸다.

"아―아따! 허―엄한 누운 길에 으―쩌언다고 여그―까정 내―애려―오셨는―게라?"

이장이었다. 지혜가 떠난 뒤 실로 오랜만에 듣는 사람 목소리였다.

"오메! 오메, 나가 이장을 봉께 죽은 우리 칠성이 늠이 살아온 것맨치 반갑당께. 그란디 여그 할망구들은 점다 워디 갔당가? 한 늙은이도 없구마잉."

이장은 이제 와 생뚱맞게 무슨 헛소리냐는 표정이었다. 머리를 흔들며 삐뚤어진 입으로 띄엄띄엄 말할 때마다 줄줄 새는 침을 뒤집힌 손등으로 훔치며 저간의 얘길 들려줬다. 지난 추석 이틀 앞서 차례 음식 만들던 말자네가 쓰러진 여수댁을 발견했단다.

"애― 앵앵 소오리 냄서 벼엉원―차가 오고 굉장―혀 었는디, 그 난리를 모올랐는―게라?"

"오메! 으짜쓰까잉, 글믄 국회의원 아들네가 데려갔는가?"

"처엄―엔 그렸―지라. 자―알난 아들―놈이 두울―이

나 되면 뭣— 헌다요! 소문 드을어—봉께 겨얼—국 요양원—으로 가았—드랑께요."

　장흥댁은 평생 나무이파릴 흔드는 바람결과 뿌연 달무리로 날씨를 가늠하고 살았다. 하지만 자기도 언제 닥칠지 예측 불가능한 일에 적잖이 충격을 받았다. 여수댁에게 '뱃구레가 쌍뎅이 밴 암소맨치 생겨 곱게 죽진 못 헐 것'이라고 했던 악담이 목구멍에 걸린 가시처럼 뜨끔뜨끔 찔러댔다. 말자네와 끝순네도 추석에 내려온 자식 따라가 진즉부터 빈집이었다는 말에 눈앞이 캄캄했다. 거기에 며칠 뒤면 그도 아들 집으로 간다고 할 땐 털컥 내려앉은 심장이 멎을 것 같았다.

　"오메, 오메, 날랑 깜깜이었당께. 인자 다 떠나불고 나만 남게되부렀꾸마잉……."

　그러잖아도 걱정된 이장이 추운 겨울만은 노인정에서 지내게 하려고 찾아가는 길이라고 했다. 장흥댁이 가당찮은 일이라고 손사래 치며 언덕 위 오막살이로 걸음을 옮겼다. 마치 죽음을 직감한 짐승이 제 태어난 곳을 향해 버둥거리는 마지막 몸부림처럼 처연했다. 입술을 깨물며 입을 앙다물었다. 거세게 휘몰아치는 바람이 울컥울컥 솟구친 울음소리를 쓸어갔다.

 헛걸음하고 돌아온 그녀가 닷새를 꼬박 앓았다. 낙담한 터라 물 한 모금 제대로 넘기지 못한 채였다. 땔감을 양껏 잡아먹고도 방바닥은 냉골이었다. 허기보다 더한 절망에 사시나무 떨듯 후들거리는 몸을 이끌고 나와 문패 앞에 섰다. 앓는 동안 털어내지 못한 눈이 소복했다. 멍하니 바라보던 장흥댁이 문패를 떼어 들고 부엌으로 엉금엉금 기어갔다. 힘겹게 숨 고른 그녀가 아궁이에 나뭇가지를 밀어 넣었다. 구들장이 내려앉아 꽉 막힌 방고래가 불길을 빨아들이지 못했다. 과식한 토사물을 게워 내듯 쩍 벌린 아궁이가 연기를 꾸역꾸역 내뿜었다. 그러나 매캐한 연기 뒤집어쓰는 아궁이 앞이 방보다 훈훈하니 나았다.

 활활 타오르는 불꽃을 하염없이 바라보던 그녀가 차고 있던 동전 꾸러미를 꺼내 불길 속에 던져 넣었다. 빈 껍데기로 남아 당장 숨 떨어져도 아쉽지 않을 처지에 더는 귀한 게 없었다. 아무리 헐거운 유기체여도 그조차 무너지니 한 줌 희망까지 죄다 사라졌다. 나른하니 잠이 밀려왔다. 새털같이 가벼운 몸을 나뭇가리에 비스듬히 기댔다. 편하고 따뜻했다. 개울 건너편에서 칠성이가 엄마- 하고 부르며 손을 흔들었다. 지그시 눈 감은 장흥댁 얼굴로 옅은 미소가 번졌다. 그녀는 움켜잡은 문패를 저승까지 가져갈 듯 가슴 깊이 품고 있었다. 죽어도 문패만큼은 안고 가겠다는 생전 다짐대로였다.

*

 한 해 뒤, 양재골 빈집 모두 말끔히 철거되었다. 마을을 에워싸 지키던 미륵산은 허리가 잘린 채 대규모 골프장이 들어섰다. 엘이디 조명이 번쩍이는 골프장 입간판 뒤쪽에 미처 치우지 못한 건축 폐기물이 산더미로 쌓여 방치돼 있었다. 온갖 쓰레기 속에 시커멓게 그을음 낀 양재골 마을 회관 현판과 장흥댁 남편의 문패가 뒤섞여 나뒹굴었다.

고선자 소설집

부음
(訃音)

✳

　내 삶인데 대리 인생을 사는 느낌이었다.
　잠에서 깼으나 이내 자리를 털고 일어나기 힘들었다. 동면 끝낸 짐승처럼 벌건 대낮이 되어서야 굼뜬 몸뚱이를 일으켰으나 몽롱한 머리가 쉬이 맑아지지 않았다. 대리운전 마치고 새벽이슬을 정수리에 인 채 귀가해 옷은커녕 양말조차 벗지 못하고 소파에 아무렇게나 쓰러져 잠들었다 깨어난 터였다. 밝음에 눈이 시렸다. 도둑고양이 걸음새로 모여든 햇살이 어느새 거실 절반을 점령해 있었다. 자로 잰 듯 극명하게 명암 갈린 바닥이 지금 내 상황 같아 씁쓸했다. 혼자 남은 집안에 언제부터 켜놓았는지 모를 텔레비전 화면 가득 대리운전 광고가 나오고 있었다. 도대체 마땅찮아 뒤틀린 속내에서 부아가 솟았다. 반년 남짓 앞서 체계적으로 운영하는 기업형 대리운전업체가 봄날 죽순처럼 마구잡이 생겨나기 시작했다. 그 때문에 몇몇 업주와 나누기로 하고 흘린 밥알 주워 먹듯 알음알음해온 대리운전 돈벌이가 요즘 들어 부쩍 신통찮아 애간장이 졸아든 상태라 더 달갑잖았다.

탁자 위에 차곡차곡 쌓인 각종 고지서가 뿌예진 눈앞으로 가장 먼저 달려들었다. 온통 돈 들어갈 구멍들이 입구를 봉한 채 나만 기다렸다. 흐릿한 눈자위를 비비며 끝내 열고 싶잖은 문을 열어 하나씩 눈 빠지라 들여다봤다. 돈 들어갈 구멍은 바람든 무처럼 숭숭 뚫려 막아낼 재간 없는 나를 사정없이 쥐흔들었다. 아귀처럼 쩍 벌린 고지서 입에는 넣어야 할 것뿐 나올 건 없었다. 명치 끝이 맷돌에 눌린 듯 숨이 턱 막혔다. 휴ㅡ. 가슴 밑바닥에서부터 힘껏 끌어올린 깊은숨을 거푸 내쉬어도 영 후련하지 않았다.

"전기세는 왜 이렇게 많이 나온 거야? 곧 재희 수업료도 내야 하는데 의료보험에 관리비까지. 정말 돌겠네!"

 텔레비전 소리가 귀에 거슬리는 소음으로 자극해 가뜩이나 온 신경이 고슴도치 가시처럼 일제히 곤두서 예민한 나를 더욱더 날카롭게 만들었다. 텔레비전이 연결된 전기선을 잡아채 뽑으며 엄한 곳에 대고 화풀이를 했다. 하지만 한번 치민 울화가 가라앉기는커녕 홍수로 불어난 흙탕물처럼 더 세차게 용솟음쳤다. 전류에 감전된 듯 온몸은 저릿저릿한데 그 틈새를 파고든 우울감이 꾸역꾸역 차올랐다.

 그때 휴대전화에 메시지 도착 음이 울렸다. 무기력하게 팔을 뻗어 집어 든 휴대전화 잠금장치부터 해제했다. 아직 해가 중천에 걸려있어 설마 대리운전할 소식일 리 만무한 터라 그리 궁금하지도 않았다. 그런데 오만상 찌푸리고 무심히 들여다본 액정 속 발신자 이름이 고개를 갸웃거리게 했다. 기억에 없는 낯선 이름이었다. 의문투성이 메시지는 누군가의 사망 소식을 전한 알림 문자였다.

 "어휴— 짜증 나. 또 누가 죽은 거야! 이런 문자 정말

부음(訃音) 97

부담스러워."

 생활비도 빠듯한 요즈음 지인이 보낸 청첩장이나 부고 메시지는 한숨부터 짓게 할 달갑잖은 소식이었다. 떨떠름한 표정으로 내용을 살펴보다 놀라 휘둥그레진 눈 부릅떠 몇 번이나 다시 확인했다. 망자 난에 이름을 올린 이는 내 고교 동창생이었다.

 "어머! 한미희? 미희가 죽었다고! 대체 이게 웬 난리야. 아직 젊디젊은 애가 어쩌다……."

 발인 날짜와 장례식장 주소를 적은 메시지가 다급히 울리는 화재 비상벨 소리만큼이나 심장을 덜컥 내려앉게 했다. 사십 초반부터 노안 시작된 침침한 눈이 의심스러워 재차 확인해도 '한미희' 세 글자만은 또렷하게 내 눈망울로 파고들었다. 대학 신입생 때 느닷없이 청첩장을 보내 나를 당황케 하더니 이번에는 부고였다. 또래보다 늘 한발 앞서 인생길을 걷다가 떠나는 길마저 서둘렀단 생각에 앙가슴이 쥐어뜯긴 듯 아려왔다.

 고등학교 3학년 때 같은 반 짝이었던 미희가 대학교에 진학하고 나는 취업하며 둘의 만남은 따로 없었다. 대리운전 시작하며 한 달에 한 번 있는 동창 모임도 모두 불참해 얼굴은커녕 소식마저 감감했다. 워낙 빼어난 미모로 인근 남학생들 인기를 독차지했던 터라 일찍 결혼해 남부럽지 않게 잘살고 있으련 생각해 왔다. 꿈에도 생각잖은 소식에 놀란 가슴은 진정되지 않고 머릿속이 하얗게 바래 다시 멍해졌다. 더구나 내일 발인이라 문상하려면 오늘은 만사 제쳐두고 장례식장부터 다녀와야 한다는 중압감이 밀려들었다. 생각이 그에 미치자 혹여 그곳에서 맞닥뜨릴지 모를 경미와 경애가 불현듯 떠올랐다. 마땅찮은 기억이 소환되자 내 이맛살이 아무렇게나 구겨버린 종이컵처럼 잔뜩 쪼그라들고 있음을 느꼈다. 그들은 손톱 밑에 박힌 가시처럼 늘 나를 성가시게 했다. 그 껄끄러움이 갈까 말까 갈등을 부추겼다.

부리나케 조문에 어울릴 검은색 정장을 찾아 입었다. 늘 운전하기 편한 옷만 대충 걸쳐 입던 터라 오랜만에 체면치레로 입은 외출복이 영 어색하고 불편했다. 한 해 남짓한 새 몰라볼 만큼 살이 빠져 물려 입은 옷처럼 품에 헐렁거렸다. 게다가 때 이른 겨울옷은 장롱 깊숙이 모셔

놓다시피 해 옷깃이며 앞 뒤판이 잔뜩 구겨진 상태였다. 장례식장 앞에 도착할 때까지 양 손바닥으로 연신 옷자락을 문지르고 힘껏 잡아 늘여도 구김은 좀체 펴지지 않았다. 다려 입기라도 할 걸 하는 후회가 들었을 땐 이미 분향소에 있었다. 느긋하게 다림질할 여유조차 없는 일상보다 엉망진창 쪼그라들 대로 쪼그라져 삶의 낙까지 잃은 내 처지를 세상에 드러낸 듯 수치스러웠다.

*

경자매란 이름에 진실은 없었다.

나와 경미 그리고 경애의 첫 만남은 선연善緣이었다. 우리 셋은 중학생 때 같은 반이 되고부터 학교는 물론 인근 마을에 단짝 패로 소문이 자자했다. 내 이름 경주와 두 친구 이름 첫 자가 같은 것이 무엇보다 큰 의미였다. 그 인연으로 세 사람은 '경자매'라는 이름까지 짓고 몰려다녔다. 자리 배치도 두 친구는 짝이었고 나는 그녀들 앞자리였다. 고등학교에 들어가서도 용케 한 반이 되었다. 짝이 되려고, 그도 여의치 않으면 가까이 모여 앉기 위해 까치발 들어 키를 늘리거나 무릎을 구부려 중학교 때와 비슷한 자리도 선점했다. 쉬는 시간마다 수다 떨고 점심시간이면 함께 도시락 먹는 일은 일상이자 즐거움이었다. 수업 시간조차 못다 한 얘길 쪽지에 써 나누다가 선생님께 발각되어 체벌로 화장실 청소는 거의 도맡다시피 했다. 하지만 귀찮거나 창피하기보다 셋이 함께할 수 있는 그 시간을 오히려 즐겼다. 그러다 보니 다른 동급생은 물론 전교생이 모두 알아볼 만큼 유명해졌다. 돌이켜 생각하면 유치하기 짝없지만, 그때 우리는 자매처럼 똑같은 이름 첫 자에 특별한 의미를 부여해 의기투합했다. 필시 인간 영역이 아닌 곳의 계시로 선택된 공통점일 거란 엉뚱한 믿음을 가졌다.

평생 결혼하지 말고 셋이 함께 살자며 뭉쳐 다니던 친구에서 원수 보듯 하게 된 건 나와 경미가 연이어 결혼한 뒤부터였다. 만났다 하면 상대방 얘길 듣느니보다 앞다투어 제 자랑하느라 목에 핏대 세우기에 바빴다. 겉으로는 각자 쏟아낸 말을 귓등으로 흘린 척해도 사실 속에 쌓아둔 채 곱씹으며 시기하다 질투의 화신으로 돌변해 급기야 앙숙이 되고 말았다.

나는 중매로 결혼한 남편 외모를 입에 침이 마르도록 자랑삼았다. 더구나 고졸 학력으로 서른을 코앞에 둔 노처녀 처지에 누구라도 엄지 척 세우는 명문대 졸업한 남자와 결혼한 뒤 신분 상승이라도 된 양 우쭐거렸다.

"내 남편 명문대 출신인 거 너희도 알지? 동기 가운데 제일 먼저 부장 달았거든! 난 능력 인정받는 남편이 자랑스러워. 행복이 뭐 별거니! 이런 게 행복이고 사람 사는 맛이지."

다짐받듯 뼈 있는 말을 앞세운 내 의기양양한 선공에 즉각 맞불 놓는 건 경미였다.

"이 다이아몬드는 세공비만도 억이 넘어간다더라고. 우리나라에 딱 세 세트 들어왔는데 단골 백화점 연락받고 갔더니 S그룹 회장 사모가 벌써 하나 채갔고, 하나는 L그룹 며느리가 일본에서까지 날아와 가져가 딱 한 개 남은 거 어렵게 구했다니까. 그게 바로 VVIP 고객만 누리는 혜택이자 파워 아니겠어!"

그녀가 반지 낀 손가락을 들이밀며 자신만만한 표정으로 이내 화제를 바꿨다.

"경주야, 네 아들은 공부 좀 하니? 이번에 내 아들 둘 다 전교 수석 했잖아! 특별한 사교육 없이 학원 대여섯 곳 다니는 게 전부인데 말이야. 공부 머리는 타고난 것 같아. 내 마지막 목표가 뭔 줄 아니? 한 놈은 흰옷 입히고 또 한 놈 검은 옷 입히는 거야!"

도통 알아들을 수 없는 말인즉슨 흰옷은 의사 가운이고 검은 옷이란 법복이었다. 하나밖에 없는 아들에게 영어나 수학학원 한 군데 골라 보내기도 버거운 나와 비교 안 될 자랑으로 경미가 맞받으면 그에 뒤질세라 독신을 고집하는 경애까지 가세하고 나섰다.

"난 도우미 아줌마 때문에 고민이 이만저만 아니야. 다른 집보다 몇만 원씩 더 얹어 줘도 우리 집 일은 청소가 힘들다며 이틀을 못 버티네. 집이 조금 크긴 커, 그렇다고 평수를 줄여 이사할 수도 없는 거잖니. 큰 집에 사는 것도 보통 일이 아니다."

경애는 거만과 자만 사이를 오가며 나와 경미 표정을 살

피곤 헤죽거렸다. 두 사람 기가 확실히 꺾였단 확신이 없으면 다분히 엄살 가득한 몸짓으로 너스레까지 떨었다.

"아이고-, 삭신 쑤신다. 호주로 라운딩 다녀온 여독이 영 풀리지 않아 난 호텔 스파숍에서 마사지나 받아야겠다. 너희도 함께 가지 않을래? 가격도 별로 비싸지 않은데!"

다시 생각해도 비위 상하는 꼬락서니였다. 상대의 경사에 축하보다 배 아파하던 경자매는 제풀에 지쳐 서로 연락을 끊고 지내며 벌써 두어 해를 넘겼다. 얼굴 맞대고 앉아 으르렁거리다 감정 상하느니 차라리 안 보고 사는 게 속 편했다. 자존심이었다. 나쁜 아닌 그녀들도 마찬가지라 여겼다. 하루를 살아내는 일조차 고달픈 난 그녀들을 까맣게 잊고 지냈다.

*

행불행의 시작과 끝은 나란히 붙어 있었다.

무역회사에서 거침없이 부장 자리까지 오르며 승승장구하던 남편이 하루아침에 실직자가 되었다. 작년 그의 나이 쉰 살 때였다. 남들은 추석을 맞이해 한껏 들떠 있었다. 그러나 우리 집에는 말간 하늘에서 느닷없이 떨어진 날벼락을 맞은 듯 괴괴한 정적만 감돌았다. 정년이 아직 십수 년은 족히 남았던 때라 꿈에서도 예상치 못한 일이었다. 남편이 실직하고 작년 추석과 올 설에는 그 흔한 식용유 한 세트도 들어오지 않았다. 나 역시 이웃까지 돌아볼 여유 없이 나눔에 인색했으니 섭섭한 마음은 내 이기심이었다.

어처구니없는 상실감에 빠져 웃음기 사라진 난, 아들과 남편 눈치 살피며 언행을 조심했다. 하지만 남편은 그에 아랑곳없이 그동안 쌓아 둔 인맥과 거래처가 많다며 당찬 의욕을 보였다. 자신만만한 그는 곧장 이곳저곳 기웃거리며 구직하려고 발품 팔기 시작했다. 염려 말라고 큰소리치던 그가 반년이 지나자 겁먹은 개처럼 슬그머니 꼬리를 내렸다. 딴은 자존심이 상했던 게다. 생각만큼 쉽지 않은 구직난에 직면해서야 살무사처럼 독 올랐던 의지도 흐지부지 사그라들었다. 안달하며 재우치는 내 등쌀에도 요지부동이었다. 앙버티던 그가 궁지에 몰리자 급기야 휴식권을 주장했다. 이제껏 힘들게 벌어먹였으니 잠시 쉴 만도 하다는 무책임한 논리를 앞세우며 모진 말까지 서슴지 않았다.

"언제까지 내게만 기대 살 거야? 인제부터 날 죽었다고 생각하면 되잖아!"

죽음으로 인한 남편의 부재, 단 한 번도 상상조차 하지 않은 일이었다. 분명 내 입을 틀어막으려는 심산이었겠지만, 그 말은 남편이 실제로 죽은 것처럼 절망감을 안겼다. 한편으론 잔뜩 주눅 들어 곱송그린 채 눈치 보는 모습보다 몰염치하리만치 뻔뻔한 행태가 차라리 나았다. 그 뻔뻔함 뒤에 나름의 계획이 있으려니 한 내 막연한 기대였는지도 모를 일이다.

며칠 뒤, 난 처음으로 남편의 눈물을 보았다. 두 번 보라면 극구 사양할 만큼 참담했다. 우는 건 남편인데 내 가슴이 찢겨 도려내는 듯 아프고 괴로웠기 때문이다. 그가 혼자 끌어안고 고민하다 털어낸 얘기를 들으며 더 분개하고 자존심 상한 건 나였다. 남편의 실직을 미처 모르던 거래처에 처음 전화를 걸었을 땐 깍듯이 예의 갖춰 반겼단다. 하지만 다리도 없는 소문은 빛보다 빠르게 퍼져 나갔고 실직 사실을 알게 된 뒤 그들 반응은 정반대로 돌변해 허탈했다며 속맘을 열었다. 꼭 한번 들러 달라고 사정하며 굽신대던 사람조차 남편 앞에서 거들먹거리는 건 예사에다 귀찮은 기색까지 보였다고 했다. 바쁘다는 핑계로 나중에 통화하자던 사람은 아예 전화를 받지 않거나 얼결에 받더라도 말없이 끊어버렸단다. 염치고 뭐고 불시에 찾아가면 만나주기는커녕 번번이 문 앞에서 거절당해 모멸감 들더라며 흐느꼈다.

그는 날이 갈수록 탱천했던 의욕을 잃고 모든 행동거지가 나무늘보처럼 변하기 시작했다. 부쩍 말수가 줄더니 일어나 앉는 일조차 귀찮은 듯 소파와 한몸이 되어갔다. 남편의 무기력에 나 역시 포기 반 실망이 반인 채로 그를 지켜볼 수밖에 없었다. 망연자실한 채 남편만 바라볼 수 없게 만든 건 아침마다 손 내미는 재희였다. 앞날이 구만리 같은 하나뿐인 아들 학업까지 돈에 영향받게 할 수 없었다. 나는 엄마니까.

십수 년 경력 단절된 내가 취득한 자격증이라곤 2종 운전면허뿐이었다. 그것이나마 대리운전 일은 가능했다. 아침 일찍 나갈 일 없고 살림은 낮에 할 수 있어 망설일 이유가 없었다. 남편 월급에 매달려 안살림만 하던 나는 졸지에 가장 역할을 떠안게 되었다. 무작정 뛰어들어 좌충우돌하며 버틴 지 어느새 한 해를 넘기고도 반년이 지났다. 잠깐이라 생각했던 대리운전 일은 어느새 가족의 생계수단이 되었다. 그 밥줄을 단단히 움켜잡고 무던히 바둥거리며 급한 불은 그때그때 끌 수 있었다. 의지가지없는 난전에서 벌여야 할 치열한 경쟁이 생각만큼 녹록잖아도 억세게 버틴 이유였다.

만취한 손님 상대하기란 웬만한 인내심만으론 버거웠다. 자존심 상하는 일도 허다했다. 겉보기에도 머리꼭지 새파란 젊은이가 억대를 호가하는 외제 차 열쇠를 건네며 혀 꼬부라진 채 잘라먹는 반말은 쓴웃음으로 얼마든지 넘길 수 있었다. 다만, 부모덕에 호사 누리는 그처럼 내 아들에게 아무것도 해줄 수 없는 궁색한 처지가 비참할 뿐이었다. 경험이 쌓이며 이따금 모텔로 데려가 달란 손님 말에도 더는 당황하지 않게 되었다. 취기를 핑계로 은근슬쩍 농담 섞어 추파 던지며 허세 부리는 손님 상대할 때 역시 이젠 무덤덤했다. 그들도 집에서는 괜찮은 남편, 좋은 아빠로 착한 척하며 살겠거니 생각하면 하찮게 보였다. 내 남편도 밖에서는 그런 부류였을까 싶은 생각이 따라붙을 때도 믿음이 앞섰다. 밤거리에서 부나방처럼 주점 앞 가로등 아래를 서성거리다 피곤이 찌들어 바람 빠진 풍선이 되어 늘어진 몸으로 새벽녘에야 집안에 발을 들이곤 했다. 속수무책 쏟아지는 졸음이 눈꺼풀을 무겁게 타고 눌러 눈 뜨기조차 버거웠다. 밤 때 묻은 몸을 씻기보다 당장 그대로 눕고 싶은 마음이 간절했다. 하지만 중학교 2학년인 재희 등교 시각을 맞추려면 아침밥부터 짓는 게 우선이었다.

남편은 너저분한 거실에서 외출복 차림인 채 온통 지독한 술내를 풍기며 천장이 무너지라 코까지 골고 큰 대자로 널브러져 잠들어 있곤 했다. 약속된 만남 없이 무작정 배회하다 애먼 술과 씨름한 뒤면 언제나 그랬다. 그런 모양새를 마주하면 집에 들어오기에 앞서 눈꼬리 치켜뜬 부인이 자녀까지 대동하고 나와 부축해 데려간 마지막 손님을 보는 것 같았다. 무위도식하는 남편조차 코 삐뚤어지게 술 취해 봉두난발로 곯아떨어진 모습에 참았던 울화가 치밀었다. 격분한 나는 언제까지 술타령으로 허송세월할 거냐고 홍두깨 춤추듯 하며 남편의 자존심을 짓뭉개놨었다. 그리 생난리 치고도 악 받친 맘 다스려 저녁 찬거리를 사 들고 와보면 그는 어느새 나가고 없었다.

대리운전 일을 시작하며 남편과 내 동선은 늘 어긋났다. 함께 식사한 게 언제쯤인지 기억조차 희미했다. 한 이불 쓰고 나란히 잠들어 깨어나던 때가 언제인지, 그런 때가 있긴 했었는지 싶을 만큼 까마득하다. 그가 잠든 시간 나는 거리에서 초조하게 취객의 호출을 기다렸다. 집 안에서 잠시 스칠 때도 그는 내 시선을 회피했고 나 역시 눈 맞추려 애쓰지 않았다. 남편에게 내 모든 말은 잔소리였다. 설거지나 빨랫감, 만들고 있는 밑반찬에 눈길 박은 채 쏟아낸 내 말에 그는 전혀 반응하지 않았다. 들리는 족족 그의 한쪽 귀로 들어가 반대쪽으로 빠져나간 것 같았다. 식탁에 차려놓은 밥도 남편은 내가 보이지 않을 때, 나는 집안일 처리하느라 오가며 한 술씩 뜨거나 개수

대 앞에 서서 후딱 해결했다. 반찬 맛을 음미하며 먹는다기보다 양푼에 뒤섞어 위를 채우는 행태였다.

아들은 묵언 수행하는 수도자처럼 행동했다. 항상 표정 없는 얼굴로 어떤 말도 하지 않고 들으려 하지도 않았다. 독기 품은 눈길조차 주지 않아 다가서기 두려운 존재가 중학교 2학년생인 것처럼 느껴졌다. 꼭 한번 정면으로 쏘아보며 격앙된 목소리로 대꾸한 적이 있었다. 젊어 고생은 사서도 한다니 조금만 더 견뎌보잔 내 말을 무 자르듯 단칼에 베내던 때였다.

"능력 없으면 말도 하지 마! 난 그럴 생각 없으니 내 고생 엄마가 다 가져. 공짜로 줄게."

나는 입술 깨물며 불끈 쥔 주먹을 부들부들 떨면서도 대꾸하지 못했다. 아들 입에서 나온 건 말이 아닌 날 선 비수였다. 그의 언행은 사춘기에 나타난 이유 없는 반항이나 약도 없다는 중2병으로 단정 짓기에 결이 달랐다. 심지어 어미 가슴팍에 대못 지르는 말도 거침없이 내뱉었다.

"에이-, 짜증 나. 왜 이렇게 시끄럽게 잔소리야! 확 뛰어내릴까 보다."

자살을 의미하는 끔찍한 말이 괜한 엄포로 들리지 않았다. 가슴 철렁 내려앉는 그 애길 듣고부터 지상 18층 높이가 늘 불안하고 초조했다. 옹색한 잠속에서도 이따금 아파트 1층 화단 앞에 떨어져 널브러진 재희의 주검을 보는 악몽에 시달렸다. 조바심 난 마음은 수시로 아들 방문을 열고 확인하며 가슴을 쓸어내려야 했다. 그때마다 더 예민해져 버럭 소리 지르며 콩알 튀듯 하는 발광을 봐야 했지만 무사하다면 그쯤은 얼마든지 감당할 수 있었다.

어쩌자고 이 높은 곳에 둥지를 틀었는지 처음으로 후회되었다. 주택청약에 당첨되어 뛸 듯이 기뻐하며 열일곱 평 아파트에 감격해 눈물 흘렸던 그 순간조차 원망스러웠다. 내 가정이 대체 어쩌다가, 언제부터 온기라곤 느껴지지 않는 차디찬 무덤 속같이 변한 건지 암담한 속내를 털어낼 길 없었다. 함께 밥 먹고 살 비비며 뒤엉켜 살아 식구라는데, 지뢰밭을 걷는 것처럼 불안한 마음으로 각 도는 내 집에 식구라곤 한 사람도 없는 셈이었다.

주방 식탁에는 늘 지난 저녁에 차려놓은 찬그릇들이 그대로 너저분하게 어질러져 있었다. 불현듯 나만 궁지에 몰린 생쥐가 된 처량한 기분이 들었다. 다스리지 못한 화 때문인지 온몸을 휘감았던 잠은 아파트 경비실이 까마득히 내려다뵈는 십팔 층 높이 허공으로 훨훨 날아가곤 했다. 흔적 없이 날아간 잠처럼 나도 마음껏 자유롭게 훠이훠이 날아봤으면 싶었다.

*

모든 꽃길이 아름다운 건 아니었다.

장례식장 안으로 들어서자 코를 찌르며 진동하는 향내가 먼저 안겨들었다. 입구부터 복도 양쪽에 검은색 리본을 달고 즐비하게 늘어선 국화 화환도 소리 없이 반겼다. 이토록 음산한 꽃길이 또 있을까 싶었다. 고결한 흰 국화가 만수 향내와 어우러질 때 슬픔이 배가 된다는 걸 새삼 느꼈다. 절로 숙연하게 만드는 색과 냄새가 영원한 상별의 순간을 일깨웠다.

"잘 사는 집이라 많이도 들어왔네. 어휴, 이걸 돈으로 치면 다 얼마야? 치! 죽은 뒤 이런 게 다 무슨 소용이람……."

 친구 잃은 슬픔보다 입구까지 늘어선 화환을 돈으로 환산해 보며 은근히 배알이 꼬여 혼잣말이 튀어나왔다. 빠듯한 내 형편과 비교되어 속절없는 질투가 솟구쳤다. 한편으론 먼저 세상 뜬 친구 장례식장에서 호화장례 분위기를 부러워하는 나 자신이 한심했다. 샐쭉한 내 표정이 드러날까 싶어 잽싸게 허리 구부려 조객록 가까이 얼굴을 들이밀었다. 친구가 가고 없는 판에 내 이름자를 쓴들 누가 알아보고 무슨 의미가 있을까도 생각했다. 하지만 내 처지에 거액인 부의금도 내는데 다녀간 표시만은 해야 할 성싶었다. 분향소에 들어서며 침통한 얼굴인 남자에게 짧은 묵례를 보냈다. 낯설지 않은 남자는 미희 남편이 맞았다. 두 사람 결혼식 때 딱 한 번 봤지만, 창문 가운데를 가로질러 늘어진 전선 가닥처럼 두 줄 굵게 잡힌 이마 주름살만 아니면 짙은 눈썹이며 오똑한 콧날이 예전 이목구비 그대로였다.

 영정 앞에 서자 순수했던 학창 시절이 무성 영화처럼 생생히 그려졌다. 가슴 깊은 곳에 켜켜이 쌓인 내 설움에

겨운 때문일까, 눈앞이 흐릿해졌다. 인내심 끌어모아 눈에 힘주고 입술 앙다물어 눈물을 참았다. 낯선 이들에게조차 내 고단한 삶이 엿보일까 싶어서, 한 번 터진 눈물샘을 막아내지 못할 것 같아서였다. 영정으로 쓰기에 죽음과 망자란 단어가 어울리잖는 젊고 아름다운 여인 사진이 국화 무리 속에 파묻혀 있었다. 환히 웃는 영정 속 얼굴은 젊은 날 미희였다. 아마도 십 년은 족히 앞서 찍은 사진을 확대한 것 같았다. 그제야 그녀 죽음이 현실로 느껴졌다. 향을 사른 뒤 엄지와 검지로 잡아 불꽃을 지워도 뜨거움이 전혀 느껴지잖고 무감각했다. 생전에는 꽃 한 송이 주고받은 일 없었거늘, 수북이 쌓인 국화 더미에서 한 송이를 집어 제단에 올렸다. 이젠 생과 사로 길이 달라진 친구에게 두 번 절해 예도 갖췄다. 어릴 적 수없이 맞잡았고 새끼손가락 걸며 약속하던 오른손 위에 왼손을 얹어, 친구에게 하는 처음이자 마지막 절이었다.

  영정 앞에서 한 걸음 뒤로 물러서며 그제야 검은 상복 입은 두 아가씨와 눈을 맞췄다. 미희 부부 슬하에 딸만 둘이었다는 것조차 까마득히 잊고 있었다. 얼마나 울었는지 퉁퉁 부어오른 쌍꺼풀진 두 눈에서 젊은 날 미희가 보였다. 아내와 어미 잃은 슬픔과 상실감을 무슨 말로 위로할 수 있을까. 조문에 맞는 틀에 박힌 인사가 허다한데 퍼뜩 떠오르지 않았다. 그보다 내 신분부터 밝혀야 하는 건가. 설명하려면 시간이 그만큼 길어질 거란 생각에 짧은 순간 머릿속이 복잡하게 얽혀들었다. 위로나 격려는 생략하고 상주와 맞절만 나눴다. 지금 진정한 위로와 격려가 필요한 건 바로 나였다. 내 코가 석 자인 주제에 누군가를 위로하고 격려하는 일은 사치고 위선이었다. 빨리 대리운전하러 가야 한다는 생각에 마음이 조급했던 탓도 한몫 거들었다.

분향소를 나와 부의함 앞에 서자 또다시 갈등이 부채질했다. 집 나서기에 앞서 부의금으로 삼만 원과 오만 원, 십만 원을 놓고 한동안 고민 끝에 십만 원을 넣었다. 막상 부의함 앞에서조차 가장 적은 액수에 맘 쏠리는 처지가 생각할수록 꼴이 아니었다. 결국, 부의금은 내 형편에 조금 무리한 액수인 오만 원으로 정했다. 난 뒤돌아선 채 부의금 봉투에서 오만 원짜리 지폐 한 장을 빼 바지

주머니에 황급히 쑤셔 넣었다.

　상조회사 직원 안내를 받아 식당 한쪽에 서둘러 자리 잡고 앉았다. 새벽까지 대리운전하려면 배를 든든히 채우고 가야 할 성싶었다. 더구나 지출 계획에 없던 거금 오만 원이 나갔으니 그 값도 무관친 않았다. 육개장에 밥을 말아 며칠 굶어 허기진 사람처럼 허겁지겁 욱여넣었다. 서너 가지 반찬과 함께 딸려 나온 전과 과일까지 느긋하게 곁들일 여유가 없었다. 일분일초라도 빨리 장례식장을 벗어나고 싶었기 때문이었다. 한 푼 벌이도 문제였지만, 공연히 미적대다 대면하고 싶잖은 두 친구와 마주치지 않으려는 생각에서였다. 오지랖 넓은 두 마당발이 설레발 치며 떠벌리는 꼬락서니도 마땅찮고, 초라한 내 모습도 보이기 싫었다.

　그러나 식당 안으로 들어오는 두 명의 여자를 발견하며 내 얄팍한 계획이 한순간에 무너져 내렸다. 오래전 앙숙 된 경미와 경애였다. 피하고 싶어도 외나무다리 위에서 딱 마주친 꼴이었다. 숨는답시고 풀숲에 머리만 처박는 꿩처럼 구석진 자리에 끼어 앉았어도 그녀들은 단박에 날 찾아냈다. 친구의 부음으로 우연히 한자리에 모이게 된 우리 셋의 어색한 만남은 '왔네? 반가워. 잘들 지냈지?'라는 짧은 헛인사가 끝이었다. 내키잖는 자리에 합석해 불편한 내 심정은 아랑곳없이 애타게 기다려온 만남이나 되는 양 '경주야! 우리 얼마 만이지?'라며 경미가 운을 뗐다. '우리 관계가 만나지 못한 날짜 헤아릴 만큼 그리운 사이였었나.'라는 내 생각 끝자리 바투 경애까지 덩달아 나섰다.

"그래! 우리도 여기 와서 우연히 만났어. 반갑다 야!"

'반갑다고?' 전혀 와닿잖는 그녀 말이 괜한 말로 들렸다. 쉽사리 가시지 않는 어색함에도 두 친구가 서로 권한 술잔이 몇 순배 돌았다. 애초부터 술은 입에도 대지 못하는 날 바보라고 놀려대며 둘이 주거니 받거니 했다. 의도하지 않은 따돌림이지만 차라리 다행스러웠다. 서서히 취기 오른 경미가 술 힘을 빌려 속내를 쏟아냈다.

"난 일부종사할 팔잔 아닌가 봐! 사실 나 이혼했다. 지금은 여덟 살 연하와 바로 재혼했고, 애들은 처음부터 친아빠와 살았는데 작년에 캐나다 이민 갔다 하더라고."

취기를 빌어 묻지 않은 얘기를 제 입으로 밝히는 경미 얼굴에 쓸쓸함이 묻어났다. 이혼이 죄도 아니고 흉도 아닌 세상이라지만, 여덟 살 어린 남자란 말에 경애가 호들갑 떨며 바짝 다가들어 줄줄이 물었다.

"어머머! 전혀 몰랐네. 혹시 총각? 잘 생겼니? 돈은 많아? 넌 무슨 복에 만나는 남자마다 영계라니……. 아마 네가 전생에 나라를 구했나 보다."

젊은 남자와 재혼이 부러웠던지 경애 안색이 이내 벌레 씹은 표정으로 굳어졌다. 속내를 감추고 싶은가 언제 그랬냐는 듯 묘한 미소를 머금은 채 나에게 말꼬리를 돌렸다.

"경주 넌 볼품없이 마른 거 말고 뭐 좀 변한 거 없는 거야? 애써 한 다이어트 같진 않고, 말라도 너무 말라 비린내 날 것 같다 야! 너 혹시 어디 아프니?"

염려가 아닌 비아냥거림이었다. 혹여라도 내 행색에서 궁색함이 감지됐나 싶어 심장이 쿵쾅거렸다. 아닐 거라고 애써 태연한 척 표정 관리해도 엉켜도는 머릿속 때문인지 자꾸 그들 눈치를 살펴야 했다. 여전히 건재한 그녀들이 못내 부러워 허탈한 자괴감에 할 말도 잃었다. 내가 처한 상황을 말하기에 아직 남아있는 내 자존심이 허락하지 않았다. 솔직한 속내에 내 이기와 위선이 두 친구보다 더 지독하리만치 많은 게 문제였다.

시간이 흐를수록 두 친구의 쩌렁쩌렁한 목소리가 식당 구석까지 날아다녔다. 더구나 술에 취한 경미가 훌쩍훌쩍 울기까지 하며 주절주절 속내를 털었다. 그녀는 재혼한 남편의 지나친 낭비벽과 폭력성을 성토하기 시작했다. 술 취한 젊은 사내 매질에 살아도 죽은 거나 마찬가지인 재혼이 후회된다며 흐느끼는 모습에서 죽음의 그림자가 얼비쳐 가슴이 철렁 내려앉았다. 그들 불화는 주점과 노래방에서 도우미 불러 방탕한 남편이 폭행까지 일삼는 행실 때문이었다. 불현듯 대리운전 단골손님 된 남자들 불콰한 얼굴이 버스 옆면에 붙은 광고모델 사진처럼 내 눈앞을 휙휙 스쳐 지나갔다. 그 생각에 골몰한 내 귓전으로 경애의 날카로운 음성이 파고들었다.

"도우미가 네 남편 잡아먹기라도 한다던? 뭘 그렇게 밝히려 들어! 유난스럽기는······."

그녀는 제 일처럼 불쑥 나서 오죽해야 밖으로 나돌겠느냐며 한 마디 더 보탰다. 남자들도 업무에서 벗어나 맘껏 웃고 떠들며 자기가 왕 인양 군림할 시간을 줘야 한다고, 그 자리 채워 주는 게 도우미 아니냐며 그들의 대변인인 양 목청 돋우어 호통치듯 말했다. 그녀들의 무례한 언행에 민망함은 온전히 내 몫이었다. 차마 마주 앉아 있기 불편해 당장 그 자리를 벗어나고 싶었다. 한편으론 취객이 가장 많은 황금 시간대를 놓치면 하루 벌이가 날아갈 터라 더 초조했다. 나는 해찰하는 그녀들 눈길 피해 장례식장을 살그머니 빠져나왔다.

*

허울 뒤집어쓴 거짓된 삶의 껍데기가 훌훌 벗겨졌다.
오늘따라 자정 넘도록 손님이 없어 마음이 무겁고 착잡했다. 초조하게 서너 시간 기다려 겨우 한 건 잡고 나니 한결 기분이 나아졌다. 대리기사를 부른 곳은 무지개 노래방이었다. 전화를 끊자마자 호출한 장소까지 뛰다시피 해

단숨에 도착했다. 차비 한 푼이라도 아끼려면 그것이 대수였다. 계획에 없던 지출금이 생길 땐 더 악착같이 아껴야 했다. 숨이 턱에 차 도착해보니 기다려야 할 손님이 보이지 않았다. 내 영업 철칙은 가능한 영업장에 들어가지 않는 거였다. 아무리 기다려도 손님이 나오지 않아 전화를 걸었으나 받지 않았다. 단골 노래방이라 장난 전화일 리 없기에 건물 안으로 들어가 알아보는 수밖에 없었다.

 지하 노래방 안에는 '빨주노초파남보' 무지개색으로 이름 정한 방마다 가득 들어찬 손님들이 노랫가락에 취해 있었다. 그런데 계산대에 있어야 할 여주인이 보이지 않았다. 유리문 안을 기웃기웃 들여다보며 때아닌 숨바꼭질까지 해야 했다. 복도 끝 마지막 보라 방 앞까지 와 안을 들여다보던 나는 소스라치게 놀라 그 자리에 붙박여 움직일 수 없었다. 넥타이까지 풀어 머리에 두르고 동석한 여자를 얼싸안은 사내의 익숙한 얼굴을 확인했기 때문이다. 한동안 보지 못했던 즐거운 표정으로 흥겹게 노래하며 비틀거리는 남자는 내 남편이었다. 경련 일으킨 환자처럼 제멋대로인 팔다리가 후들거려 한 발짝도 뗄 수 없었다. 얼굴은 불 데인 듯 화끈거리는데 온몸에는 소름이 돋았다. 망치로 머리를 세게 얻어맞은 것처럼 현기증도 일었다. 연기처럼 사라지고 싶었다. 아니 대리운전 호출받기 앞선 시간으로 되돌릴 수 있으면 딱 좋을 것 같았다. 노래방 안까지 들어온 일을 후회할 겨를 없이 난 또 다른 충격에 휩싸이고 말았다. 천장에 붙어 맴돌며 어룽어룽 비추는 오색 조명등 아래로 또렷이 드러난 여자의 얼굴은 몇 시간 앞서 만났던 내 친구 경애였다. 어떻게 처신해야 옳은지 혼란스러웠다. '남자가 오죽해야 밖으로 나돌겠어!'라던 그녀 말이 다시금 뇌리에 꽂혔다. 한 자리에 있는 둘의 조합도 퍼뜩 이해되지 않았다. 더구나 더없이 다정히 얼싸안은 어처구니없는 모습에 질투는커녕 오히려 내게 부끄러움이 일었다.

뒷걸음치던 나는 죄지은 사람이 도망치듯 허겁지겁 노래방을 빠져나왔다. 명치를 꼿꼿하게 치받는 울분이 저녁에 먹은 음식물을 속수무책 밀어 올렸다. 골목 끝 전신주에 기대 엎드린 채 장례식장에서 오만 원 값어치를 대신해 먹은 음식물을 그대로 토해내고야 말았다. 그 모습을 지나던 누군가 알은체하며 말 걸었다.

"경주 씨 아냐? 왜 그래? 어디가 안 좋은 거야?"

노래방 여주인이었다. 손님 담배 심부름하던 길이라는 그녀를 보자 모래바람이 인 듯 혼탁한 머릿속에서 여러 말이 순서를 정하느라 분주했다. 묻고 싶은 말과 듣고 싶은 말, 알고 싶은 내용을 뒤죽박죽 섞어 마구 쏟아냈다. 그녀 말로 보라 방 손님은 처음인데 경애는 자기 영업장에서 십수 년 도우미로 일한 종업원이라고 알려줬다. 그동안 떵떵거리며 솔로 삶을 호화롭게 즐기는 양 읊어댄 경애 말은 그녀가 꿈꿔온 이상향 속 허상에 불과했다. 경애의 거짓된 삶이 드러나며 내 기억에 있던 그녀 모습은 차디찬 주검이 되었다.

*

죽음만이 진실이었다.

세상 끝에서 나락을 목도目睹한 참담함에 무작정 걸었다. 하염없이 걸어온 길 저만치 어느새 내가 찾아 들어갈

아파트 입구가 보였다. 어처구니없는 충격으로 머릿속이 백지처럼 하얘졌지만, 습관은 무의식에도 빛을 발했다. 운행 끝낸 막차가 비로소 엔진을 멈추는 차고지처럼 어떤 상황에도 종래에 모여드는 곳. 집이란 그런 거였다.

 19층 높이 아파트 단지 군데군데 희뿌연 새벽안개를 비집고 불 밝힌 창문이 흰 바둑알처럼 박혀있었다. 102동 18층 우리 집을 눈대중으로 멀거니 올려다봤다. 모두 불 꺼진 창, 재희는 잠들어 있을 테고 남편은 아직 돌아오지 않은 모양이었다. 길 잃은 치매 환자처럼 멍한 내 정신을 뒤흔들어 깨운 건 119구급차가 요란스레 왱왱거리는 경보음이었다. 축축한 새벽 공기를 가르는 사이렌 소리 뒤로 비상등 켠 구급차가 아파트 정문을 쏜살같이 빠져나왔다. 순간, 가슴이 덜컥 내려앉았다. 지금까지 좋지 않은 예감은 늘 한 번도 빗나간 적 없었다. 심장은 터질 듯이 요동치고 뜀 걸음은 자꾸 헛발질하며 당최 더디기만 했다. '아니겠지, 아닐 거야.'라고 주문 외우듯 되뇌며 아들 방문 앞까지 단숨에 달려 올라갔다. 손잡이를 쥔 손이 한겨울 추위 속 거리에서 빈속으로 떨던 때보다 더 심하게 후들거렸다. 텅 비었던 머릿속으로 온갖 상상이 꼬리에 꼬리를 물고 이어져 방문 열기가 두려웠다. 숨을 거푸 들이마시고 길게 내뱉으며 '나는 엄마다. 엄마는 강하다. 침착하자. 그래, 아닐 거야.'라고 읊고 읊어도 쉬이 용기가 나지 않았다. 예전처럼 버럭 소리 지르며 화내는 모습이라도 보고 싶은 내 간절한 바람을 비웃듯 차라리 꽉 잠겨 열리지 않았으면 싶었다. 그 생각조차 빗나가면 안 된다고 초조함과 싸울 때 휴대전화가 울어댔다.

"여보세요, 남경주 씨 핸드폰이지요? 여기는 양지병원입니다."

나는 전화 내용도 끝까지 듣지 못한 채 꽉 움켜쥐었던 방문 손잡이를 놓고 그 자리에 풀썩 주저앉고 말았다. 밤마다 시달리던 악몽이 실제로 벌어졌다는 생각에 망연자실했다. 다시 전화가 걸려왔다. 방금 왔던 전화번호였다. 전화기 너머에서 전해질 참담한 얘기를 혼자 감당할 자신이 없었다. 뭐가 됐던 내 눈으로 직접 확인할 때까지 전화를 받아선 안 될 것 같았다. 믿든 곱든 남편부터 찾아 앞세워야 한다는 생각에 그에게 전화를 걸었다. 전화를 받지 않았다. '설마 경애와 함께?'하는 생각에 배신감과 울화가 치밀었다. 지금 제집에 어떤 변고가 생긴 줄도 모르고 평소 안 하던 외박까지 서슴잖는 남편을 절대 용서할 수 없었다. 코앞에서 추접스러운 행티를 낱낱이 본 순간 당장에 요절내지 못한 게 후회스러웠다.

나쁜 일은 언제나 한꺼번에 몰아닥쳤었다. 아들이 저지른 무모한 짓에 더해 남편의 외도까지 쌍으로 달려들어 나를 휘두르는 이 상황을 어찌 감당하랴 싶었다. 이제 남편과 끝이라고 다짐하며 다시 전화를 걸었다. 첫 신호음이 채 끝나기도 전에 상대방이 전화를 받았다.

"네, 최상규 씨 전홥니다. 부인이시죠? 그렇게 뜨네요. 몇 번 전화해도 안 받으시더니……."

내게 전화했었다고 말하는 음성은 앳된 여자 목소리였다. 도무지 알 수 없는 황당한 얘기는 희미한 윤곽조차 보이잖았다. 내 남편의 전화를 낯선 여자가 받았다. 그것도 새벽 시간에. 분명한 건 경애 음성은 아니었다. 냉정함을 잃지 않으려고 애 써보지만 내 목소리는 이미 심하게 떨리고 있었다. 누군데 내 남편 전화를 받느냐며 앙칼지게 캐묻던 내 목소리가 더는 목구멍을 넘지 못했다. 무단횡단하던 남편이 교통사고 당해 사망한 채 병원으로 실려 왔다는 청천벽력 같은 소식을 접하면서였다. 대체 나더러 어쩌라는 건지, 내가 무슨 잘못을 했다고 다들 나한테 왜 그러는 건지 원망스러웠다. 믿기지 않아 눈물도 나오지 않았다. 조금 전까지 날 새는 줄 모르고 그리 기분 좋게 노래하며 천하를 호령하듯 하던 사람이 죽었다니? 교통사고라니! 아무래도 꿈길을 헤매는 듯했다. 아니 차라리 몹쓸 꿈이기를 바랐다.

혼란스러운 마음을 추스르지 못할 때 뜻밖에 아들 방문이 벌컥 열렸다. 소스라치게 놀란 눈앞에 재희가 방금 잠에서 깬 얼굴로 멍하니 주저앉은 나를 내려다봤다. 내 아들이 멀쩡하게 살아있었다. 그럼 그 119구급차는? 늘 불안을 안고 살았기에 지레 겁먹은 내 성급한 착각이었다. 천만다행으로 온전한 재희 모습에 화들짝 반겨야 마땅한데 기쁜 내색조차 내비치지 못했다. 난 아들이 놀라지 않도록 차분한 목소리로 황망히 떠난 제 아버지 부음을 알렸다. 느닷없는 비보에도 아들은 눈만 멀뚱거릴 뿐 아무 말 없었다. 어리둥절한 아이를 보듬어 끌어안자 그제야 눈시울이 젖어 들었다. 옷깃만 스쳐도 진저리치며 극구 거부하던 재희가 내 품에 안겼다. 벗어나려 들지도 않았다. 두 팔로 내 어깨를 감싸고 가만가만 등을 토닥여 주기까지 했다. 그걸로 충분해 더는 욕심낼 일 없었다. 남편은 밥줄이고 자식은 핏줄이라던 한낱 우스갯소리가 그 순간만큼은 내게 절절하게 와닿았다. 나와 아들은 남편이 안치된 병원 장례식장으로 가기 위해 나란히 현관문을 나섰다.

고선자 소설집

흑점
(黑點)

✼

 살고 싶다.
 내게도 삶은 절실하다. 인간다운 삶, 그런 거창한 계획은 없다. 살아온 내 여정을 돌이켜 보면 생사기로에서 부지불식간 드러난 애착이 얼마나 허황한 욕심인지도 잘 안다. 진작 고주망태로 길섶에서 나자빠져 죽었거나, 흠씬 두들겨 맞고 외진 골목 끝에 처박힌 채 생을 마감하지 않은 게 다행일 만큼 망나니로 살아왔기 때문이다.
 그리 비열한 놈이 법까지 무시하며 패악만 부렸다는 자책감에 얼굴마저 화끈거린다. 나를 향한 첫 부정이다. 하지만 그 형벌로 산속에서 홀로 죽음을 맞아야 한다면 대가치곤 너무 가혹하다. 언제든 신원미상 무명씨로 분류된 채 무연고자 화장장에서 한 줌 재로 흩어질지라도 지금은 꼭 살고 싶다.

내 타고난 성정이 일상 더펄거려 음전한 새색시 행실 같진 않았다. 그러나 오늘은 다른 때보다 더 덤벙댔다. 내 집 안방처럼 편히 드나들던 산이라 쉽게 생각한 자만이 불찰이었다. 몸도 이곳저곳 온전하지 않다. 발을 헛디디고 굴러떨어지며 바윗덩이에 찢긴 얼굴 상처가 아리다. 왼쪽 갈비뼈는 들숨 날숨 가리잖고 뼛속까지 파고든 통증이 참아내기 힘들다. 오른쪽 발목은 부풀린 밀반죽처럼 팽창해 차라리 잘라내고 싶을 만큼 아프다. 삽시에 전신으로 번진 통증은 한겨울 한뎃잠 일삼던 시절 추위 따위에 비견할 수 없게 고통스럽다. 배꼽 밑으로 흐른 핏물이 사타구니까지 적셨다. 어느새 북어 껍질처럼 뻣뻣하게 말라가는 옷자락에서 풍기는 피비린내가 속을 메스껍게 해 금방이라도 토사물이 역류할 것만 같다.

사위는 칠흑 같은데 현재 위치조차 가늠하기 어렵다. 비상식량이 담긴 가방은 어디쯤에서 놓쳤는지 기억도 나지 않는다. 119 응급구조대에 구조요청을 해야 한다. 다행히 조끼 주머니에 넣었던 휴대전화는 온전한 상태다. 그러나 통신기지국과 연결되지 않아 먹통이니 무용지물이다. 그나마 시계는 작동해 액정에 박힌 숫자가 자정을 넘겨 다음 날 오전으로 바뀌어 있다. 후회가 들불 번지듯 밀려든다. 포기할 땐 주저 없이 단념하고 사냥을 끝냈어야 했다. 정보를 제공한 여인 말처럼 웬만한 송아지만큼 큰 덩치를 보자마자 그놈이라 확신한 게 이 지경으로 일을 그르쳤다. 놈이 보인 뒤태가 잡고야 말겠다는 내 욕망을 부채질했다. 놈은 필시 나뭇등걸 뒤에 숨어 내 동태를 낱낱이 지켜보고 있었을 게다. 다 감추지 못하고 드러낸 풍성한 꼬리에 현혹되어 총구를 겨눴을 때 녀석은 이미 조준경 밖으로 벗어나 종적마저 감춘 뒤였다. 가능한 자세를 낮추고 숨까지 죽여 이동해도 내 움직임을 눈치챈 놈은 어느새 멀찌감치 달아나며 '어디 잡을 수 있으면 잡아 봐!'라며 비웃음을 남기는 듯했다.

내 안에 잠자고 있던 승부 근성이 용수철 튕기듯 분출해 참아낼 수 없었다. 일정한 거리에서 멈추기를 반복하며 나를 유혹하듯 안달 나게 자극하는 놈을 그대로 놓친다면 한동안 구겨진 자존심은 회복할 수 없으리란 생각에 더 설레발쳤다. 하지만 놈은 어떠한 상황에서도 여전히 뒤태만 보여줄 뿐 정체를 온전하게 드러내지 않았다. 미치광이 널뛰듯 쫓고 쫓기는 추격전에 능선 네댓을 넘고서도 흐른 시간조차 인지하지 못했다. 노루 꼬리만치 짧게 걸린 해가 지기에 앞서 서둘러 산속을 빠져나와야 옳았다.

 지금 같은 상황을 적막강산이라 하나 보다. 혼자 떠돌며 애써 억눌렀던 외로움이 극성스러운 산 모기떼보다 더 앙칼지게 파고든다. 어떤 연유에서 북받치는 설움일까. 토해내는 신음과 뒤섞인 흐느낌이 점차 격한 겉울음으로 커진다. 그 소리가 젖은 솜처럼 묵직하게 내려앉은 어둠을 뚫고 골짜기로 퍼졌다. 먼동이 틀 때까지 목숨 부지해 하산하지 못할 거라는 두려움도 엄습한다. 어디든 한기를 덜 곳에서 다친 몸을 뉘어야 한다. 혹여 피비린내를 맡고 떼로 몰려들지도 모를 들짐승 공격을 피해야만 살 수 있다. 하지만 지금 나는 전신마취 된 수술 환자처럼 시간이 흐를수록 온몸이 무기력한 채 정신까지 혼미해진다. 이런 상태라면 시퍼런 인광을 번뜩이며 먹잇감 찾는 들짐승에 속수무책 당하고 말 처지가 될 게 뻔하다.

살겠다는 강한 의지가 끄집어낸 걸까. 불현듯 먹구름 사이에서 번갯불 일 듯 잊힌 기억 한 줄기가 희망의 빛으로 떠오른다. 이태 앞서 지금처럼 조난됐을 때 도움받았던 움집이다. 찾을 수만 있다면 땡볕 내리꽂힌 대지에 버려진 지렁이처럼 꿈틀거려서라도 가야 한다. 지금 나에게 그곳은 살아남을 수 있는 유일한 피난처이기 때문이다.

*

나는 모든 정보를 텔레비전이나 사람들 대화 속에서 얻었다.

사내로서 음식 만들기와 설거지는 정말 귀찮고 할 때마다 서툴렀다. 라면 국물에 먹다 남긴 찬밥을 말아먹는 식습관은 허길 모면할 궁여지책이다. 특별한 조리 솜씨도 필요 없을 뿐더러 설거지마저 간단했다. 오늘 아침밥도 시어 꼬부라진 김치 한 조각 없이 질리도록 먹은 라면과 찬밥 덩이가 상에 오른 전부다. 책상다리로 앉아 뜨거운 국물에 잠긴 면발부터 후후 불어 삼켰다. 젓가락질 서너 번으로 녹물처럼 벌건 국물만 남겨 찬밥을 그릇째 거꾸로 쏟아부었다. 때마침 습관으로 켜 놓은 텔레비전에서 오전 아홉 시 뉴스를 내보냈다. 아나운서 양쪽에 앉아 내겐 하찮은 세상사에 핏대 세워 격론하는 출연자 모습이 비위를 긁어 가만히 입 다물고 있을 수가 없었다.

"말 참 더럽게 많네. 주먹이 빠르지 뭔 말이 필요해! 돈 벌어먹는 꼬락서니하곤……."

혼잣말하다 밥상 언저리에 튄 밥 알갱이를 주워 다시 입안으로 밀어 넣을 때 다음 뉴스가 이어졌다. '공주시, 멧돼지·고라니 포획에 주력'이라는 자막 기사에 내 관심이 쏠렸다. 시에서 전문 수렵인 서른 명으로 구성된 유해동물 포획단을 운영한다는 소식이다. 지난 칠팔월에는 인명사고와 농작물 피해가 유난히 잦았다고 했다. 출동한 포획단이 공주시 일원에서 잡은 멧돼지와 고라니가 수백 마리라는 기사에 솔깃해 귀가 확 열렸다.

두어 번 대충 씹어 넘기던 음식을 한입 가득 문 채 텔레비전 화면에 시선이 꽂혔다. 현장기자 질문이 끝나자 울먹이며 쏟아낸 여인 넋두리가 나를 옴짝달싹 못 하게 붙잡았다.

"뭔 짐승이 우리 닭을 모조리 물어 죽이고 잡아먹기까지 혔다니께유. 벌써 이달에만 몇 번짼가 몰러유. 사다 채워 놓을 새 없이 또 죽이고 물어가 참말 속 터져 환장허겄슈."

그녀가 입은 피해나 딱한 사정 따위는 내 귀에 들어오잖았다. 닭을 물어 죽였다던 정체 모를 짐승이 있다는 말이 내 몸속에 잠들었던 사냥 욕구만 도지게 할 뿐이었다.

"덩치가 얼매나 크던지 섬뜩하더라고유. 털이 거무죽죽한 뒤태로 봐서 삵이나 멧돼지는 분명 아녀유. 내 평생 처음 본 짐승이라니께유."

현장 기자는 미리 준비한 메모지를 흘깃흘깃 들여다보며 생뚱맞은 질문을 던졌다.

"그럼 어느 방향으로 갔는지도 모르시겠네요?"

"어느 쪽으루 내뺀 걸 알면 뭐해유? 동에 번쩍 서에 번

쩍하는 네발 달린 짐승이 워디 있을 줄 알구유. 저-어기 태화산 너머까지 샅샅이 뒤져보든가유."

연이은 그녀 말이 귓전에 맴돌아 나를 더욱 달뜨게 했다. 인터뷰를 끝낸 현장 기자가 야생동물로 인한 농작물 피해 신고는 공주시청 환경자원과 환경정책팀으로 문의하라고 말할 때 비친 배경 화면이 눈에 익은 마곡사 인근임을 추측할 수 있었다. 계룡산 지리라면 손바닥 들여다보듯 훤히 꿰는 터라 짜릿한 손맛을 제대로 즐길 기회란 생각에 심장이 크게 요동쳤다. 여인이 호들갑 떨 만큼 몸집 좋은 놈이라면 한판 붙어볼 만한 상대라는 기대가 사냥 의욕을 더욱 부채질했다.

내 살림 형편은 변변치 못하지만, 사냥에 필요한 장비는 골고루 갖춘 셈이다. 물론 내 소유는 아니다. 그렇다고 훔친 물건도 아니니 필요할 때마다 슬쩍 가져다 쓴다는 말이 옳았다. 나는 신줏단지처럼 보관한 궤짝에서 사냥에 소용될 장비를 신중하게 골라 가방에 넣었다. 덩치가 큰 놈이라니 이번 사냥은 덫사냥보다는 총사냥이 안성맞춤이었다. 만약을 대비해 권총형 개머리판 접이식 마취총도 챙겨 탄창 벨트와 연결된 총집에 넣고 똑딱단추를 눌러 잠갔다. 유효 기간이 훌쩍 지난 마취제는 이번 사냥에 쓰일 양밖에 남지 않았다. 주사기 하나에 3cc 정량인 마취제가 애매하게 남아 두 개에 넉넉히 나눠 넣었다. 함께할 엽사는 필요 없다. 내 사냥 실력이 뛰어나서라기보다 처음부터 혼자 해온 사냥 습성 때문이다. 엄청난 먹성으로 식량만 축낼 사냥개는 사육비 부담 때문에 애당초 기르지 않았다. 흑점 같은 명견이라 할지라도 마흔 살 넘어서까지 제 몸 하나 건사하지 못한 처지로 개를 기르는 건 내게 사치였다. 하지만 흑점만 생각하면 녀석과 교감하던 때가 떠올라 입가에 절로 미소가 머금어졌다.

"녀석-. 날 기억이나 할는지……. 지금쯤 멋진 성견이 됐을 텐데."

*

내게는 방랑의 동경만 있을 뿐 애향심은 없었다.
방방곡곡 떠돌며 하룻밤 등 붙일 허름한 여인숙을 기웃

거리다 그조차 여의찮으면 노숙까지 불사한 내게도 찾아들 집이 생겼다. 집주인은 내 고향이 공주라는 이유만으로 흔쾌히 집을 내주었다. 사실 맘대로 집어쓰는 사냥총도 집주인 물건이었다. 그가 내건 조건은 오래전 헐값에 사들인 일본식 적산 가옥을 망가지지 않게 관리하며 마당 건너 사랑채를 쓰라는 거였다. 언제든 나가라면 두 말없이 비워줘야 할 처지여도 다시 고향에 둥지를 틀었다는 사실이 무엇보다 흐뭇했다. 고향을 그리워한 적은 없었다. 그곳에 뼈를 묻겠다는 허울 좋은 다짐도 하지 않았다. 다만 집주인 덕분에 이리저리 떠돌던 삶이 청산되어 든든했다. 하지만 예나 지금이나 혼자라는 신분은 그대로였다. 외돌토리로 순간순간을 닥치는 대로 사는 나에게 내일은 그리 중요하지 않았다. 미래를 계획하잖던 내게 집이란 야생 들개가 얻은 허술한 곳간이나 마찬가지였다.

 삼 남매 가운데 막내아들인 나를 홀대하는 어머니와 갈등이 잦았다. 나날이 심해지는 어머니 꾸지람이 두 누나까지 합세할 땐 모진 매로 변했다. 내 몸에 생긴 시퍼런 멍 자국은 훈육이라는 이름으로 아버지에게 온전히 용인되었다. 유일한 버팀목으로 여겼던 아버지가 원망스러웠다. 불만이 해묵은 낙엽처럼 켜켜이 쌓인 나는 가족 곁에서 벗어나려 발버둥 쳤다.

나는 맷집에서뿐 아니라 모든 일에 스스로 강해져야 했다. 매를 피하기 위한 내 저항을 반항이라 몰아가는 어머니 우격다짐에 맞서기 위해 그것만이 살길이었다. 그러나 어머니를 비롯해 나와 띠동갑인 큰누나와 열 살 많은 작은누나를 대적하긴 무리였다. 내 불만 표출이라야 담벼락에 주먹질하고 빨랫줄 가득 널린 그들 옷가지 여기저기에다 가래침을 내뱉는 짓이 고작이었다.

웬만한 성적으로 들어갈 수 없는 공주사대부고에 입학했으나 가족 누구도 기뻐하거나 칭찬하지 않았다. 기숙사로 보내 달라는 내 부탁은 돈이 든다는 이유로 단칼에 거절당했다. 집에서 벗어날 기회가 날아간 나는 쌓인 분노를 나보다 약한 친구에게 분풀이하기에 이르렀다. 내 강함을 보여주는 유일한 방법이었다. 분기를 풀어내지 못한 나는 종말론에 사로잡힌 광신도처럼 늘 불안해하며 흥분상태에 젖어 있었다. 그렇게 가족과 갈등하며 수업을 허다하게 빼먹고도 내 성적은 늘 상위권에 올랐다. 하지만 종잇장에 숫자로 표기된 성적이 드러난 내 난폭함을 덮어 감싸주진 못했다. 결국, 불량 학생으로 낙인찍혀 자포자기한 나는 매사에 어기댔다.

 빨리 어른이 되고 싶었다. 어른이란 '다 자라서 자기 일에 책임질 수 있는 사람'이라고 명시된 사전 속 정의일 뿐, 뭐든 맘대로 할 수 있는 특권으로 생각했다. 내 또래가 대학교에 진학해 저마다 제 앞길을 정할 때 나는 무위도식하며 꿈을 접었다. 내 학력으로 원하던 교사란 직업은 허황한 꿈이었다. 나이 또한 문제였다. 우람한 체격을 앞세워 아무리 어른 행세를 하려 해도 세상은 인정하지 않았다. 미성년자 꼬리표는 세월이 지나야만 저절로 떨어질 옭매듭에 묶인 탯줄과 같았다.

 푸념 섞어 내놓는 어머니의 눈칫밥조차 갖은 핑계로 끼니 거를 때가 잦아질 무렵 내가 개구멍받이임을 알았다. 처음에는 도무지 믿기잖아서 헛웃음이 나왔다. 그들을 가족으로 알았기에 '혹시'하는 의심조차 한 적 없었다. 혼자 감당할 수 없는 내적 갈등에 직면했음에도 나는 담담하게 받아들였다. 오히려 골치 썩이던 난해한 미분방정식이 어느 순간 술술 풀린 듯 개운하고 후련하기까지 했다. 어처구니없게도 그들을 이해하고 싶은 뜬금없는 마음마저 생겼다. 내 아량이 망망대해처럼 넓거나 깊어서가 아니었다. 집 뛰쳐나갈 명분으로선 그만한 거리도 없다는 계산이 앞섰을 뿐이니까. 나는 털끝 하나 구속받지 않을 자유가 코앞이란 기대에 부풀어 앞뒤 가리지 못했다. 자유와 자율을 혼동했던 난 천지개벽이 되어도 천둥벌거숭이 신세 그대로란 걸 그땐 몰랐다.

집에서 뛰쳐나와 야생마처럼 자유를 만끽할 때 내 신분은 병역기피자가 되어 있었다. 그런 사실을 까맣게 모른 채 반항과 분노가 극에 달해 난폭하게 굴던 스물세 살 때였다. 삼 년 남짓한 산속 생활이 견디기 힘들어 다시 찾아든 집에서 나는 곧장 경찰에 넘겨졌다. 경찰서에 알린 사람은 신고 정신이 투철한 어머니였다.

아버지 모습은 경찰서로 잡혀가며 먼발치에서 바라본 게 마지막이었다. 외면한 아버지에게 도와달라는 말 한마디 못 했다. 그저 단 한 번만이라도 돌아봐 주기를 바라던 내 간절한 눈빛을 그는 보았을까. 형량을 다 채울 때까지 가족 누구도 면회 오지 않았다. 기대가 크면 실망도 크다고 체념하며 나를 다독였지만, 요행 속 막연한 기다림은 교도소 담장을 타고 오르는 담쟁이덩굴보다 더 무성해져 시들지 않았다.

그래도 출소하자마자 찾아갈 곳은 집밖에 없었다. 전과자라는 오명을 쓰고 민망한 얼굴로 쭈뼛거리며 찾아간 집에 아버지는 이미 세상 사람이 아니었다. 진즉 사라진 내 자리처럼 그의 흔적도 말끔히 지워지고 없었다. 어머니는 집안에 내 몸 한 모서리도 들일 수 없다고 시위하듯 대문을 가로막고 서서 냉랭한 눈길로 일관했다. 그 언행을 보며 어머니와 나는 DNA가 백 퍼센트 불일치한 관계임을 절실히 깨달았다. 그녀의 모성 유전자는 낳은 정만 집착하고 기른 정에 무감각하도록 변이를 일으킨 게 분명해 보였다. 존재조차 모르는 친어머니가 어떤 사람일지 처음으로 궁금했다. 급기야 나를 버리고, 학대하며 회피한 주범이 다름 아닌 두 어머니라는 생각에 이르렀다. 어쩌면 내 허물을 그녀들에게 떠넘기면서까지 나는 피해 자라며 항변하고 싶은 마음이었는지도 모르겠다.

나를 만만히 얕잡아 보며 홀대하는 그녀와 빨리 대화를 끝내고 싶었다.

"아버지는 어디에 묻히셨어요?"

내 물음에 어머니는 어이없단 표정으로 짧게 되물었다.

"묻어?"

그녀가 내게 던진 첫마디였다. 그리 말문 튼 어머니는 연이은 말을 속사포처럼 쏟아냈다.

"땅에 들어가는 것도 다 돈 있고 팔자 좋은 사람 얘기야! 내 처지에 물려받은 땅도 없고 쌓아 둔 돈이 있는 것도 아니고."

아버지 유해가 화장되었음을 직감했다.

"쥐도 새도 모르게 곰나루에 뿌렸다."

그녀는 걸인에 적선하듯 한마디 더 내뱉고 대문을 세차게 끌어당겨 닫아버렸다. 굳게 닫힌 문은 내가 처음 집을 뛰쳐나간 때 이미 잠겨버려 더는 개방되지 않을 성문이었다.

나는 꺽꺽 목울대로 치받친 울음을 참아내며 곰나루로 향했다. 눈부시게 쏟아져 내린 햇살을 싣고 유람하듯 유유히 흐르는 강물을 바라보니 복잡했던 마음이 그나마 안정되어갔다. 만 년 앞서 선사시대부터 존재했던 금강은 여전히 흐르고 다시 만 년을 마르지 않고 공주를 감싸 흐르리라. 문득, 강변 따라 즐비한 선사시대 유적이 시공을 초월해 수면 위 물비늘로 되살아나 유영하는 것처럼 보였다.

곰나루에 전해오는 설화 속 암곰도 아니면서 아버지 유해는 재로 변해 금강에 던져졌다. 백제 숨결 깃든 곳에 대범한 짓을 한 어머니를 떠올리니 더없이 부끄러워 말 없는 강물조차 무심히 바라볼 수 없었다. 아버지 뼛가루는 강줄기 따라 넘실대며 흐르다 물보라를 타고 흩어졌겠지. 금강 여섯 절경 일부에 잠든 아버지는 영원히 공주 사람으로 남았으니, 원도 한도 없겠단 생각이 들었다. 나는 어머니 집과 곰나루에 두 번 다시 오지 않겠다고 다짐하며 무거운 발길을 돌렸다. 그때부터 부초처럼 떠도는 내 방랑 생활이 시작됐다.

*

 인간은 눈 떠 잠들 때까지 매 순간 선택의 기로와 맞선다.

 나는 차주에게 이전비만 주고 넘겨받은 쏘렌토 짐칸에 사냥 장구를 실었다. 폐차 직전 차라 겉으로는 굴러갈까 싶을 만큼 낡았지만, 차체가 높아 산악 용도로 더할 나위 없었다.

 언덕길을 미끄러지듯 내려오며 바라본 쇠락한 마을 여기저기 널린 빈 집이 을씨년스러운 분위기에 갇혀 있었다. 신도시로 이주한 집이 많아 밤이면 구도심은 암흑천지로 변했다. 강줄기를 가운데 두고 빛과 어둠으로 극명하게 이분된 도시는 자본사회의 양면을 여실히 드러내며 쓸쓸함마저 자아냈다.

 "멀쩡한 집을 놔두고 다들 더 살기 좋고 편한 곳으로 떴구나. 하긴, 그 덕에 나 같은 놈도 비집고 들어와 방바닥에 등 붙일 수 있는 거지."

 자동차 방향을 마곡사 쪽으로 돌리자, 봉황산 자락 아

래로 내가 다녔던 고등학교 전경이 시야 가득 안겨들었다. 불현듯 학창 시절의 조각난 기억이 순두부처럼 엉겨 사냥 생각에 들떴던 기분을 눅눅하게 가라앉혔다.

　공주는 내 고향이지만, 나에게 좋았던 기억은 없었다. 하지만 애증이 깊은 만큼 사연도 많은 곳이다. 싫든 좋든 말 많고 탈 많았던 학창 시절과 산속 생활 일화가 눈 돌리는 곳마다 벽화처럼 둘러쳐진 곳이니 당연했다. 나와 달리 대다수 이곳 사람은 백제의 역사 깊은 교육도시 공주를 자랑스럽게 여겼다. 도시 외곽으로 북쪽과 동서 쪽 수려한 산지에서는 임산물이 넘쳐났다. 중앙부를 차지한 하천 유역 비옥한 평야에선 매해 풍년이 들었다. 자연에서 얻는 산물이 풍요하고 수준 높은 지성과 조화를 이뤄 인심 좋은 고장으로 정평이 났으리라는 생각이다. 다만, 당시 나는 공주가 지닌 백제 역사나 유물 같은 것에 관심조차 없었다.

　분노로 가득 찬 나는 얌전히 공부만 하는 친구 얼굴에다 분풀이 한 날이면 고삐 풀린 망아지 널뛰듯 공산성 성곽을 뛰어올랐다. 산성에 오르면 금강에서부터 야산을 훑고 거슬러 온 바람이 답답한 가슴속까지 시원하게 뚫어주는 맛이 있었다. 또한, 집에서 뛰쳐나와 곧바로 올랐던 계룡산은 목숨을 부지할 수 있도록 나를 품어준 장소였다. 금강을 허리춤에 두른 계룡산이 우리나라 4대 국립공원이라거나 그 장엄함은 내게 의미 없었다. 막다른 골목에서 내린 여지없는 선택일 뿐, 훗날에 대한 염두는 털 끝만치도 하지 않았으니까. 하지만 그때부터 내 인생은 험로를 걷기 시작했다. 담임선생님조차 골머리 썩이며 혀를 찰 뿐 이해하려 들지 않았던 그때도 항변 못한 일인데 이제 와 무슨 변명을 하랴.

산속에서 사람 손끝으로 익힌 음식을 먹을 수 있으리라고 전혀 생각지 못했었다. 그러나 산골짜기 곳곳에 토속신앙을 숭배하는 무속인 기도처가 많아 뜻밖에 포식할 때가 있었다. 운수 좋은 날에는 제단에 올렸던 푸짐한 음식을 몽땅 걷어와 며칠 배부르게 먹으며 굶주림에서 벗어나기도 했다. 관계기관과 산불 감시원에게 눈엣가시였던 무속인 기도처가 내게는 오히려 은덕을 베푸는 곳이 되었다.

*

 나는 마곡사 주차장 귀퉁이에 차를 세운 뒤 사냥 가방을 둘러멨다. 주차장에는 부처님 오신 날만큼은 아니어도 주차공간을 찾기 어려웠다. 천년고찰이라 평일에도 불공을 드리려는 불자와 일반 관광객 발길이 끊이지 않아서였다. 만약 내가 절집 근처를 떠돌았다면 공양간에 숱하게 숨어들어 절밥깨나 훔쳐냈을 게 뻔했다. 그러기에 무시로 마곡사를 지나다녔어도 경내에는 발을 들이지 않았다. 그것이 알량한 자존심인지 털끝만 한 양심인진 모르겠다. 다만 염화미소 짓는 불상 앞에 서기 두려웠다. 아니 거칠게 살아온 내 삶을 훤히 꿰뚫어 볼 것 같은 스님과 얼굴 마주할 용기가 나에겐 없었다.
 어릴 때부터 눈칫밥이 길들고 산속 생활하며 굶주림을 경험한 나는 음식에 집착증이 있었다. 불룩하게 솟은 가방을 툭툭 건드려 비상식량을 확인하자 마음이 든든했다. 고작 사냥한 고라니의 살코기 말린 것과 미숫가루가 전부지만 사흘은 충분히 버틸 수 있는 양이었다.

기자 말대로라면 등산로를 따라 걷다가 천연송림욕장을 지나 백련암에서 우측으로 시오리는 더 들어가야 할 성싶다. 나는 편한 길 대신 숲을 헤쳐 질러가기로 마음먹었다. 만만찮은 길이지만, 어림짐작으로도 충분히 찾아갈 수 있으리란 자신감이 있었다.

정체 모를 짐승이 출현했다는 집을 찾는 일은 어렵지 않았다. 아침 밥숟가락 놓기 무섭게 채비하고 나섰어도 이미 점심때가 훌쩍 지난 뒤였다. 여인은 겨우 숨만 붙어있는 서너 마리 닭을 턱이 높은 고무통에 담아 놓고 있었다. 닭이 입은 상처는 처참했다. 상처를 유심히 살펴보니 척추가 심하게 손상되어 있었다. 들짐승 공격이라면 단숨에 숨통부터 끊었을 텐데 의아했다. 공격 성향을 보니 놈은 사냥이 서툰 초보 같았다. 나는 더 자신만만해졌다.

그놈을 찾아 숲 전체를 샅샅이 뒤지는 사이 계룡산 기슭까지 다다랐다. 교도소를 나와 마땅한 거처가 없어 다시 찾아들었던 곳이다. 그 당시 불과 삼 년 남짓한 기간에 많은 것이 변해 있었다. 산세 좋고 기암괴석이 우뚝 솟은 곳마다 갯바위에 붙은 거북손처럼 즐비했던 신당은 모두 철거되어 사라지고 없었다. 제단으로 쓰이며 촛농이 얼룩졌던 너른 바위에도 타고 남은 몽땅한 초 조각 하나 눈에 띄지 않았다.

커다란 바위 두 개가 비스듬히 맞닿은 아래 어른 서넛은 족히 들어앉을 만한 공간이 내가 머물 곳이었다. 예전에 누군가 치성드리던 기도처가 분명했다. 나는 그들이 밀려난 자리에 터를 잡고 주인으로 들어앉아 처음 한 달여 동안은 동면하는 곰처럼 밤낮없이 잠만 잤다. 또 두어 달은 사냥 연습도 하고 먹거리 채취에 집중했다. 누구에게도 방해받지 않는 생활이 마냥 좋았다. 어머니 눈총과 이웃의 손가락질 그리고 교도관 잔소리나 감방장 심심풀이 맷감에서 완전히 해방된 자유를 누렸다. 그러나 자유도 무언가 구속이 있을 때 그 소중함이 컸다. 시야가 탁 트인 높은 바위에 올라 발아래에 세상을 내려다봐도 후련하지 않았다. 줄곧 구구대는 산비둘기 소리에도 무료함이 깊어질 때면 스물일곱 살 열혈 청년의 산속 생활은 분출하는 젊은 기운으로 견디기 힘들었다.

한 달에 한 번 하산하여 며칠 동안 자처한 고립에서 해방된 몸에 보상하듯 무작정 도심을 쏘다녔다. 그렇게 시작한 하산은 점점 횟수가 늘고 산 아래서 머무는 날짜도 길어졌다. 그리 떠돌다 그조차 시들하면 이따금 산으로 찾아들며 또 몇 해를 보냈다. 결국, 산에서 내려와 허송세월하며 전국을 나돌다 서른아홉 살 되어서야 버려둔 그곳이 생각났다. 돈 떨어지고 배고픈 상황에 싸움질까지 벌여 흠씬 두들겨 맞은 날이었다. 어쩌면 나이 들수록 내 방랑벽이 수그러들었는지도 모를 일이다.

그 긴 세월에도 늘어난 짐은 없었다. 처음 산에 오를 때 걸머졌던 싸구려 합성피혁 가방이 낡은 천 가방처럼 바뀌었듯 내 모습도 초라하게 변했다. 내가 만들어 놓은 움막이 온전하리란 기대는 없었다. 하지만 꼭 있겠거니 믿었던 움막이 통째로 사라질 줄은 전혀 예상하지 못했다. 먹던 우물에는 침을 뱉는 게 아니었다. 언젠가 다시 마시게 될 때를 대비한 꿍꿍이셈이 없더라도 말이다. 불행이 내게만 집요하게 따라붙는 것 같아 화가 치밀었다.

마음보다 신체 반응이 정직했다. 그 상황에도 배가 고프고 허기진 속에서 신물이 솟구쳤다. 내 뱃가죽처럼 납작해진 담뱃갑에서 마지막 한 개비 남은 담배를 꺼내 불을 붙였다. 빈 속에 필터 부분이 뜨거워질 때까지 폐부 깊숙이 연기를 빨아들이자, 하늘이 팽그르르 돌았다. 불가마 굴뚝처럼 피워대던 줄담배와 밥 먹듯 하던 술에 찌든 몸이 예전 같지 않았다. 거기에 얻어맞은 몸뚱이마저 곳곳이 욱신거리고 힘 풀린 다리가 자꾸 헛걸음질하며 꼬였다. 별빛조차 아스라한 그믐밤, 나뭇가지에 걸려 넘어지고 돌에 채여 몇 번이나 거푸 나뒹굴었는지 모른다. 깊은 우물에 빠져 가라앉듯 온갖 이명이 귀청을 울리더니 급기야 가물가물 아득해졌다.

*

 나는 옷깃만 스쳐도 인연이란 말을 믿지 않는다.
 잘못된 만남을 억지 인연으로 붙들면 악연이 된다는 걸 어머니를 통해 깨달았다. 그 뒤부터 어차피 틀어질 만남에 발목 잡히기 싫어 인연을 만들려고 애쓰지 않았다.

깊이 잠들었다 깨어난 건가, 아니면 아직 꿈을 꾸는 걸까. 누군가 내 얼굴에 뜨거운 입김을 불어대 온기를 주고 촉촉한 혀끝으로 목덜미와 귓불까지 핥아 야릇하게 간지럽혔다.

－삼거리 다방 아가씬가. 포구 막횟집에서 합석했던 여자인지도 몰라. 아－. 모르겠다. 하룻밤 풋사랑이 한둘이라야 말이지. 그래도 동해 쪽 해변에서 만난 그 여인이 최고였는데.－

비몽사몽인지 혼미함인지 분간할 수 없을 때 까랑까랑한 남자 목소리가 내 귓전을 때렸다.

"이보게! 정신이 든 게여? 이보게! 젊은이?"

품에 안긴 여인의 달콤한 숨결로 착각했던 황홀함이 일순간 연기처럼 사라졌다. 놀라 휘둥그레진 내 눈앞에 깡마른 백발노인과 늑대 눈을 한 짐승이 내려다보고 있었다. 한참 뒤에야 밤 깊도록 산속을 헤매던 기억이 어렴풋하게 떠올랐다.

"산행할 입성은 아닌데 어쩌다가 이 깊은 산 속에서 쓰러진 게여? 우리 흑점이 아니었으면 지금쯤 젊은이 황천길 가고 있을 걸세. 쯧쯧-."

"흑점이요? 아-! 이놈 이름이 흑점이군요. 영락없이 늑대처럼 생겼네요."

"무슨 소리! 흑점인 명견이야. 쓰러진 자넬 발견하고 나를 이끌고 온 것 보면 모르겠나?"

전혀 예상찮은 만남이었다. 그는 몸 추스를 때까지 자기 거처로 가자고 했다. 나를 부축해 걷는 노인을 호위하듯 앞서 걷는 흑점이란 개가 듬직해 보였다.

그가 자기 거처라며 날 데려간 곳은 움집치고 꽤 넓었다. 노인은 죽도 밥도 아닌 거무스레한 멀건 물 사발을 내게 디밀었다. 적잖이 당황스러워하는 내 표정을 읽은 그가 나무라듯 말했다.

"왜! 밥이 아니라 실망했나? 아니면 고기? 지금 젊은이에겐 간장 끓인 물이 약일세."

나는 뜨거운 간장 물을 보약 마시듯 단숨에 들이켰다.

노인은 내 신분에 대해 전혀 묻지 않았다. 며칠 뒤 거

동할 만큼 기력 되찾은 어느 날 노인이 먼저 내게 입을 열었다.

"웬 분노가 그리 많은가. 젊은이 눈엔 그게 가득해."

나는 아무런 대답도 하지 못했다. 내 안에 쌓인 분노를 어떻게 설명할지 몰랐기 때문이다.

"살아보니 눈앞에 벌어진 모든 일은 다 자기로부터 시작된다는 걸 깨달았네. 자네를 보면 젊은 날 나를 보는 것 같아 안타깝다네. 겁먹은 개가 더 사납게 짖는 법이거든."

노인 말이 옳을지도 모른다. 내가 겪은 일을 돌이켜보니 모두 나에게서 비롯되었다는 생각이 들었다. 늘 알 수 없는 불안에 휩싸여 그것을 감추려고 어지간히 모질게 굴었다. 한편, 그가 정말 나 같은 삶을 살았을까 하는 의구심이 들었다. 하지만 묻지 못했다. 지금껏 나만 상처받고 내 슬픔이 가장 크다고 억울하게 생각했기 때문이었다.

"자신을 보호한답시고 세운 칼날에 자기가 먼저 다치는 거라네. 잘 보시게. 뾰족하게 날 선 게 세상인지 자네인지."

물음에 대답한 적 없는데 노인은 내 속내를 속속들이 아는 듯이 말했다.

"내 말을 고깝게 여기지는 말게. 내가 분별없이 어긋나던 때 곁에서 누군가 그저 토닥여만 줬더라도 지금과는 다른 삶을 살성싶은 아쉬움에 하는 말이니."

나에게 누군가 인자한 음성으로 조언해 주기는 노인이 처음이었다. 감추고 싶은 내 치부가 들춰진 것 같은 상황인데 노엽거나 부끄럽지 않았다. 오히려 흑점일 품에 안았을 때처럼 가슴이 따뜻해졌다.

노인은 시간 날 때마다 흑점과 인연을 옛날얘기처럼 들려줬다.

"흑점일 처음 본 건 마곡사 근처에서였다네. 지난 부처님 오신 날이었지. 이 산속에서 사람 구경 실컷 하려면 그날이 제격 아닌가? 말이야 사람 구경이지 내겐 묵나물이며 말려둔 약초 팔아먹기 가장 좋은 날이니 그것도 다 부처님 은덕이지."

그는 호탕하게 껄껄 웃으며 흑점 등에 수북이 자란 털을 부드럽게 쓰다듬었다. 흑점은 노인이 하는 말을 알아듣는 듯했다. 빠짝 곤추선 두 귀를 더욱 쫑긋 세우고 동그랗게 말아 올린 꼬리까지 살랑살랑 흔들었다.

  노인은 흑점이란 이름을 지어준 얘기도 빼놓지 않았다. 극심한 피부병으로 괴사한 피부에 더는 털이 나지 않고 큰 점처럼 새카맣게 변하더라고 했다. 흑점 머리 한가운데 생긴 어른 주먹만 한 흉터를 어루만지는 노인 표정에 안쓰러움이 가득 묻어났다. 그의 말대로 흑점 머리에는 타고난 것처럼 검은 점이 박여있었다. 등에 빼곡히 자란 진회색 털과 분명히 달라 보였다. 더구나 눈 아래로 주둥일 따라 배와 앞뒤 다리에서 꼬리 부분까지 풍성하게 자란 흰털이 검은 점을 더 도드라져 보이게 했다.

"흑점이 고향은 알래스카라고 하더군. 그곳에서 썰매 끌며 뛰놀아야 할 녀석이 어째 머나먼 마곡사까지 와서 버려졌는지 흠……. 태어난 지 달포나 됐을까. 모낭충에 감염돼 피부가 온통 피고름이 엉겨 붙은 채 버려진 걸 내가 데려왔지. 처음엔 살성싶지 않더군. 피부병이 낫고도 한동안 좁은 구석에 몸을 숨기고 내 손길은 물론 음식도 거부하더라고. 본향이 외국이라 내 말을 못 알아듣는다고 생각했지. 허허허."

노인은 그때 한 생각이 민망한지 멋쩍게 웃으며 흑점 주둥이에 얼굴을 비벼댔다.

"들은풍월로 첨엔 이놈이 시베리아허스킨 줄 알았는데 이따금 찾아오는 벗이 그러더군. 그것과 사촌쯤 되는 자이언트 말라뮤트라고. 크려면 아직 멀었는데 벌써 이리 컸으니 다 자라면 어마어마할 거라더군. 영특한 녀석이야. 이젠 말도 알아듣고 내 의중까지 꿰뚫는다네."

"굉장하네요. 먹는 양도 어마어마할 텐데 다 어떻게 감당하시는지……."

"내 사는 동안 이놈 사료야 어떻게든 굶지 않게 대겠지만, 내가 그걸 언제까지 해줄 수 있을지 그게 큰 걱정이라네. 흠……. 그나저나 말 나온 김에 자네에게 부탁 하나 함세. 내 며칠간 어딜 다녀와야 하는데 우리 흑점일 좀 돌 봐주고 있으려는가?"

"저야 상관없는데 저 혼자 여기 있어도 괜찮으시겠어요?"

"아무렴! 손 탈만큼 귀한 거라곤 흑점이 뿐인데. 그놈을 맡기고 가는 마당에 걱정은……."

며칠 뒤 의도치 않게 나와 남겨진 흑점인 여전한 먹성에 내 말에도 잘 따랐다. 나 역시 노인이 모아둔 식량을 염치없이 파먹으며 흑점과 한층 가까워졌다. 생김새나 눈동자가 영락없이 늑대를 닮은 흑점은 여느 개처럼 맥없이 허공에 대고 사납게 짖지 않아 더 마음에 들었다. 떠돌아다니던 때 낯선 내 행색을 보고 날카로운 이빨 드러내 악착같이 짖는 개들은 괜한 내 적수였기 때문이다.

내게 흑점일 맡기고 산 아래로 내려갔던 노인은 그 뒤로도 두어 번 더 같은 당부를 했다. 그의 부재로 나와 흑점인 더욱더 친해지고 깊이 교감하는 계기가 된 시간이었다.

흑점이 노인보다 나를 더 따를 때쯤 그가 장작 패는 나에게 산야초 달인 차를 건네며 잠시 앉으라고 자리를 권했다.

"마시게. 흠……. 자네, 눈빛이 얼마나 부드러운지 아는가?"

"네? 분노가 가득 찼다고 하시더니……."

"다 빼낸 게지. 보기 좋아. 언제고 젊은이가 내려가고 싶으면 아무 말 말고 떠나시게. 끝까지 함께할 인연이 아니라면 이별은 빠를수록 좋은 거라네."

"어르신. 제가 여기 너무 오래 있었지요?"

"어허-. 이 사람 내 말을 곡해했구먼. 나야 젊은이를 곁에 두면 든든한 걸. 허나 나 같은 늙은이야 심심산천에 묻혀 하루를 일 년처럼 보내도 상관없네만 젊은 자네가 머물 곳은 아니야. 보아하니 아직 혼자인 듯한데 몽달귀신 되려는 게 아니면 산 아래 살면서 짝도 찾고 안정된 직업도 가져야지."

예사로 흘려들었던 노인 말은 시간이 흐를수록 되새김질하며 뇌리를 세차게 두드렸다. 내가 산에서 내려온 건 그로부터 삼일 밤을 더 보낸 뒤였다. 사냥 장구와 옷차림이 고급스러운 노신사가 찾아와 하룻밤을 묵고 내려갈 때였다. 지나가던 늙은 사냥꾼으로만 여긴 그가 바로 지금 내가 사는 집주인이었다. 움집 노인과 막역한 그는 사냥이 끝나면 늘 옛 벗을 찾아와 담소를 나누다 하룻밤 묵어가곤 했단다. 두 노인이 지난 얘기로 두런거리던 소리가 잦아들고 문밖이 훤해질 때까지 잠들지 못한 건 나였다. 그들은 나를 썩 괜찮은 사람, 또는 듬직한 젊은이란 말을 주고받았다. 그리 기분 좋고 뿌듯한 말은 태어나 처음 듣는 칭찬이었다. 게다가 솔깃한 제안까지 했다.

"자네, 날 밝으면 내 우인과 길벗이나 하게. 가져갈 짐도 없으니 늦잠만 피하면 되겠구먼."

노인은 내게 산에서 내려가란 말을 그리 에둘러 권했다. 그는 입가에 미소를 머금고 있어도 표정은 섭섭함이 가득 서려 있었다. 몸 추스를 때까지만 머무르려 했는데 어영부영 겨울을 보내고 말았다. 늘 내려가려 마음먹다가도 흑점과 어울리며 때를 놓치고 말았는데 지금이 그때인가 싶었다. 여러 생각이 하나로 뒤엉켜 선뜻 대답할 기회를 놓친 틈을 비집고 노신사가 고향이 어디냐고 물었다. 한 치 망설임 없이 '공줍니다'라고 대답하며 흠칫 놀라 움집 노인 눈치부터 살폈다. 미안함 때문이었다. 굳이 묻지 않아 대답할 일도 없었지만, 나에 관해 꺼낸 첫 얘기를 노신사에게 먼저 했음에 면목 없었다.

"오라! 그거 썩 잘되었네그려. 내가 곧 아들 사는 미국으로 간다네. 나 살던 집에서 한번 살아보시게. 괜찮은 사람 찾기가 영 마땅치 않았는데 여기서 적임자를 만났구먼."

거절할 이유가 없었다. 그를 따라 산에서 내려와 한동안 눈에 밟히는 건 움집 노인보다 흑점이었다. 나는 비로소 인연이 얼마나 귀하고 소중한 것인지 움집에서 만난 두 노인과 흑점을 통해 처음 알게 됐다.

*

두려움이 생기면 고양이도 호랑이로 보인다고 했다.

숲속 여기저기 산짐승 눈에서 발하는 인광이 곧 나를 향해 불 뿜어낼 총구처럼 두렵다. 어쩌면 뒤태만 보였던 그놈 것일지도 모른다. 잡으려고 혈안이 됐던 기억은 온

데간데없고 놈을 피해 어서 움집을 찾아야 한다는 생각뿐이다. 휴대전화를 수십 번은 들여다봤다. 여전히 먹통이다. 내가 아직도 깊은 산속에서 헤맨다는 불길한 징조였다.

꼭 살아야겠다던 의지는 도대체 어디로 간 걸까. 몇 걸음 못 가 주저앉고 말았다. 견디기 힘든 통증과 추위에도 잠이 몰려온다. 점점 흐릿해지는 정신을 붙잡기 위해 늘 흥얼거리던 고등학교 교가를 숨죽여 불렀다.

─하아늘과 마주서언 계룡의 싱싱한 무울결 바다로 흐르는 금강은 노래 부르고오 옛터에 그윽이 솟은 지입 우우리 학굘세─

몇 번을 되풀이해 부르다 보니 학교 본관 뒤에 있는 기숙사 봉황관이 절로 눈에 선하다. 그때로 돌아갈 수만 있다면 날 밀어내던 어머니를 이젠 내가 먼저 다가가 품으리라. 아버지 혼이 깃든 곰나루에 가서 막걸리도 한 잔 부어드리고 싶다. 나도 모르게 흐른 눈물이 밤바람에 차가워진 두 볼을 흥건하게 적셨다.

"움집 어르신과 흑점이 못 만난 지 벌써 한 해가 다 됐네. 배부르고 등 따셔지니 은혜도 잊고……. 아-참! 이 사냥총도 집주인이 부탁한 대로 이번에는 꼭 경찰서에 맡겨야지."

살아서 돌아가면 할 일이 많다는 걸 비로소 깨달았지만, 실낱같은 희망조차 없다. 모든 걸 내려놓고 낙담할 때 눈에 익은 어둠이 서서히 옅어지는 기미를 느끼며 화들짝 정신이 든다. 주머니에 넣어둔 휴대전화를 꺼내 시각을 확인했다. 새벽 세 시 오십 분. 조금만 더 버티면 해가 뜰 테니 그땐 움집도 쉽게 찾을 성싶다.

손가락 하나 까딱하기 힘든 무기력에서 벗어난 건 어슴푸레한 여명에도 언뜻언뜻 얼비친 그놈의 풍성한 꼬리를 발견한 뒤부터다. 무기력하던 온몸에 전율이 흘렀다. 무릎에 걸쳐놓은 총을 잽싸게 들어 그놈 꼬리를 정조준했다. 막상 놈이 눈앞에 있으니 명중시킬 확신이 서질 않는다. 설사 꼬리에 명중시켜도 저놈 숨통을 끊어낼 수 없다. 단 한 발, 그걸로 끝내지 못하면 저놈이 날 공격할지도 모를 일이다. 명중만 한다면 그 한 발은 총알이 아닌 마취제를 써야 한다. 탄창 벨트 총집에 단단히 넣어둔 접이식 마취총을 빼내 조심스럽게 개머리판을 폈다. 놈이 눈치채지 못하도록 은밀하게, 하지만 익숙한 손놀림으로 재빨리 마취제가 든 주사기도 장전했다.

질질 끌며 시간을 허비할 수 없는 긴박한 순간이었다. 그럴수록 침착해야 했다. 크게 심호흡한 뒤 숨을 멈추고 '하나, 둘, 셋!' 방아쇠 걸고 있는 오른손 검지를 빠르게 당겼다.

새벽 숲을 가르는 단발의 굉음과 함께 놈이 제 덩치 대여섯 배 높이만큼 껑충 뛰어올랐다. 명중이었다. 놈은 마취제가 든 주사기를 꼬리에 꽂은 채 희뿌연 안갯속으로 쏜살같이 사라져 버렸다. 약기운이 온몸으로 퍼지기 전까지는 달아날 놈을 어떻게든 따라붙어야 했다. 쫓다 보면 어딘가에서 쓰러져 잠든 저놈은 내 손아귀에 들어온다. 하지만 통증이 여전한 옆구리를 부여잡고 절룩거리며 놈을 뒤쫓기에 역부족이다.

얼마만큼 뒤쫓아 온 걸까. 놈을 찾기 위해 두 눈 부릅뜨고 이리저리 뒤지다가 허리를 곧추세우고 보니 낯설지 않은 풍경이다. 움집, 흑점과 노인이 사는 그 움집이다.

그토록 찾아 헤맸는데 생각지도 않게 저 멀리에 어렴풋이 보인다. 놈을 놓쳤어도 움집은 찾았으니 헤맨 보람이 있었다. 내게도 이런 행운이 찾아들 때가 있나 싶게 익숙하지 않지만, 기쁜 나머지 환호성이라도 지르고 싶다. 곧 노인과 흑점을 만날 수 있다는 기쁘고 반가운 마음이 앞서 통증도 잊은 채 밤이슬 내린 숲길을 단숨에 오를 수 있을 것만 같다.

 이제 살았다는 안도감도 잠시, 움집에 가까워질수록 불길한 예감이 엄습한다. 겉보기 허술해도 깔끔하던 예전과 달리 온기는커녕 음습한 냉기마저 감돈다. 노인과 흑점이 떠난 걸까. 그들을 목청껏 부를 엄두가 나지 않는다. 그동안 돌아보지 못한 미안함과 왠지 모를 불안감이 내 발목을 붙잡고 주눅 들게 한다. 괴이한 생각에 멈칫거리다 어떤 상황도 받아들여야 한다며 마음 다잡고 문고리를 잡아당겼다.

 문이 열리자, 어둠뿐인 집안에서 코를 들이밀 수 없을 만큼 풍기는 악취가 나를 막아선다. 움집 안으로 빨려들 듯 뛰어든 나는 한 발짝도 뗄 수 없는 광경과 맞닥뜨렸다. 집안은 이미 내가 먹고 자며 흑점과 뒹굴던 예전의 그곳이 아니다. 나를 막아서던 악취의 실체가 어둠 속에서도 가장 먼저 눈에 들어왔다. 흑점이 드나들도록 뚫어 놓은 곳으로 사물을 구분할 만큼 스민 여명에 드러난 건 노인의 주검이다.

움집을 발견하고 조금 전까지 부풀었던 내 환상이 유리잔 깨지듯 허무하게 산산이 부서졌다. 내 몸뚱이가 늪에 빠진 듯 움집 바닥으로 서서히 꺼져 들어가는 느낌이다. 노인이 맞이한 쓸쓸한 죽음이 전부 내 잘못 같은 죄책감에 선뜻 그 앞으로 다가서지 못했다. 사정없이 뜀박질하는 가슴을 진정시켜도 무얼 먼저 해야 할지 암담해 멍하니 서 있을 수밖에 없다.

갈쌍갈쌍 고였다가 연해 흐르는 눈물을 손등으로 훔치다 너무 놀라 엉거주춤 뒷걸음질하던 내 발에 걸려 나동그라지고 말았다. 덩치 큰 짐승이 노인의 주검 앞에 나자빠져 있는 것을 그제야 봤다. 머리끝이 쭈뼛 서고 등골이 오싹해 외마디 비명조차 지르지 못했다. 눈물이 괴어 흐릿한 눈으로도 한눈에 알아볼 수 있는 풍성한 꼬리가 분명 내가 쏜 마취총을 맞고 도망친 그놈과 똑같다. 망설일 때가 아니다. 나동그라지며 저만치 놓친 총부터 허겁지겁 집어 들었다. 지금이야말로 단발에 숨통을 끊어야 했다. 이제야 비로소 놈과 피 말리던 싸움을 나의 승리로 끝낼 수 있다는 희열에 가슴이 벅차오른다.

냉정 되찾은 나는 그림자처럼 다가가 그놈 목덜미 깊숙이 총구를 들이댔다.

'헉-!' 기겁해 숨이 콱 막혀 멎을 것만 같다. 온몸은 와들와들 떨려 한 발짝도 뗄 수가 없다. 약에 취해 깊이 잠든 녀석의 머리를 보고도 믿기지 않아 몇 번을 다시 확인했다. 흑점이다. 내가 쫓던 놈이 바로 흑점이었다. 축 늘어져 모로 누운 녀석의 머리에 생긴 검은 점을 어루만져 본다. 주둥이와 모가지에 빼곡한 흰털이 핏물로 얼룩져 있다. 다리와 뱃가죽을 뒤덮은 털은 온통 이슬에 흠씬 젖어 몰골이 말이 아니다. 어릴 때보다 네댓 배 족히 자랐대도 알아보지 못하고 내 손으로 죽이려 했다니 온몸에 소름이 돋았다. 흑점인 나를 알아봤을까. 마비된 듯 뻣뻣하게 굳은 내 손아귀에서 스르르 빠져나간 총이 움집 바닥에 버려지듯 털컥 떨어졌다. 힘이 들어가지 않는 두 무릎이 저절로 꺾여 맥없이 바닥에 풀썩 주저앉고 말았다. 어느새 문밖은 다시 만나지 못할 것 같던 새날이 환하게 밝아 있었다.

고선자 소설집

흔들리는 땅

✲

 쏟아진 물도 담아야 할 일이 벌어졌다.
 대청마루를 건너온 전화벨이 사랑채와 맞닿은 마당 끝까지 요란하게 날아와 고즈넉한 평온을 깨뜨렸다. 곧이어 구들장을 지고 사는 점촌댁의 울음 섞인 목소리가 문풍지를 비집고 새 나왔다. 그날 배창호 내외는 저녁상을 건드려 보지도 않고 차디차게 식은 채 그대로 물렸다. 별안간 집안을 발칵 뒤집어 놓은 내막은 다음 날에야 낱낱이 드러났다. 서울 사는 배영수에게 생긴 좋지 않은 소식이었다. 불과 이태 전에도 큰 교통사고의 합의금을 마련하느라 창호 내외 애간장을 졸여놨었다. 그 바람에 과수원 땅을 벤저민에게 팔아넘겨야 했다. 수족을 잘라낸 듯한 상실감에 해묵은 과목이 제 몫 못해 골치 썩인다는 핑계를 둘러댔지만, 그도 부족해 옹기점 땅 일부를 집터로 팔아 급전을 마련해 올려보냈다. 이번에는 웬만한 목돈으로는 해결될 성싶지 않았다.

"집안에 온통 빨간딱지가 붙구 난리라는디 도와줘야지 어쩐대유. 해결 못 허면 감옥 간다는디 우선 살리구 봐야지 애비를 거기 들어가게 헐 순 없잖유."

"시방 뭘루 살리잔 겨! 깨진 독에 물 붓기지, 그놈이 일 낼 적마다 땅 팔아댈 순 없잖여."

보름 앞서 영수가 초췌한 얼굴로 느닷없이 찾아왔다가 창호의 불같은 호통을 뒤통수에 매달고 되밟아 갔었다. 창호 내외는 창피스러운 말이 새나가지 않게 쉬쉬하며 식음을 전폐하고 머리를 맞댔으나 당장 끌어모을 수 있는 돈이라야 일이천만 원 남짓했다.

급기야 하루에도 몇 차례씩 전화를 걸어 빚쟁이 독촉하듯 생떼 쓰던 영수가 헐레벌떡 다시 내려왔다. 집달관이 종적을 감춘 채무자 대신 보증 선 영수의 살림살이에

압류 딱지를 붙인 지 닷새만이었다. 썰물 때 갯벌처럼 휑하던 집안에 밤 깊도록 창호의 성난 목소리가 울타리를 타고 넘었다. 영수가 사정하며 울부짖는 소리도 안개가 자욱이 내리깔린 새벽녘까지 고샅으로 퍼져나갔다. 부자의 팽팽한 설전은 방바닥을 구르며 통곡하던 점촌댁이 혼절하자 일시에 중단됐지만, 넘어야 할 큰 산은 여전히 그들 앞에 떡 버티고 서있었다.

*

농부는 밭이랑을 베고 죽는다고 했다.

배창호는 농번기면 부족한 일손으로 꼬리에 불붙은 개처럼 이리저리 뜀질하느라 끼니때가 지나서야 허겁지겁 허기를 채웠다. 뒷간 볼일조차 참을 수 있는 한 참아내다 해결하는 버릇은 머슴살이를 시작한 열다섯 살 때부터 몸에 밴 생활이었다. 그는 일거리에 치일 때면 눈앞의 영수를 야단치듯 객쩍게 사방에 대고 애먼 욕이라도 퍼부어야 꼬인 심사가 풀렸다.

흔들리는 땅

"썩을 놈. 내, 대꼬챙이 하나 꽂을 땅두 주는가 봐라. 절대 안 줄 겨. 암만!"

입 밖으로 내뱉는 말이 그러해도 정작 속을 뒤집는 이유는 따로 있었다. 이른 봄부터 늦가을까지 허리 펴 하늘 한번 쳐다볼 틈도 없이 흙강아지 꼴인 그를 향해 이웃들이 상머슴이 따로 없다고 던지는 비아냥 때문이었다. 자기를 여전히 머슴으로 대하는 그들이 질투심에 배 아파 하는 소리라고 치부해도 뼛속까지 박힌 자격지심이 꿈틀거렸다. 불난 데 풀무질하듯 어릴 적부터 깐족대며 업신여기던 이웃 동갑내기조차 그의 속을 긁어놓았다.

"어이, 배가야—. 우리 큰애가 이번에 은행장이 됐다네. 뭐니, 뭐니 해도 자식 농사가 제일이더라고. 그깟 빈 껍데기 땅부자에 비하랴!"

그는 제 아들을 자랑삼아 내세우며 창호의 약점까지 들춰내서 말문을 틀어막았다. 그럴 때면 못 들은 척하고 딴전 부리는 게 상책이었다. 우쭐거리는 모습이 눈꼴시고 은근히 부러워 배알이 꼬여도 '너는 자식보고 살아라, 난 땅만 보고 산다.'며 목울대로 치받는 말을 삼켰다.

창호 내외는 셋째인 외아들 영수를 애지중지 키웠다. 두 누이와 달리 어려서부터 병약했던 그를 복숭아과수원에 얼씬도 못 하게 했다. 논보리 타작 무렵이면 도지는 피부병이 복숭아가 흐드러질 철에는 온몸으로 번져 걸핏하면 병원까지 혼비백산 내달려야 했기 때문이었다. 창호의 속앓이 가운데는 하나뿐인 아들이 애당초 농군으로 글렀다는 애석함도 들어 있었다.

영수가 제 앞가림할 수단으론 공부뿐이었으나 공부 머리조차 없어 대학교 입학시험에 번번이 실패했다. 고등학교 졸업장을 디밀고 어렵사리 들어간 직장에서도 한두 달 만에 퇴사하는 일이 반복됐다. 창호는 그런 아들을 보며 일찌감치 기대를 접었고, 신뢰 또한 오래전에 거둬들였다. 그런 영수가 달포 넘게 제 부모를 졸라서 타낸 사업자금으로 서울 변두리에 엘피지 가스충전소를 차리고 가정을 꾸려 서울에 눌러앉았다. 창호는 마지못해 조건까지 내걸며 사업자금을 마련하고도 갈퀴 같은 손에 쥔 돈다발을 선뜻 넘겨주지 못했다.

"눈 뜨고도 코 배어간단 서울서 사람 상대허기가 얼매

나 고된 일인디……. 바지런히 헐 수 있으면 한번 혀 봐. 허나, 쉰 살이 되면 내려온단 약쭐 문서루 남겨야 혀."

"그때쯤엔 저도 실실 농사나 지으면서 편하게 전원생활을 즐길 생각이에요."

"편허게 실실! 이제껏 농사짓는 아비가 한시라두 편허게 보인 겨? 일머리두 모르는 맹탕들이 입만 살아서 허는 헛소린 겨."

"그러니 이젠 먹을 만큼만 짓고 쓸모없는 땅은 팔아 현금 쥐고 편하게 사세요."

"시상에 쓸모없는 땅이 워딨어! 촌에선 땅 틀어쥐고 등짝에 뿔난 이가 제일인 겨."

창호에게 땅은 목숨과 같았다. 목 뻣뻣이 세우고 거드름 피울 수 있는 배짱도 땅에서 비롯되었다. 이른 새벽 눈뜨자마자 들판으로 나가 한눈에 담지 못할 너른 땅덩이를 몇 번씩 휘둘러보아야 직성이 풀렸다. 보기만 해도 배부른 땅을 한시라도 눈에서 멀리 두면 불안해 어쩔 수 없었다. 또한, 걸핏하면 뒷짐 진 채 멀쩡한 논두렁을 지근지근 밟아 다지곤 '삼밭내선 내 땅 밟지 않고 못 다닌다.'는 혼잣말을 하며 배를 불쑥 내밀기 일쑤였다. 그리 으스대는 모양새에 익숙한 점촌댁조차 거기 있는 땅이 밤새 꺼지기라도 하냐며 목숨 놓칠 뻔했던 일까지 들먹여 지청구해도 귓등으로 넘겼다. 그는 지난해 겨울, 논바닥 물웅덩이를 메워 벼 한 포기라도 더 심어 먹겠다며 밤늦도록 지게질하다 발을 헛디디고 언 땅에 나자빠져 겨우내 자리보전했었다. 그때 생긴 옆구리 흉터를 훈장처럼 여기며 쓸어 모은 안마당 흙까지도 채전에 뿌릴 만큼 제 땅에 애착이 강했다.

부모 일찍 여의고 창호가 물려받은 건 오롯이 배 씨 성 하나였다. 머슴살이로 잔뼈가 굵어 그 집 데릴사위가 되기 전까지 땅임자가 되는 건 잠결에 스친 꿈에서나 가능한 일이었다. 마침내 처가 땅을 물려받았을망정 대지주의 꿈을 이룬 그는 온 세상을 가진듯한 기쁨에 취해 살았다. 제 이름자 적힌 우편물조차 거꾸로 들고 헤매는 까막눈이지만, 배웠답시고 행세하는 이가 부럽지 않았다. 하지만 그들 손에 땅 한 모서리도 넘기잖고 지켜야 한다는 책임감이 늘 그를 옥좼다. 그 이유로 눈 돌리는 곳마다 널린 일거리에 파묻혀 흙투성이 몰골인 채 살아도 농사꾼은 땅 파다 거기

묻히는 거라며 땅에 대한 집착만은 놓지 않았다.

*

 옹기 굽는 마을은 나무 타는 연기가 목화송이처럼 피어올랐다.
 삼밭내 열여섯 가구는 마을을 병풍처럼 둘러싼 두 개의 옹기 막이 있는 옹기점 열다섯 집과 한 채가 외딴 섬처럼 뚝 떨어진 사기점으로 나뉘어 있다. 지금은 사기 막 터조차 사라진 곳에 창호 내외가 외따로 살고 있었다. 사기점에서 나고 자란 창호의 처가 점촌댁으로 불리는 까닭이기도 했다.
 칠순을 넘긴 베드로가 옹기점 유일의 옹기장이였다. 그가 옹기와 연을 맺은 때는 백오십여 년 전이었다. 증조부가 천주교 박해를 피해 전라도 어느 깊은 산중으로 숨어들어 옹기를 만들기 시작하며 가업으로 이어졌다. 옹기점은 베드로가 가족을 이끌고 잡초 무성한 돌무지에 움막을 지어 살며 알음알음 소식 접한 연고자들이 모여들어 옹기마을로 번창했다.

조상 대대로 삼밭내 토박이였던 창호의 장인은 버려두다시피 한 땅에 들어온 베드로에게 그때부터 토지세를 거둬들였다. 그가 가마를 지을 때도 땅 주인 허락을 받기 위해 애걸복걸 매달려 통사정했었다. 창호는 데릴사위로 들어간 제 속내를 손바닥 보듯 훤한 사람들의 손가락질은 아랑곳없이 베드로와 옹기점 사람들에게 적잖이 위세를 부렸다.

그들은 삼밭내에 정착해 날품팔이로 연명하다 농한기엔 입에 풀칠하기도 어려웠다. 하지만 가마를 짓고 옹기 제작이 시작되자 언제 그랬냐는 듯 눈코 뜰 새 없이 바빠졌다. 창호의 장인이 가마 짓는 일을 그토록 결사반대한 까닭도 농사일에 손 빌릴 일꾼이 줄어들 염려에서였다.

남자들은 성근 체에 흙을 치고 반죽해 떡메로 두들기는 일을 했다. 밟고 치댄 점토로 밑창타래미를 만들어 물레를 돌리면 베드로의 머릿속에만 들었던 온갖 옹기가 세상 밖으로 나왔다. 옹기가 완성되면 말리는 일은 여인들이 책임졌다. 외형 갖춘 옹기를 가마에 넣는 날은 어른 애 할 것 없이 온 마을 사람이 총동원됐다. 옹기 빚는 기술 못잖게 가마에 재고, 불 때는 일도 눈과 체온의 감각이 절대

중요한 과정이었다. 모든 일을 진두지휘하는 베드로가 옹기점 물주였고 촌장이나 다름없었다. 옹기를 꺼내는 날만큼은 흥청망청 남부럽지 않았다. 마을에 옹기 굽는 연기 대신 고기 굽는 연기로 자욱한 날이면 으레 술판부터 벌어져 배불리 먹고 마시며 포식하는 날이었다.

옹기점 여인들은 무싯날엔 옹기 막 뒷일을 거들다 인근에 오일장이 서는 날에는 저마다 장돌림이 됐다. 제 몸집보다 큰 독을 인 채 양손에 항아리를 들고 오일장에 나서는 진풍경은 과히 볼만했다. 겉보기엔 커다란 독 하나를 인 듯해도 그 안에는 러시아 전통 목각 인형 마트료시카처럼 작은 항아리가 들어 있었다. 손에 든 항아리에도 뚝배기나 간장 종지 같은 작은 질그릇을 넣어 공간을 허투루 비워두지 않았다. 여자 몸으로 짐을 이고 양손까지 자유자재로 쓸 수 있는 것은 힘보다 오랜 경험이 체득된 요령이었다. 찻길 닿는 곳까지 장정이 지게질로 옮겨 줄 때도 있지만, 버스에 싣고 내려 흥정해 파는 일은 아녀자 몫이었다. 톱니바퀴가 맞물려 돌듯 그녀들은 판로를 개척하며 옹기점을 원활히 돌아가도록 이끈 주역이었다.

옹기점 사람들은 농촌에 살며 여봐란 듯이 자랑할 땅 한 평 없어도 자식 공부시켜 짝까지 지웠으니 옹기 일은 그들의 천직이었다. 그러나 처음 삼밭내에 정착해 한 푼 벌이가 다급했던 그들이 일거리 구하던 때를 옛 얘기 삼던 호시절은 오래가지 않았다. 스테인리스와 값싼 플라스틱 그릇이 퍼지고 가정마다 냉장고가 필수품이 되면서 상황이 달라졌다. 핵가족시대로 변화하는 세상에 김치냉장고까지 나오자 옹기가마에 불붙이는 날이 뜸해지고 결국, 두 개의 굴뚝에선 시나브로 연기가 사라졌다. 새로운 밀레니엄 시대를 맞았다며 막연한 기대로 들뜬 세상과 달리 삼십여 년 호황을 누렸던 옹기점이 쇠망기에 들어섰다. 옹기점 사람들은 증조부 시대 때만큼이나 곤궁함에 빠졌다. 고심 끝에 사 대째 이어온 가업을 접기로 마음 굳힌 베드로는 일꾼들에게 면이 서질 않았다. 수제자 한 명 키우지 못한 허탈함은 둘째치고 당장 생계가 막막해진 그들 밥줄을 제 손으로 끊는 괴로움이 더 컸다. 베드로는 기계 제작으로 옹기를 대량 생산하는 김제의 공장을 찾아 떠나기로 했다. 마을 사내들도 뿔뿔이 흩어져 돈벌이를 찾아 나서며 옹기점이 졸지에 부녀자만 남은 생과부 촌이 되었다. 옹기점 사내들이 옹기 일에 손 떼고 떠났다는 얘기가 창호 귀에까지 흘러들었다. 그 일을 가장 반긴 사람은 점촌댁이었다.

"옹기점 아낙들 밭일에라두 데려다 쓸 수 있으니 잘된 일이잖유."

"그래 봐야 밭뙈기 풀 뽑는 일이지. 당신이 영수 구슬려 그만 내려오게 혀볼 텨?"

"애비가 내려온들 먼 일을 허겄어유."

"병든 쥔이 일꾼 열 몫은 허는 겨. 논밭 두렁에 섰기만 혀두 일이 빠를 거구먼."

창호가 아들과의 약조를 문서로까지 남겼어도 글 모르는 처지에 허울 좋은 형식일 뿐 휴짓조각이나 다름없었다.

*

옹기점 사내들이 떠나고 젊은 여인들은 연무읍내 식당이나 인근에 조성된 농공단지로 앞다퉈 스며들었다. 창호 내외가 내심 기대했던 일꾼은 나이 든 여자 네댓 명뿐, 일손이 태부족하긴 매한가지였다. 점촌댁이 그나마 아녀자들에게 밭일을 부탁하러 옹기점을 찾아간 날이었다. 품팔이를 반기려니 믿었던 그들 대부분 뜨악한 얼굴을 했고 더러는 서릿발 내린 듯 싸늘한 표정을 숨기지 않았다. 심지어 속에 묵혀 둔 오래전 섭섭한 일까지 끄집어내어 앙갚음하듯 말하는 여자도 있었다.

"아마 굶어 죽어도 이젠 그 집일 아무도 안 갈걸요."

말 섞어 입씨름 한 번 해본 적 없는 점촌댁은 얼굴이 화끈거려 변명조차 변변히 할 수 없었다. 유난스럽게 옹기점 사람들 일에 참견하고 주인행세 한 남편 처세를 훤히 알기 때문이었다. 말수 적은 아낙까지 새치름한 표정으로 흥정하듯 은근히 속내를 내비쳤다.

"일당을 얼마나 주시려고요? 요즘 늙으나 젊으나 누가 땡볕에 나앉아 농사일하려고 해요. 훈련병 입소 날이면 네 시간만 일해도 육만 원 주는데."

생각지도 못한 금액에 놀란 점촌댁이 흥정은커녕 혀를 내밀고 도리질하며 조붓한 오솔길을 털레털레 되밟아 돌아왔다. 소아마비로 짧은 오른쪽 다리 때문에 한 걸음 내디딜 때마다 시계추처럼 좌우로 흔들리는 상체가 그날따라 유달리 기우뚱거렸다.

일이 틀어져 맥없이 돌아온 그녀가 멋쩍어하며 창호 옆자리에 쭈그려 앉았다.

"몇이나 얻은 겨? 제대루 일헐 사람으루 고르긴 헌 겨?"

"시방 놉 골라가매 쓸 처진가유. 한 사람두 우리 일은 안 헌다네유."

점촌댁이 말라비틀어진 무말랭이처럼 볼품없이 말했다. 옹기점 여인들에게 애꿎은 화살받이가 된 채 입술 한 번 달싹이지 못하고 돌아설 때부터 극성스러운 남편을 원망하던 차였다.

"전부 배가 불렀구먼. 언제부터 일을 가려 혔다는 겨! 대체 이유가 뭐겨?"

"뭐긴 뭐여유. 썩을 논산훈련소 앞 식당에서 품삯을 올려놔 그러지유."

뱉은 겉말과 달리 마을 여인들이 쑥덕거리는 소릴 꼭 뒤에 달고 올 때부터 목구멍을 치받는 속말은 '전부 당신 때문'이라고 가래침 뱉듯 속 시원히 쏴붙이고 싶었다.

"어허-. 당장 큰일이네. 낼은 읍내 인력사무소에라두 알아봐야겠구먼 그려."

이따금 나간 읍내에서 삼삼오오 무리지어 다니는 외국 젊은이들을 보며 꽤 의아쩍고 낯설었다. 그들이 돈벌이를 위해 한국으로 몰려든 노동자란 걸 나중에 알았지만, 그들에게 농사일까지 맡기는 세상이 될 줄은 꿈에도 생각지 못했다. 오십 중반 때만 해도 기운이 펄펄해 젊은이 부럽잖게 일하던 창호였다. 제 몸이 늙은 만큼 급변하는 세상을 절감한 그는 못내 마음이 씁쓸했다. 한풀 누그러진 남편 표정을 단박에 읽어낸 점촌댁이 기회다 싶었는지 속내를 털어냈다.

"마리아는 집안일이면 뭐든 헐 수 있다든디 당신은 어찌 생각허남유?"

그녀는 그 얘길 하려고 튀어나오려는 입바른 소리를 애써 참아 꾹꾹 눌러놨었다.

"당신이 불편헌 몸으루 쪼매 거시기 허긴 혔지. 그이두 품삯을 그리 달라는 겨?"

"아녀유! 말을 맞춰 보든 안 혔는디 달 삯으루 허면 그

보단 깎을 수 있잖컷어유?"

안살림 얘기로 남편 심기를 건드릴까 봐 조바심하던 그녀는 창호가 순순히 받아들이자 멀쩡한 다리 하나가 생겨난 듯 뛸 듯이 기뻤다. 이내 손끝 야무진 마리아가 점촌댁 안살림을 도맡게 되었다. 창호는 마리아만 달리 보았다. 여느 옹기점 여인들처럼 장마당을 나돈 적 없고 품행이 음전해 헛말로도 그의 입에 오르내리지 않았다. 장마당을 팽이 돌듯 돌고 돌아 변하는 세상사에 먼저 눈 뜬 옹기점 여인들을 그는 영 탐탁잖아 했다. 더구나 농사일을 등한시하며 편하고 깨끗한 일만 찾아 밖으로 나도는 그녀들을 눈엣가시처럼 여겼다.

*

쌍심지로 불 밝혀도 가장 어두운 곳은 등잔 아래였다.

옹기점이 개미굴을 들쑤셔 놓은 듯 발칵 뒤집혔다. 마리아가 낳은 아기 때문이었다. 마을 사람들은 그녀 배가 사발 엎어놓은 듯 나부죽이 솟을 때만 해도 남편 죽고 이유 없는 무릿매질에서 벗어나 살이 오르려니 했었다. 그러나 하루 다르게 양푼만큼 커진 배가 한가위 보름달처럼 부풀고서야 홑몸이 아님을 알아차렸다. 옹기점 여인들은 마리아와 정 나눈 남자를 궁금해하며 걸핏하면 꼬치꼬치 캐물었다. 그때마다 솟은 배를 양손으로 떠받친 마리아가 내뱉는 건 한숨뿐이었다. 더러 그녀 행실을 나무라기보다 다독이는 아낙도 있었다.

"곧 잠잠해질 테니 부끄러워할 거 없어. 서방 놔두고 바람피운 것도 아닌데 뭘."

하지만 그들조차 뒤돌아서면 마리아를 입도마에 올려 난도질하기는 마찬가지였다. 거기에 혼인해 한 해도 못 살고 세상 뜬 마리아 남편 죽음까지 덧씌웠다. 벌써 십 년이나 지난 일이었다. 그녀 남편은 고주망태로 옹기 막에 들어갔다가 무너지는 옹기 더미에 깔려 희뿌연 재를 뒤집어쓴 채 목숨을 잃었다. 그는 술만 들어가면 개차반이 되어 마리아를 손찌검해댔었다. 옹기점 여인들은 사내들이 벌이를 위해 객지로 떠난 뒤 생과부로 사는 신세를 한탄했었다. 그러나 부재중인 제 남편은 마을에서 벌

흔들리는 땅 189

어진 일에 지목될 일 없어 모두 안심하는 눈치였다.

며칠이 지나 마리아가 집에서 순산했다는 소식은 반나절도 지나지 않아 마을 곳곳으로 파다히 퍼져나갔다. 어림잡아 1킬로미터는 족히 떨어진 사기점까지도 삽시에 전해졌다. 징검다리 건너뛰듯 입에서 입을 타고 날아다닌 소문의 핵심은 아기 성별이나 산모의 건강 상태가 아니었다.

"아이고ㅡ. 영수 아부지ㅡ. 큰일 터졌구먼유. 마리아가 깜둥이를 낳았데유."

점촌댁이 호들갑 떨며 내놓는 말에 창호의 미간이 잔뜩 쪼그라들며 내 천자를 그렸다. 그는 구겨진 종잇장처럼 표정이 일그러진 채 되묻지 못했다. 읍내와 뚝 떨어진 작은 마을에 피부색 다른 외국인을 들인 장본인으로 마땅한 변명거리가 없었다. 벌어진 일의 책임에서 벗어날 수 없음을 직감한 그의 근심이 자기가 소유한 땅덩이보다 크고 무겁게 내리눌렀다. 고용한 스리랑카인 노동자를 하나하나 떠올리며 애아버질 유추하던 창호가 내심 벤저민을 지목했다. 그는 우리말도 제법 알아들어 믿고 앞세워 일을 맡겨온 터라 배신당한 느낌마저 들었다. 마리아에게도 마찬가지였다. 유난히 벤저민 앞에서 샐샐 웃음 흘리던 모습이 영 마땅찮았어도 늘 웃는 낯이라 예사로 넘긴 게 불찰이었음을 비로소 자각했다.

*

오지나 다름없는 삼밭내에 피부색 다른 외국인이 드나들기 시작했다. 삼십여 년 전 천주교 교구에서 옹기점 신자들에게 지어준 강당을 찾아온 백인 선교사가 처음이던 마을에 이번에는 더 낯선 사내들이 흘러들었다. 창호가 연무읍 내 인력사무소를 통해 데려온 스리랑카인 노동자들이었다. 그들과의 언어 소통이 원활치 않아도 창호가 손짓, 발짓해가며 시키는 일만큼은 곧잘 따라 해서 별로 문제 되지 않았다. 인력시장을 통한 외국인 노동자 고용은 일사천리로 이뤄졌고 창호도 한시름 놓게 되었다. 어느새 한 사람이 다른 한 사람을 데리고 오는 연결고리까지 생겨 중간 단계를 건너뛰는 편법까지 썼다.

앉으면 눕고 싶은 게 사람 본능이었다. 그들을 매번 일당으로 쓰기가 번거로운 창호가 더 큰 속셈을 품기 시작했다. 일을 마치고 돌아갈 때마다 예외 없이 현금을 지급해 보내는 일도 만만찮았다. 고름이 살 될 일 없지만 제 주머니가 가벼워지자 어쩐지 아까운 생각마저 들었다. 줄곧 별러 온 그가 벤저민을 앉혀놓고 꿀 발린 가래떡처럼 겉만 달차근한 목소리로 내내 꾸며온 꿍꿍이셈을 슬쩍 드러냈다.

"벤저민아, 맨날 먼데 드나들자니 힘들지? 아예 여기서 먹구 잠서 일허지 않을텨? 방세두 안 나가구 얼매나 좋아."

"음, 나 혼자 음, 안 돼. 음, 친구 더 있어."

창호의 말뜻을 알아들은 벤저민이 비록 어눌한 말로도 친구까지 데려올 반응을 보였다. 뜻밖에 막혔던 일이 술술 풀리자 창호의 낯빛이 환해졌다. 호박이 넝쿨째 들어온 형국에 입을 다물지 못하고 헤벌쭉 벌린 그는 연해 고개를 끄덕이며 호탕한 너털웃음까지 터뜨렸다.

창호는 다른 입김 쐬기 전에 그날 밤 당장 제집 사랑채로 벤저민 일행 거처를 옮기도록 했다. 그들 짐은 여차하면 언제라도 떠날 듯이 옷가방 하나가 전부였다. 점촌댁은 마리아에게 사랑채를 청소시키고 저녁상을 푸짐히 차려내게 했다. 저녁이면 설거지가 끝나기 무섭게 제집으로 내달리던 마리아도 귀찮은 기색조차 내비치지 않았다.

해 떨어지면 무인도처럼 적막하던 외딴집에 벤저민 일행이 머물기 시작하며 시끌벅적해졌다. 시커먼 젊은 사내들이 나드는 집에 얼굴 뽀얀 마리아가 말없이 오가며 제 몫보다 많은 일을 자분자분 해치웠다. 그녀는 벤저민 일행이 벗어놓은 옷까지 빨아주는 일을 자처했다. 누구나 이끌릴 만큼 참한 그녀를 눈여겨보던 점촌댁이 애틋한 눈길로 넌지시 말을 건넸다.

"쟤들 옷은 놔둬. 더 나이 들기 전에 개가허려면 애껴야지 평생 수절허며 살겨?"

마리아는 그저 얕은 미소를 머금은 채 빨래만 개킬 뿐 가타부타 말이 없었다.

마리아에게 안살림을 맡긴 점촌댁의 노쇠한 몸이 좀 편타 싶을 무렵 벤저민 일행 덕분에 부족한 일손 타령이 한결 줄어든 창호는 생각지 못했던 근심이 적잖이 쌓여갔다. 외국인 일꾼들이 창호의 지시보다 벤저민 말을 더 따르기 때문이었다. 일거리를 알려주면 즉각 움직이던 그들이 언젠가부터 늙은 개 눈빛으로 느물거리며 능청맞은 웃음을 흘리기 시작했다. 제 말보다 벤저민 손짓이나 눈짓에 일사불란하게 움직이는 꼴을 보자니 뒤보고 안 닦은 것처럼 찜찜한 창호의 속내가 더운 날 밀주처럼 부글부글 괴어올랐다. 끓는 화를 다스리지 못한 그가 끝내 언성 높여 나무라며 상한 감정을 드러냈다.

"야! 이놈 자슥들아―. 어른 말이 안 들리는 겨? 어찌 냉큼 움직이덜 않구 구랭이마냥 꾸물거리는 겨!"

눈치 빠른 벤저민이 일행에게 제 나라말을 쏟아내자 둘은 연장을 챙겨 후다닥 대문 밖으로 사라졌다. 벤저민이 그들을 따라 쏜살같이 나간 뒤에도 창호는 아침에 먹은 된밥이 얹힌 듯 명치의 묵직함이 영 풀리지 않았다. 저들끼리만 주고받는 말을 도무지 알아듣지 못하니 더 답답하고 부아가 치밀었다. 왠지 무시당한 기분은 떨떠름한 땡감을 베문 듯 쉬이 가시지 않았다. 마음이 편해야 만사가 풀린다고 믿는 창호의 고민거리가 날로 늘었다. 오전 오후 삼십 분씩 퍼질러 앉아 쉬는 그들 꼬락서니를 모른 체하기도 한계에 다다랐을 때 벤저민은 한술 더 떠 창호의 억장을 무너뜨렸다.

"선데이 음, 일요일에 쉬어. 음, 우리 힘들어. 휴식 필요해. 아니면 일 안 해."

"웬 갈 뻐꾹새 겉은 소리여! 그러니께 시방, 공일엔 놀겄단 겨? 허어ㅡ. 농사꾼이 공일이 워딨어! 오뉴월 하루 놀믄 동지섣달 열흘 굶는 겨. 알어 듣겄어?"

일요일은 쉬겠다고 잘라 말하며 지키지 않으면 그만두겠다고 완강히 뻗대는 벤저민의 고집은 쇠심줄처럼 질겼다. 창호는 그들 요구를 들어주되 치솟는 기세를 꺾으려면 티끌만 한 트집이라도 잡아 혼쭐내야 할성싶어 괜한 욕설로 으름장을 놓았다.

"너 이눔 새끼! 어른헌테 반말허믄 못 쓰는 겨. 버릇없이 워디서 배운 말본새여?"

답답해 울화통 터질 때면 잡히는 데로 매질하며 겨우 가르친 존댓말로는 근심이 사라지지 않았다. 제 발등을 찍고 싶은 심정에도 그마저 가버리면 어쩌나 싶은 불안에 무조건 비위를 맞춰주었다. 일요일을 쉬기로 정한 벤저민 일행은 날 밝자마자 득달같이 읍내로 향해 깊은 밤에야 돌아왔다. 급기야 토요일 오후에 나가 외박하는 일도 잦았다. 창호는 그들이 돌아올 때까지 안달하다 숙소에 나뒹구는 옷가지를 제 눈으로 확인해야 조바심친 가슴을 비질했다. 뒤 마려운 사람처럼 안절부절 고샅을 서성대다 오솔길에 거뭇한 그림자만 보여도 반색하다 실망하기를 거듭하며 맘 졸이는 날이 갈수록 늘었다. 기어코 벤저민이 야금야금 내 거는 조건을 한 가지씩 들어주며 불안한 심경으로 해를 넘겼다.

 설쇠고 정월 대보름 오곡밥도 식지 않아서부터 농사일이 쌓일 때 매일 바늘방석에 앉은 듯 불안한 창호가 최대 고비를 맞았다. 벤저민 일행이 일거리를 널브러뜨린 채 도발하고 나섰기 때문이다. 이유는 단 하나, 셋이 해내기엔 일이 많으니 인부를 더 고용하라는 반기였다. 계절의 시계는 봄날을 가리키는데 헤쳐 갈 길은 덩거친 가시덤불이었다. 창호가 어이없어 벌린 입에 재갈 물리듯 벤저민은 해법까지 제시했다.

 "스리랑카 친구 많아요. 음, 많이 데려올 수 있어요."

느리긴 해도 또박또박 조리 있게 말하는 그의 당돌함이 얼결에 창호의 대답을 이끌어냈다.

"그려, 몇이 더 필요헌 겨? 그만큼 데려올 수 있긴 헌 겨?"

"다섯 있어요. 음, 집 없어요. 방 필요해요."

기막혔다. 청산유수와 같은 말로 한 점 손해 보지 않겠다는 벤저민 셈법이 절로 고개를 내젓게 했다. 하지만 창호도 마냥 어리숙하게 당하지 않고 겨우내 골머리 섞이며 궁리한 끝에 찾아낸 묘수를 내놓기로 작정했다. '후―.' 깊이 들이마신 숨을 땅 꺼지라 내뱉고 마음 다잡은 그가 제 꼼수를 밝혔다.

"그람 인자부터 니들 돈은 가을걷이 끝나면 한목에 받는 겨."

그들을 주저앉히려는 속셈에 반신반의하며 던진 말인데 벤저민이 흔쾌히 받아들였다. 곧바로 벤저민이 말한 제 나라 젊은이 다섯이 농사일에 합류했다. 삼밭내가 졸지에 스리랑카인들로 북적였다. 그들은 옹기점 여인들이 살던 집을 버리고 논산이나 연무읍 내로 이사해 방치된 빈집으로

흔들리는 땅 197

제 입맛에 맞게 나뉘어 들어갔다. 창호네 사랑채에 머물던 벤저민 일행도 이때라 싶었는지 옹기종기 나 앉았다.

가지 많은 나무가 바람을 더 타기 마련이었다. 선산 지키는 소나무처럼 허리 굽고 손마디 굵어지도록 일꾼 부리는 수단은 이력 났다고 자신했던 창호도 외국인 노동자 여덟 명을 다루자니 힘에 부쳤다. 어리다는 이유로 만만히 봐선 안 될 만큼 혈기 왕성한 그들은 거칠었다. 고용주와 근로자의 갑을 관계만으로 무조건 밀어붙여 통제하기 버거운 그들은 차돌 같이 단단히 뭉친 막강한 기세로 얼마 지나지 않아 또 다른 일을 거론하며 어기댔다. 벤저민은 작업을 거부하다 노사협상 자리에 마주한 노조위원장처럼 그들 일행의 대표자로 창호와 담판 지려 나섰다. 논과 밭, 과수원 일을 분담해 맡기라는 조건이었다. 정해진 일만 하겠다는 그들의 주장은 확실한 명분이 있었다. 자잘한 일까지 휘뚜루마뚜루 시키려던 창호는 틀어진 계획을 쉽사리 받아들이지 못했다. 그와 벤저민의 밀고 당기는 기 싸움은 합당한 권리를 내세운 일꾼의 완승으로 매듭지어졌다. 벤저민은 '욕하지 말아요. 우리 다 알아요.

때리면 안 돼요. 그거 나빠요.'라며 창호의 잘못된 언행 습관조차 따지고 들었다. 마침내 다신 않겠다는 약조까지 받아낸 그들이 벤저민 지시에 따라 일을 분담하며 휴식 시간도 잊지 않고 지켰다. 창호는 한 발 뒤에서 지켜봐야만 하는 눈앞의 상황에 피를 토하듯 탄식했다.

"아이구, 조상님네여. 인제 나라가 망허려는 갑네유. 농자천하지대본이란 말은 오간 데 없구, 딴 나라 일꾼 아니면 땅덩일 묵힐 판에 그것들 눈치꺼정 봐야 허니 이를 어쩐데유. 땅 지키기가 이라구 대간헌 건 하늘이나 알까 나라님두 모를 거구먼유."

일곱 해를 넘기자 삼밭내는 오래전 옹기장이가 들어와 옹기마을이 됐던 것처럼 벤저민 일행이 차지해 마치 작은 스리랑카인 마을로 바뀌었다. 다른 나라 노동자들은 탄탄하게 조직된 벤저민 일행의 강세에 밀려 삼밭내로 발도 들이지 못했다.

마을을 온통 흉흉한 소문으로 술렁이게 하고 태어난 아기가 어느새 새참 나르는 제 어미 뒤에서 술 주전자를 들고 따라갈 만큼 자랐다. 아이의 곱슬머리와 까만 피부,

짙게 쌍꺼풀진 커다란 눈매가 겉보기엔 영락없이 외국인이었다. 벤저민과 마리아 사이에서 태어난 여섯 살짜리 사내아이였다. 그들은 아기가 태어나기만 기다린 듯 바로 정식 부부가 됐다. 벤저민은 스리랑카에 있는 두 남동생까지 초청해 제 곁에 두었다. 마리아가 새로운 유형의 다문화가정을 이룬 것만큼 삼밭내도 많은 변화가 생겼다. 부부는 한해 전 멀리서도 눈에 띄는 새집을 옹기점에 짓고 남부럽잖게 살고 있었다. 은행에 뭉칫돈을 넣어둔 알부자란 말이 심심찮게 나돌았다. 삼밭내에 스리랑카인 노동자 머릿수도 늘었다. 몇 번의 들락거림에 낯선 얼굴이 보였으나 벤저민은 여전히 그들의 대변자로 일머리를 좌지우지했다. 외국인을 경계하던 옹기점 여인들은 그들을 친근한 이웃으로 대하며 자연스럽게 어울렸다. 삼밭내는 혈육까지 가세한 벤저민의 왕국 같았다.

*

사람도 땅도 앉은 자리로 가치를 인정받았다.

대쪽같이 꼬장꼬장한 창호도 자식을 이기지 못했다. 그는 제 목을 단두대에 거는 심정으로 인근 마을 이장에게 땅 살 사람을 톺아봐 달라며 신신당부하고 나섰다. 하루가 급한 창호의 사정은 아랑곳없이 감감무소식인 그를 되찾아갔다 헛걸음하며 속이 새카맣게 타들었다. 그는 도리 없이 연무읍 내 부동산중개업소에 모든 전답을 급매물로 내놓았다. 하지만 마음 한쪽에선 임자가 영 나타나지 않길 바라는 딴 맘이 은근히 고개를 치켜들어 수시로 갈등했다. 그의 땅은 날개 없는 봉황 같았다. 땅 보러 오는 이는 감나무에 남긴 까치밥보다 드물었고 설령 온다 해도 살 엄두를 못 냈다. 꼭 한번 임자가 나섰지만, 그땐 창호가 당차게 거절해버렸다.

"이런 골짜기 땅은 헐값이에요. 이억오천이면 후하게 친 가격이니 제게 넘기세요."

"뭣이여! 골짜기 땅? 내 땅은 삼 년 가뭄에두 끄떡없이 나락 심어 먹은 알짜배기 논이여. 워디 허접한 천둥지기를 빗대 도매금에 넘기려 드는 겨."

"그럼 얼마나 받으시려고요?"

창호는 아들에게 필요한 돈이 삼억이란 말을 목구멍 밖으로 밀어내지 못했다. 대신 못 해도 사억은 줘야 한다는 말이 입안에서 맴돌았다. 무릇, 흥정은 비싸게 불러야 깎아도 손해가 없고 깎는 맛이 있어야 달려들어 덥석 문다는 계산에서였다. 창호의 꼼수를 눈치챈 상대는 되치기하듯 삼억도 많다고 먼저 응수했다. 그는 '집터 포함입니다. 이 집이 옥의 티라니까요.'라며 너스레까지 떨었다. 그 말이 원인이었다. 사람 사는 집까지 내놓으란 말을 영수가 당한 처지와 다름없이 여긴 창호의 부아를 건드려 거래는 무산되었다.

궁지에 몰린 창호가 부동산 사무실을 재차 다녀오고부터 노환으로 누운 점촌댁 보는 눈길에서 측은지심조차 사라졌다. 땅이 쉽사리 팔리지 않자 농약을 먹든 목매달든 해 죽어버리겠다고 엄포 놓는 영수의 발광이 있던 날이었다. 보다 못한 점촌댁이 오래 숨겨온 비밀을 폭로하며 집안 분위기가 일순간 괴괴해졌다.

"땅 쥔은 나여유! 내 땅, 내가 팔어 영수부터 살릴 테니 당신은 그리 알어유."

창호는 단호한 점촌댁 말에 대꾸할 수 없었다. 머슴살이하는 집 외동딸은 절름발이로 혼기를 넘긴 처지였다. 그녀와 결혼하면 그 집 땅이 전부 제 것이 되는 줄로 알았다. 하여 평생 몸 사리잖고 논밭을 굴렸건만 진실은 달랐다. 그 사실을 확인시키듯 삼밭내 모든 땅이 점촌댁 명의라는 부동산 중개업자 말에 그는 절망했다. 그 말을 듣는 순간 땅이 갈라져 내려앉는 아득함에 풀썩 주저앉고 말았다. 분명한 땅울림을 느꼈다. 지축을 뒤흔든 이명 뒤로 평생 꼭두각시에 불과했던 초라한 제 몰골이 눈앞으로 또렷이 다가들었다.

며칠 뒤 벤저민이 땅을 사겠다며 당당히 나섰다. 영수가 필요한 삼억 원에 이천만 원을 더 얹어주면서 집터까지 빼주겠다고 했다. 창호는 마른침을 삼킬 만큼 구미가 당겼지만, 선뜻 응할 수 없었다. 자괴감이었다. 그에게 땅을 팔면 뒤집힌 세상에서 뿌리까지 뽑힌 채 살아갈 날이 암담했다. 그러나 하루가 지나고 여태껏 제 명의라 믿었던 땅에 기어이 벤저민의 팻말이 꽂혔다.

―2020 농민신문 신춘문예 당선 작품―

고선자 소설집

깊은 침묵

✳

 노루목 마을 위령비 제막식에 정작 주인공은 없었다.
 재작년 장맛비에 감당키 어려운 수해를 입었던 마을이 오랜 복구 뒤 어엿한 모습으로 탈바꿈했다. 침수돼 무너진 가옥의 잔해를 치우고 재건축하기에 앞서서는 한결같이 고만고만한 흙집뿐이었다. 해묵어 바스러지는 삭은 이엉을 벗겨낸 자리에 올린 슬레이트 지붕도 검버섯 핀 얼굴처럼 거무죽죽하게 변색 돼 초라하기 짝없었다. 그조차 1970년대 새마을운동이 전국으로 들불 번지듯 하던 때 어렵사리 개량해 그런 모양새나마 갖출 수 있었다.

마을 겉모습뿐만 아니라 사람들 마음 씀씀이도 예전과 사뭇 달라졌다. 꼼짝없이 한날한시에 목숨 놓칠 뻔한 위기에서 구사일생으로 살아나며 어려움을 함께 극복한 동지애가 생겼기 때문이었다. 밤새 안녕하셨냐는 인사에 내포된 의미를 절감한 뒤 매일 아침 눈뜨면 서로 안부부터 물으며 살가운 이웃으로 거듭났다. 고작 열 가구뿐이어도 매사 불협화음으로 아웅다웅하며 잦은 다툼 일삼던 그들 모두 개과천선한 듯 보였다.

농경지라야 대 이어 물려받은 논배미 다 합해 이십여 마지기 남짓했다. 다행히 불당골 계곡물을 가둬둔 현천저수지가 있어 농사짓기에는 부족하잖았다. 하지만 곳곳에 깊이조차 모르게 박혀있는 바윗덩이와 가시덤불로 뒤덮인 구릉은 아무짝에도 쓸모없었다. 군데군데 야트막한 돌담 안에 들어앉은 남새밭도 잡목 우거진 비탈면을 개간해 만든 자드락밭이 대부분이었다. 저수지 둑에 올라서서 들판을 내려다보면 구불구불 제멋대로인 논두렁은 구렁이 몇 마리가 사방으로 기어가는 것처럼 보였다. 그나마도 춘기에 논 여덟 마지기 뺀 나머지 땅 주인이 서넛이나 되다 보니 그들 살림 형편은 거울 들여다보듯 빤해 도토리 키 재는 형국이었다.

형세가 마치 노루 모가지처럼 길고 좁다래 노루목이라 불리는 마을이 전에 없이 부산스러웠다.

"노루목 경사 중에 젤루 큰 경사랑께! 열 시까정 점다 오신다니께 마침맞게 허려면 바지런 떨어야 헌당께—."

마을 이장 춘기가 뒤란 드나드는 부엌 샛문에 버티고 서서 눈 부라리며 아녀자들을 재촉했다. 정작 바쁘기로 치자면 푹푹 찌는 삼복더위에 불 앞에서 음식 만드느라 땀으로 흠씬 젖은 제 아내와 마을 아녀자들이었다. 성마른 성격에 어려서부터 싸움꾼으로 소문 자자한 그에 맞서 아내만이 대꾸하고 나섰다.

"아따—! 당신은 점잖게 기시랑께요. 으쩐다고 사내가 남사시럽게 정지를 들락거린다요?"

그의 아내가 키득거리는 이웃 아낙들에게 한쪽 눈을 찡끗거리며 남편의 등 떠밀어 부엌 멀찌감치 내몰았다. 귓등으로 흘려들으면 지청구 같아도 말 깊이에 제 남편을 한 번 더 추켜 올리려는 의도가 적잖이 깔려 있었다.

이태 앞서 여태껏 경험해보지 못했던 대홍수로 저수지 둑이 붕괴해 마을 전체를 한입에 집어삼킬 때, 기르던 가축 말곤 주민 털끝 하나 상하지 않게 지킨 의인으로 뉴스에 회자 되며 군수 표창까지 받은 일을 에둘러 되짚으려는 심산이었다.

오늘에서야 그날 같은 참사를 막고자 당산나무에 제사 모시고 내처 노루목 위령비까지 건립하기로 했다. 주민들은 제집 일 제쳐두고 누가 먼저랄 것 없이 앞다퉈 처음 있는 마을 행사에 기꺼운 마음으로 손 보탰다. 남자라고 해봐야 이장과 상구 둘뿐이나 그들은 염천에도 불구하고 미리 깔 맞춤한 한복에 두루마기를 차려입었다. 춘기는 한술 더 떠 유건까지 갖춰 쓰고 외부 손님 맞을 준비에 여념 없었다.

군청 지원은커녕 읍사무소 말단직원 방문조차 뜸하던 낙후한 오지 마을에 해당 기관장들과 국회의원이 도지사까지 앞세워 들른다는 소식을 받고 십시일반 돕고자 나선 참이었다. 대대로 노루목에서 나고 자란 춘기가 일흔 살이 코앞에 닿도록 처음 있는 생경한 일에도 당황한 기색 없이 연해 싱글벙글하며 즐기는 듯 보였다. 그는 표창장을 받고 세간의 이목이 제게 집중된 뒤부터 젠체하며 한껏 거드름부렸다. 꾸지람만 듣던 말썽꾸러기 아이가 처음으로 칭찬받고 우쭐하듯 그의 어깨도 귓불에 닿을 만큼 바짝 추켜 올라간 채 내려올 줄 몰랐다.

이번 큰일을 치르기 위해 여인네들 단속곳 안주머니에 꽁꽁 싸매 숨겨놨던 쌈짓돈까지 추렴해 나름 거창하게 모양새를 갖춘 노루목 첫 행사였다. 환갑 진갑 다 지난 아녀자들은 명절에 다녀간 자식들이 쥐여 준 용돈을 그러모아 꼭꼭 쟁인 주머니밑천까지 아낌없이 쾌척했다. 정부로부터 곧 추가 피해보상금을 받게 될 거라는 춘기의 사탕발림과 집요한 꼬드김도 인심 풀리는데 한몫 톡톡히 거들었다. 게다가 전국 각지에서 차떼기로 모여든 구호 물품을 골고루 나눈 터라 발발 떨며 지닌 천금 같던 비상금은 푼돈에 불과해 아깝잖았다. 더구나 저마다 불당골 장수가 세운 공을 솔직하게 말하지 못한 불안과 자괴감에 앙가슴이 돌덩이 얹힌 듯 묵직하고 찜찜했었다.

깊은 침묵

그러던 차에 온 주민을 쥐락펴락하는 춘기가 앞장서 서두르니 이심전심으로 동참하고 나섰다. 제사라도 올려 물난리 때 안타깝게 희생된 넋을 위로하고 위령비를 세워 추모하면 마음속 빚이 덜어질 성싶었다. 덕분에 살아남은 자의 당연한 도리를 늦게나마 할 수 있어 다행이라 여기기도 했다.

*

 삶은 자연과 끊임없이 교감하며 섭리를 깨닫는 일이었다.
 하늘에 구멍이 뚫린 듯 그동안의 기록을 갈아치울 폭우가 쏟아졌다. 춘기가 삼 년간 상환하기로 사들인 최신형 농업용 양수기 대금을 다 갚도록 길게 이어졌던 가뭄 끝 단비였다. 오죽했으면 그가 자청하고 나서 말로만 듣던 기우제까지 서너 차례 지내기도 했었다. 후드득후드득 빗낱 돋는 소리에 맨발로 뛰쳐나와 이제 살았다며 반색하는 마을 사람들은 두 손을 번쩍 추켜 올려 만세를 연

호했다. 그들은 저마다 이장의 정성이 하늘에 닿았다고 찬사 하며 활기를 되찾았다. 한번 내리기 시작한 비는 잠시 잠깐 주춤할 새 없이 퍼부어대 마치 서너 해 움켜쥐고만 있던 물 폭탄을 일시에 손아귀 풀어 놔버린 듯했다. 막아낼 재간 없는 땡볕의 잔열로 밤바람조차 후텁지근해 노루목 마을을 찜통에 가둔 듯했던 열대야와 가뭄이 해갈은 문제없어 보였다.

이제나저제나 비를 기다리며 목 빠지라 하늘만 올려다보던 사람들이 한시름 놓고 느긋할 때 불당골 장수는 달리 생각해 혼자 애달았다. 내리 이레째 멈추잖는 국지성 집중호우가 그의 눈에 심상찮아 보였기 때문이었다. 온 신경이 곤두선 장수는 사나흘 밤잠 설친 채 들마루를 오르락내리락하며 산 아래쪽 살피느라 안절부절못했다. 그가 찢긴 어망 꿰맬 때처럼 미간을 잔뜩 오그린 채 눈길 머문 곳은 현천 저수지였다. 반세기 넘도록 자의 반 타의 반 법처럼 정해져 자기가 운신할 수 있는 범위의 경계선이 된 곳이었다. 불당골 계곡과 노루목 마을을 구분 짓고 그 한가운데 들어앉은 저수지로 몰려든 빗물이 둑길까지 찰랑찰랑 차

깊은 침묵 211

올라 넘실거렸다. 몇 해 동안 거북이 등껍질처럼 딱딱히 굳어 쩍쩍 갈라진 저수지 바닥에 온갖 잡초가 무성히 자라나 뼈대까지 실팍하게 우거졌던 곳이었다. 며칠 새 곧 넘칠 듯 불어난 물은 성난 제 힘에 못 이겨 언제든 저수지 둑을 무너뜨리고 그 아래로 나부죽이 깔린 들판과 노루목 열 가구까지 한순간에 휩쓸어 버릴 기세였다.

불당골 산 중턱에서 홀로 은둔해 살던 장수는 노루목 사람들 생사가 자신에 달렸다고 생각했다. 그들에게 받은 모진 구박과 부당한 대우 따윈 따질 겨를 없이 무작정 스스로 짊어진 책무이자 일종의 사명감이었다. 여러 사람 목숨이 촌각에 달린 일이라 더 그러했다.

그는 평상시도 수시로 저수지 둑 밑을 일개미처럼 돌아다니며 둘러보아야 직성이 풀렸다. 조금이라도 파헤쳐지고 구멍 나 물 새는 곳을 원상태로 복구해놓아야만 잠자리에 편히 들 수 있었다. 저수지 관리원조차 모르게 한 그 일의 내막을 노루목 이장 춘기 단 한 사람만은 속속들이 알았다. 장수의 일거수일투족을 한시도 눈 떼잖고 지켜보던 그가 급기야 은밀한 제안 앞세워 겁박까지 했다.

"쥐도 새도 몰라야 혀. 들키는 날엔 참말 끝장낼 팅께! 믄 말인지 알제?"

 그가 내건 조건은 아무도 모르게 저수지를 관리해야 물고기 잡는 일을 허락한다는 내용이었다. 관리원과 몇 차례 만나 술과 고기로 환심 산 춘기는 장수의 공을 가로챘다. 자기가 저수지를 관리한다고 철석같이 믿게 한 뒤 가뜩이나 뜸한 담당 관리원 발길조차 아예 멀어지게 만들었다. 장수는 이견 없이 춘기 말에 따랐다. 현천 저수지는 그가 지금껏 명 보존할 수 있었던 삶의 터전이자 밥줄이기 때문이었다. 손에 쥘 수 있는 현금은 저수지에서 건져 올린 가물치나 붕어, 이따금 잡힌 민물 새우와 게를 내다 팔아 생긴 수입이 전부였다. 그러기에 저수지 붕괴만큼은 어떻게든 막아내야 했다. 혹여 제힘으로 할 수 없다면 아랫동네 사람들 목숨만이라도 지켜내자는 게 그의 깊은 속내였다.

 밤이 깊어지자 칠흑 같은 어둠을 가르는 시퍼런 번갯불이 골짜기 여기저기로 잽싸게 옮겨 다니며 내리꽂혔다. 바투 이어진 천둥소리는 금방이라도 천하를 요절낼 듯 들창문을 요란히 뒤흔들며 간담마저 서늘케 했다. 다 삭아 빠진 양철지붕 위로 들이붓는 빗소리가 예사롭잖아 불안이 집채만큼 커갔다. 장수가 산속 고립된 삶에 적응하려면 늘 눈과 귀는 물론 오감을 열어 둬야 했다. 일흔 살 문턱에서 평생 처음으로 땅 울림과 함께 돌 구르는 소리까지 들었다. 분명한 붕괴 조짐이었다. 더 머뭇거리다간 불어난 계곡물로 무방비인 채 저수지보다 먼저 낡은 제 집과 함께 진흙더미에 파묻힐 성싶었다.

한시가 급한 그는 당장 필요한 소지품 한 가지 챙길 여유 없이 집을 나섰다. 허구한 날 등허리 붙여 뒹굴던 눈앞 평상도 가늠할 수 없는 어둠이 사위를 채우고 있었다. 눈 뜨기조차 쉽잖은 거센 비바람에 살 부러진 우산은 무용지물이었다. 막상 나서고 보니 등 굽은 노구를 이끌고 아랫마을로 내려갈 일이 막막했다. 저수지 옆으로 난 샛길이 질러가기 안성맞춤이나 이미 실개천이 불어 차오른 상태라 길을 찾기는커녕 자신의 안전도 보장할 수 없게 보였다. 그나마 덜 위험한 산등성이를 따라

굽이굽이 돌아가기엔 힘에 부치고 시간이 촉박했다. 설사 용케 내려간대도 깊이 잠든 사람들 깨울 방법이 묘연해 그 또한 걱정이 앞섰다. 억울함조차 항변하지 못한 아자(啞者) 처지에 자칫 예전처럼 도둑으로 몰려 애먼 몰매만 흠씬 두들겨 맞을 수도 있었다. 다행히 노루목에서도 삼십여 리 족히 되는 곳에 경찰 지구대가 있긴 했다. 하지만 거기까지는 일분일초를 다투는 정황에선 무리였다. 생각 끝에 위험 무릅쓰고 지름길 택한 그는 앞뒤 재잖고 저수지 아래 도랑물을 건너기로 했다. 노루목 마을 사람들에게 맞아 죽는 한이 있더라도 집집 대문 두르려 어떻게든 피신부터 시키고 보잔 생각이었다. 명이야 타고 난 대로 살다 가면 되는 일, 그리 호락호락 죽을 운명이었다면 핏덩이로 버려질 때 이미 저승사자 손에 넘어갔으리라는 판단이 섰다. 이제 죽음이 두렵거나 아쉬울 나이가 아니란 생각도 그의 용기를 북돋웠다. 밥벌레로 어미 뼛골 갉아 먹으며 기생충처럼 연명했던 제 한 목숨 바쳐 여러 생명 지킬 수만 있다면 그보다 값진 죽음이 또 있으랴 싶기도 했다.

*

 측은지심조차 생명에 대한 사랑과 신앙의 실천이었다.
 불당골 만신萬神 유화의 신당 처마 아래 강보에 싸인 아기가 놓여 있었다. 탯줄 잘린 자리에 맺힌 선홍빛 얼룩이 채 마르지도 않은 핏덩이는 제게 닥친 위난에도 들숨 날숨 고른 단잠 자며 배냇짓까지 했다. 새벽 기도 마친 유화가 신당 문을 나서다 아기를 발견하고 기겁한 채 어린 생명부터 보듬어 안았다. 근 칠십 년 앞서 장수가 늙은 무녀 아들로 다시 태어난 인연의 시작이었다.
 얼마나 모진 부모길래 아기에 관한 인적사항 한 줄 없이 새벽 댓바람에 혈연을 끊고 홀연히 사라졌나 싶었던 그녀 의구심은 단박에 풀렸다. 아기는 어미 배 속에서부터 장애를 짊어진 채 태어나 등뼈가 단봉낙타 혹처럼 불쑥 솟아 있었다. 그런 갓난아기를 안고 불당골 제 집까지 험한 산길 올라왔다면 샛서방을 보아 단봇짐 싼 아낙처럼 외간 눈 피해 한밤중 어둠 틈타 나섰으리란 생각에 한숨부터 새 나왔다. 하지만 그도 눈곱만한 양심의 발현이고 정성이라 여겼다. 무녀 생활하는 유화라면 받드는 신령의 영험함이 불구로 태어난 어린 생명을 지킬 수 있으리라 믿은 한 가닥 희망일 성싶었다. 그래서 외면할 수 없었다. 신령을 받드는 자로서 생명의 존엄은 마땅히 우선시해야 할 덕목 가운데 으뜸이었다. 출산 경험이 없는 유화가 불린 쌀을 학독에 갈아 만든 미음으로 어미 대신해 아기를 돌보기 시작했다. 제 어미 젖 맛조차 알지 못할 어린 것은 입안으로 흘려 넣는 미음을 혀 날름거려 허겁지겁 받아먹었다. 신통하리만치 보채거나 울지 않았고 잔병치레 없이 오뉴월 호박 크듯 하루가 다르게 자랐다. 몇 달 지나자 아기는 뒤집기를 했고 기어 다니기 시작하더니 이내 반닫이를 붙잡고 무리 없이 일어섰다. 불거진 등뼈만 아니면 여느 아기와 별반 다를 게 없었다. 제 정성만으로 언제까지 살 수 있을지 장담할 수 없어 이름은커녕 출생신고조차 하지 못한 상태였다. 그 모습을 눈여겨 지켜본 유화는 그제야 이름을 지어줘야겠다고 마음 굳혔다. 태어나 부모에게 버림받고 평생 곱사등으로 살아야 할 처지가 하도 딱해 더는 아픈데 없이 오래 살라고 지은 이름이 장수長壽였다. 한순간도 허투루 보지 않았으나 언어 장애까지 있는 걸 눈치챈 건 이름을 지어준 뒤였다.

"장수야! 오늘부텀 니 이름은 장수랑께, 천장수. 골골 앓틸 말고 이름맹키 오래오래 살랑께. 알겄지라? 이리 온 내 아들."

그녀가 양손 까불러 아기를 부르자 연해 벙싯벙싯 웃으며 달려와 그녀 품에 안기고도 입은 떼지 않았다. 돌이 켜보니 제때 해야 할 옹알이조차 하지 않았던 걸 비로소 떠올렸다.

유화는 자기가 그러했듯 장수에게 제 성을 물려주기로 했다. 어차피 생물학적 아비에 불과한 존재도 모르는 사람의 성은 살아오며 제게 아무런 도움이 되지 않았고 의미도 없었다. 불당골에서 태어나 그 골짜기 어느 양지쪽에 묻히게 될 자신과 개구멍받이 장수가 공동운명체로 같은 방향을 향해 살아가면 될 일이었다. 엄마와 아들로 맺어진 관계니 더 바랄 게 없었다.

평생 만신으로 살아온 유화는 남정네와 사랑은 가난한 집 쌀독처럼 늘 비어있었다. 그의 나이 열여섯 살에 신내림 받아 세습 무당이 되며 여인으로 남자에 사랑받는 삶은 일찌감치 접었다. 설사 신내림을 받지 않았더라도 제 팔자는 그리 달라질 게 없어 자포자기한 채 살아왔다. 어미 배 속에 착상되면서부터 이미 무녀의 딸이었다. 세상 밖으로 나와서도 보고 배운 거라곤 굿판의 신들린 춤사위와 푸닥거리 경 읊는 소리밖에 없었다. 그녀의 어머니는 신병으로 시름시름 앓다가 홑몸이 아닌 것도 모른 채 매몰차게 내쳐졌다. 유화는 아비 얼굴은커녕 어느 성씨 집안 자손인지도 알 길 없었다. 어머니가 입 열지 않기에 묻지도 못한 유화는 그녀 성을 따라 천 씨가 되었다.

별 탈 없이 커가는 장수를 보며 어차피 제 나머지 삶에 사랑은 아들에게 쏟을 모정뿐이라 여겼다. 장애 있는 아이를 떠안고 살아갈 고충이야 열 달 배부르지 않은 채 출산의 고통조차 없이 얻은 값으로 대신하면 될 일이었다. 더구나 생산 능력도 진작 사라져 돌계집이 된 터라 제품에 덥석 안긴 아이는 삼신할미가 선물로 준 무녀 삶의 덤과 같았다. 하지만 저나 장수나 세상 한 귀퉁이에서 엄연히 숨 쉬며 살아도 존재 기록조차 없는 허상에 불과했다.

출생신고 안 된 아이가 학교에 갈 나이가 되어도 보낼 수 없었다. 유화는 그것이 늘 미안하고 죄스러워 평생 가슴 속 멍에로 짊어졌다. 애써 위안 삼자면 말 못 하는 곱사등이 아이를 세상밖에 내놓지 않아야 더 큰 불행을 막아주는 길이란 생각이 고작이었다. 또래와 어울려 제대로 공부할 성싶지도 않았다. 학교도 험한 산길 굽이굽이 내려가 근 삼십 리를 쉴 새 없이 걸어야 닿을 거리에 있어 첫새벽부터 종종걸음쳐야 할 장수에게는 그림 속 떡이나 다름없었다. 고민 끝에 내린 결론은 모든 죄를 자신이 떠안고 그 벌로 넘치도록 사랑하며 죽는 날까지 함께 살면 충분하지 싶었다.

*

장애로 불편한 몸보다 상대방의 곡해가 더 힘겨웠다.

겨우내 불당골 계곡에 얼어붙었던 얼음이 녹아 현천 저수지로 흘러들기 시작했다. 추위 견뎌낸 나무는 여전히 빈 가지처럼 보여도 줄기 끝마다 뽀얀 털에 싸인 연둣빛 새싹이 배쭉배쭉 고개를 내밀고 있었다.

 매서운 산골 추위로 문밖에는 나오잖던 장수가 날이 풀리자 신당 마당에 모습을 드러냈다. 여전히 두툼한 겨울옷에 털모자를 쓴 아이는 아홉 살 나이가 믿기지 않을 만큼 작았다. 굽은 등을 펴 꼿꼿이 선다면 두어 자는 족히 커 보일 성싶었다. 그는 부메랑처럼 휘어 불룩하게 솟은 등뼈 때문에 항상 서너 치수 큰 옷을 입어야 했다. 하지만 제아무리 큰 옷으로도 곱사등 흔적은 다 감춰지지 않았다. 걸음을 옮길 때마다 긴 윗도리 자락이 발뒤꿈치에 걸려 몹시 성가셔 보였다. 흙바닥에 납작 엎드려 사금파리 쥐고 노는 모습은 영락없이 제 집을 짊어진 달팽이 같았다. 점심때가 지나도록 그리 엎드려 놀던 아이가 흙강아지 꼴로 일어섰다. 그제야 시장기가 돈 모양이었다. 장수가 들어선 방 윗목에 개다리소반이 덩그러니 놓여 있었다. 오색 천 조각을 이어 붙여 만든 상 보자기를 걷어낸 아이가 아랫목에 깔아 둔 이불 밑에서 밥주발을 꺼내 들었다. 무릎걸음 한 채 꺼내온 밥그릇은 아직도 온기가 남아 있었다. 유화가 도계 너머로 길 떠나기에 앞서 이른 새벽부터 지은 밥을 수북이 퍼 담아 묻어둔 예닐곱 개 밥주발 가운데 하나였다. 그녀는 구들장 타고 들어온 불길로 따끈하게 데워진 아랫목에 사흘 치 밥사발을 묻으며 장수에게 단단히 일렀다.

"장수야, 엄니 싸게 댕겨올 팅께 때 거르지 말드라고. 저 아래 방죽 가생이는 당췌 내려가믄 안 돼여. 노루목 치들 눈에 띄는 날엔 우덜 목심은 성할 일 읎응께! 알긋제? 여그 옥춘당허고 깐밥도 있응께 요것들 묵음서 집에서 꿈쩍허덜 말고 지둘리야 헌당께. 알아들었지라?"

장수는 제 엄마가 어떤 일하는 사람인지 잘 알고 있었다. 유화가 밤늦도록 기도하고 목욕한 다음 날은 반드시 불당골을 내려간다는 것도 생활습관으로 알아차렸다. 굿이나 푸닥거리 혹은 기도하러 나설 때마다 떨어져 혼자 지내는 나날에 익숙한 장수가 고개를 끄덕여 보였다. 커다란 눈망울에 금방이라도 떨어질 듯 그렁그렁 고인 눈물을 아이는 꾹 참아냈다.

유화와의 약속은 점심밥을 먹은 뒤 깨져버렸다. 옷자락 쓸리는 소리 말곤 그림자처럼 지내며 불당 안마당에

서만 놀던 장수가 저수지까지 내려갔다. 마른풀 엉긴 물가 그늘에는 뼛속까지 아린 골바람에 얇은 살얼음이 여전히 껴 있었다.

눈 맞추고 앉아 조곤조곤 이른 제 엄마 당부는 이미 머릿속에서 하얗게 지워졌다. 호기심 가득한 눈망울이 샛별처럼 반짝였다. 눈에 담기만 해온 풍경 속으로 발 디디며 신세계를 탐험하듯 설레었다. 두려움마저 망각한 채 조촘조촘 내디딘 걸음이 대범하게 들판을 건너고 어느새 노루목 마을까지 이르렀다. 장수의 존재가 노루목 사람들에게 처음 알려진 날이었다.

그는 골목대장 짓 하며 동네 또래들과 놀던 춘기 눈길을 벗어나지 못했다. 탈곡하고 쌓아둔 볏짚 가리 뒤에 숨어 아이들을 지켜보다 발각된 장수는 이내 그들의 놀림감이 됐다.

"비렁뱅이 새끼다! 어쭈, 이거 반동가리 곱사등이랑께! 야―, 우덜이 이 새끼 골려 주잔께!"

제 허리춤을 겨우 넘는 키 작은 장수를 만만히 본 춘기 말에 사내 녀석 네댓이 키득거리며 모여들었다. 처음엔

빙 둘러서서 장난삼아 꾹꾹 찌르고 온갖 얕잡는 말로 놀리던 게 다였다. 짓궂은 말에도 대꾸 못 하는 장수에게 언어 장애까지 있는 걸 알아챈 춘기 발이 먼저 나갔고 덩달아 사내아이들 발길질도 거침없이 이어졌다. 또래라 해도 여럿이 한꺼번에 달려들어 퍼붓는 매질은 어른도 감당하기 버거울 만큼 거칠고 난폭했다. 맞대응은커녕 비명조차 지를 수 없는 장수로선 무릇매질을 당해낼 재간이 없었다. 때마침 마실 다녀오던 춘기 아버지가 그 광경을 보고 아이들을 떼어놓은 뒤에야 몰매질이 그쳤다.

"아따―. 춘기 이눔 자슥아 으쩐다구 허구헌 날 쌈질만 혀쌌는 겨? 참말로 징그랍당께!"

"오매! 쌈질헌 거 아니랑께. 이 꼽추 새끼가 우리 암탉 훔치는 걸 용케 잡은 거랑께!"

약삭빠른 춘기가 제집 마당에서 병아리 때를 이끌고 흙바닥 헤치며 모이 줍는 어미 닭을 가리키곤 능청맞게 둘러다 붙였다. 상구와 다른 아이들도 저마다 춘기 말에 동조하고 나서며 장수는 졸지에 닭 도둑으로 몰렸다. 어린아이들 모함에 춘기 아버지 얼굴이 이내 벌레 씹은 표정으로 일그러졌다. 불같이 달려든 그가 장수 멱살을 한 손으로 잡아채 세우곤 인정사정없이 뺨부터 후려쳤다. 도둑으로 단정 짓고 말보다 행동이 앞선 그는 거듭 거친 종주먹을 들이댔다.

"워따매-! 요 맹랑헌 놈 좀 보소. 워디 감히 우리 씨암 탉을 도적질혀! 대체 뉘 집 자슥 놈인겨! 앞장서, 느그 집이 워디여? 워디냐고 묻잖여. 꿀 먹은 벙어리 맹키 있덜 말고 후딱 대답혀 보랑께!"

"아부지 얘기가 맞당께로-. 이 등신 새끼, 말 못 하는 벙어리드랑께!"

춘기가 세 치 혀 내둘러 천연덕스럽게 한 거짓말로 장수는 꼼짝없이 도둑이 되었다. 도살장으로 끌려온 짐승처럼 겁에 질려 잔뜩 움츠릴 뿐 해명할 방법이 없었다. 입가로 흐른 피도 닦지 못한 채 그저 내달려 불당골로 도망치는 수밖에 없었다. 춘기가 앞장서 장수를 토끼몰이하듯 쫓기 시작했다. 해거름 녘 들판에 이유 없이 쫓기는 장수 그림자가 제 키보다 두어 배 족히 길게 드리워져 너풀너풀 따라 달렸다. 시끌벅적하게 웃고 소리 지르는 춘

깊은 침묵

기 일행이 그림자를 밟아 뭉개며 바짝 뒤쫓았다. 팔 뻗으면 닿을 만큼 가까이에서도 춘기는 장수를 애써 붙잡지 않았다. 끝내 불당골 신당 마당까지 뒤쫓아간 아이들은 기어이 그의 거처를 알아냈다. 그들은 혁혁한 공 세운 전장의 병사처럼 의기양양하게 뻐기며 아랫마을 제 집으로 되돌아갔다. 장수의 존재는 춘기 아버지 입에서 마을 사람 입을 통해 삽시에 퍼져나갔다. 끝내 애먼 불당골 무당 유화까지 그들 입도마를 타고 오르내렸다.

사흘 만에 돌아온 유화는 장수가 당한 일을 까맣게 몰랐다. 입가에 남은 시퍼런 멍이야 평소처럼 넘어져 생긴 상처라 생각할 뿐 묻지 않았다. 물어봤댔자 늘 그랬듯 대답은 한 가지, 그저 도리질만 할 게 빤했다. 장수는 그 뒤로도 유화가 집 비운 날이면 불당골 계곡을 겁 없이 내려갔다. 한 번 맛본 곡식 담긴 자루 드나드는 생쥐처럼 노루목 마을에 숨어들기도 멈추잖았다. 어떻게든 제 또래 아이들과 어울리고 싶은데 도무지 그들에게 다가갈 방법이 없어 안타까울 따름이었다. 하물며 무작정 때리는 춘기 일행도 두렵지 않았다. 그들끼리 편 나눠서 하는 자치

기며 칼싸움 놀이를 먼발치에 숨어 바라만 봐도 덩달아 신나고 재미있어 하루해 지우기가 수월했다.

노루목 사람들은 장수를 좀도둑으로 여겨 마을 어귀에 얼씬거리는 것조차 달갑잖아 하며 단속해 절로 발길 끊도록 만들었다. 그들 생각은 유화가 죽고 난 뒤 장수 머리털이 쌀겨 뒤집어쓴 듯 백발 될 때까지 바뀌지 않았다. 그는 제 처지를 일찌감치 깨달았다. 마을 사람들이 저를 내친 게 아니라 자기가 그들을 외면하는 거라고 위안 삼아야만 억울함이 덜했다. 오히려 불당골까지 찾아와 해코지하지 않는 것만도 다행이라 여겼다. 그렇게 외톨이로 늙어간 장수는 점차 그들의 기억에서 가물가물 잊혀갔다.

*

악연의 고리는 뫼비우스의 띠와 같았다.

유화가 죽고 불당골에 장수 홀로 남겨졌다. 언젠가는 닥칠 일이었지만, 스무 살 되도록 그녀 그늘에서 보호만

받다 자립해 살아갈 앞날이 까마득했다. 징 때리고 장구 치는 법이라도 배웠더라면 다른 무녀에 빌붙어 굿판 떠돌며 어떻게든 살아갈 수 있었다. 그러나 장수가 가는 길은 제 엄마와 달랐다. 유화는 굿판에 소용될 물건은 손도 대지 못하게 했었다. 심지어 신당에 드나드는 일도 허락하지 않았다. 세월 지나며 신당은 허망하게 주저앉아 내렸고 이젠 그 흔적마저 사라졌다.

신당 옆 양지바른 자리에 유화 시신을 묻은 뒤로 그의 하루는 저수지에서 시작하고 마무리 지었다. 처음에는 물가를 돌며 잡는 우렁이 전부였다. 날이 갈수록 종류 가리잖고 잡는 기술도 점점 늘었다. 제 배 채울 양으로 물고기 두어 마리면 충분했다. 현천 저수지가 워낙 후미진 험한 곳에 자리했고 찻길이 닿지 않아 외지 낚시꾼들조차 쉬이 찾아들지 않았다. 덕분에 씨알 굵은 민물고기가 가득했다. 혼자 다 먹지 못할 만큼 잡힐 땐 내다 팔아 꼭 필요한 가용에 쓰였다. 잡은 물고기를 팔기 위해선 산등성이를 타 넘고 시간 가는 줄 모르게 걸어야 했다. 노루목 앞길로 지나지 않으려면 도리 없었다. 장수가 건져 올린 물고기는 살집이 좋고 싱싱해 도맡아 사들인 식당이 있었다. 그렇게 살아가는 법을 터득하며 두려움이 시나브로 사라진 뒤에도 그는 제 존재를 세상에 왈칵 드러내지 않았다.

 장수는 그 만의 원칙이 있었다. 하루도 쉬잖고 저수지를 돌며 제 일인 양 보수공사에 매달려 관리하는 거였다. 물고기는 일주일에 딱 한 번만 잡았다. 아직 씨알이 작고 어린 물고기는 잡히는 족족 반드시 풀어 놔주었다. 그가 물고기를 잡는 낌새만 차리면 여지없이 나타나 강제로 빼앗다시피 들고 가는 춘기 때문에라도 더 그러했다. 저수지 수위가 높아지거나 들판에 물이 필요하다 싶으면 수문을 열어 저수량 조절하는 일도 스스로 정한 그의 몫이었다. 땔감으로 쓰기 위해 살아있는 나무를 함부로 베지 않았다. 불당골을 감싼 우거진 숲에 허다하게 널린 죽은 나뭇등걸과 두툼하게 쌓인 솔잎 한 아름이면 끼닐 때울 음식 만들고 제 한 몸뚱이 누울 자리는 충분히 데울 수 있었다. 자연 앞에 겸손하고 욕심부리잖는 그에게 불당골은 풍요로운 안식처였다. 비탈에 휘어진 나무 한 그루, 돌 틈에 자란 풀 한 포기 하나 소홀히 다루지 않는 것도 그에게 우주이자 세상 전부인 불당골과 저수지가 붙박여 살아갈 귀한 삶의 터전이기 때문이었다. 하지만 걸핏하면 그곳에 난입해 자연을 무자비하게 훼손하는 모리배가 있었다. 다름 아닌 춘기를 비롯한 노루목 마을 사람들이었다. 거센 폭풍우에도 끄떡하잖던 아름드리나무가 농한기면 그들 톱질에 땔감으로 잘려 넘어갔다. 정월 대보름이 지나고 농번기가 시작되면 저수지로 몰려와 물까지 빼가기 시작했다. 그들은 아무 때고 저수지 수문 열어 제 논에 양껏 물을 채웠다. 심지어 둑에 파이프까지 박아 물을 훔치는 대담함도 보였다. 욕심뿐인 그들은 거기에 그치지 않고 둑 밑을 까뭉개 한 뼘이라도 제논바닥으로 붙여 땅덩이를 넓혀나갔다. 그들의 행티를 숲속에 숨어 지켜보는 장수의 속내가 하루에도 몇 차례씩 부글부글 괴어올랐다. 당당히 나설 수 없는 제 처지가 한심스러워도 모두 돌아가기 무섭게 물꼬를 틀어막고 마구잡이로 파헤쳐진 둑을 복구하느라 밤이 깊어가는 줄 몰랐다.

본격적인 물싸움은 못자리를 만들 때부터 격렬하게 시작됐다. 뿌린 볍씨가 나풀나풀 자라 손에 쥘 양이면 그들은 저마다 밤잠 안 자고 제논 귀퉁이에 나와 앉아 졸아가며 물꼬를 지켰다. 잠깐 한눈팔면 위아래서 논두렁 끊어 물을 빼가는 통에 달리 방법이 없었다. 그 가운데 저수지에 가닿은 봇도랑을 통째로 막아 물길 끊고 유독 극성스레 나대는 사람이 춘기였다. 모내기 날짜도 늘 제집 우선이었고 그의 논에 물이 가득 차야만 다른 사람도 댈 수 있었다. 그의 이기적인 욕심은 도를 넘는 횡포와 다름없었다.

해마다 농사철이 시작되면 벌어지는 물 전쟁이 극에 달한 지 서너 해를 넘겼다. 천하장사도 나가떨어질 만큼 긴 가뭄에 저수지 물은 이미 말라 바닥을 드러낸 지 오래라 둑 파헤치는 몰염치한 행동은 없었다. 물이 마르자 농사짓는 사람들뿐만 아니고 장수도 눈앞이 캄캄했다. 물고기를 잡아 팔기는커녕 당장 제 배 채울 피라미 한 마리도 구경할 수 없었다. 마을 사람들 대부분 멀거니 코 빠뜨린 채 모내기를 포기해야 했다. 어렵사리 모내기한 논배미도 새 뿌리를 내리지 못한 어린 벼포기가 누레져 배배 꼬여 말라 죽어갔다.

"기우젠지 뭣인지 그거라두 혀야 쓰것당께. 참말로 이러다 사람꺼정 말라 죽어불것당께."

춘기가 마을 주민을 모아놓고 기우제 얘기를 꺼냈다. 당장 사람 마실 우물물조차 말라가는 터라 단번에 의견이 받아들여졌다. 춘기가 하자고 들면 누가 막는다고 해도 밀어다 부칠 위인이었다. 그런 그가 주민들 의견을 물었던 대는 그들 주머니에 든 돈이라도 그러모으려는 꿍꿍이셈이 있어서였다. 그런 방법으로 몇 차례 기우제를 지냈어도 요지부동한 하늘은 비 한 방울 뿌리지 않았다.

급기야 읍내 드나들며 귀동냥한 춘기가 제 논바닥에 관정을 파기로 마음먹었다. 가정용 전기보다 값싼 농업용 전기를 끌어올 궁리도 했다. 정부 보조금을 타내기 위해 눈 귀 어둡고 어수룩한 마을 사람들을 구워삶아 신청서에 도장도 받아냈다. 마침내 제 논 닿는 곳까지 여남은 개 전봇대가 세워졌다. 관정을 파고 전봇대가 세워지자 노루목 사람들은 당장 제논에 원 없이 물 채울 날만 기다리며 한껏 들떠 있었다. 하지만 공동으로 사용해야 할 물과 전기를 춘기가 독식했다. 보다 못해 울화통 터뜨린 깨복쟁이 친구 상구가 춘기에게 조목조목 들이대며 따지고 나섰다.

"워따매— 인자 봉께 얌통머리가 깔따구만두 못헌 놈 아녀? 야, 이 썩을 놈아 우덜헌티 점다 도장 받아 가놓구 워째 물이구 전기구 니놈만 쓰는 겨? 이게 니꺼여? 사기꾼 따루 읎당께!"

춘기에게 대적할 남정네 없이 혼자 된 아녀자들은 너도나도 상구 등 뒤에 숨어 그의 말에 힘을 실어 줬다. 따지고 들자면야 그녀들도 목구멍 치받친 말이 쌔고 쌨지만 선뜻 나서 이장일 보는 춘기에게 당당히 맞설 수 없었다. 아쉬운 소리 해야 할 때를 염두 한 까닭이지만, 마음보가 밴댕이 소갈딱지 같은 그의 부인 앙탈을 당해 낼 재간이 없어서이기도 했다. 돌아가는 판세가 불리하단 걸 직감한 춘기가 상구 앞가슴을 거칠게 밀치며 어기댔다.

"옴마― 요 싸가지 쫌 보소! 이딴 궁리가 다 워디서 나왔냐? 나가 발바닥 땀나게 면으루 군으루 허벌나게 쫓아댕길 땐 점다들 나 몰라라 허구선 어째 똑같이 쓰잔 말을 함부로 씨부린당가! 고것이 참말로 도적놈 심보랑께. 기여 아녀? 이런 썩을―."

그들 다툼이야 코흘리개 때부터 하느니 싸움질인 걸 잘 아는 이웃 아낙들조차 이번은 예사로 보이잖았다. 결국, 말싸움이 주먹다짐으로 커졌고 분을 삭이지 못한 춘기가 삽자루까지 치켜들기에 이르렀다. 두 사람 주먹질이 주민들 패싸움으로 커지길 하루 멀다고 반복 돼도 비는 내리지 않았다.

*

희생이란 말로 포장해도 죽음마저 아름다울 수 없었다.

내리꽂는 장대비를 뚫고 산길 내려오던 장수가 몇 번을 미끄러져 넘어지고 나뒹굴었다. 우산은 어디에서 놓쳤는지 빈손이었다. 저수지 둑을 넘실넘실 흘러내리는 물로 곧 어디가 터져도 터질 듯 보였다. 그는 달구지가 오가던 길을 어림잡아 톺아나갔다. 배꼽까지 차오른 물살에 가만히 서기도 벅찬 길을 네발로 기는 짐승처럼 안간힘 다해 노루목 마을로 향해 나아갔다. 금방이라도 둑이 무너져 자기를 덮칠 것 같은 두려움에 어둠 속에서 몸살 앓듯 신음하는 저수지를 몇 번이나 돌아다봤다. 죽음도 불사한 채 어둠 속 폭풍우를 뚫고 나선 지 한 시간여 만에 노루목 마을에 어렵사리 도착할 수 있었다. 못해도 새벽 두어 시가 넘어섰을 시각이라 어느 한 집도 불 밝힌 데라고는 없었다. 개조차 짖지 않았다. 그는 어린 날 춘기 일행과 그의 아버지에게 도둑으로 몰려 매질 당하던 마당에 들어서며 풀썩 주저앉았다. 물속에 고꾸라져 허우적거릴 때마다 들이켠 흙탕물로 입속에서 흙모래가 자근자근 씹혔다. 흠씬 젖은 몸뚱이는 물길에 떠내려온 풀줄기며 검불과 잔 나뭇가지가 들러붙어 마치 물웅덩이에 며칠 박아놨다 꺼낸 통발 몰골 같았다. 한여름이라 해도 들판을 건너며 폭우로 불어난 물살에 휩쓸리고 젖은 몸이 사시나무 떨 듯해 제 몸 지탱하기도 힘겨웠다. 번갯불이 시퍼런 빛을 쏴대자 이내 불당골 제집에서부터 시작된 듯한 천둥이 노루목을 뒤흔들었다. 어느 집 먼저 문 두드려 잠든 사람을 깨워야 할지 혼란스러웠다. '그래도 노루목 이장 아닌가. 춘기를 깨워 사람들을 피신시키는 게 맞다.' 장수가 대문 옆에 세워진 작대기를 들어 춘기 집 양철 문을 세차게 두드리기 시작했다. 하지만 안간힘 써 두드려도 거센 빗줄기가 그 소리를 한입에 삼켜버렸다. 야속하리만치 춘기 집 불은 켜지지 않았고 인기척도 들리잖았다. 작대기 잡은 손에 온 힘을 모아 두드려대도 열리잖는 문이 철벽처럼 느껴졌다. 그 와중에도 마당 끝 남새밭 언저리까지 밀려든 시뻘건 흙탕물에서 눈길을 놓지 않았다. 한참 만에 춘기가 윗도리도 걸치잖은 맨살로 못마땅한 기색 역력한 얼굴을 내밀었다. 그는 땅바닥에 퍼더버려 앉아 작대기 든 장수를 발견하곤 졸린 눈을 휘둥그레 뜨면서 다짜고짜 거친 말로 윽박질렀다.

"옴마―! 이 등신 새끼 으쩐다고 겁대가리 읎이 한밤중에 단잠 깨우고 지랄이여! 시방 장마에 날궂이 벌인 당가? 너 같은 놈은 뒈지게 맞으야 쓴당께."

 장수는 온갖 손 발짓해가며 저수지 둑이 곧 붕괴할 것 같다는 말을 온몸으로 표현했다. 그의 몸짓을 자세히 살펴보지도 않고 춘기가 장수 손에 들린 작대기를 빼앗아 닥치는 대로 휘둘렀다. 머리와 솟은 등 가리잖고 쉴 새 없이 날아온 작대기 매질로 장수가 진흙 바닥에 널브러졌다. 눈도 제대로 뜨지 못한 그는 저수지에서 잡아 올린 물고기처럼 뻐끔거리며 입을 크게 벌렸다 다물기를 거푸 반복했다. 곧 닥칠 위험을 알리려는 장수만의 언어였다.

 "시방 뭐라 씨부려쌌냐! 오매- 깝깝혀 환장허것구마니라잉. 뭣이? 방죽?"

 그제야 고개를 끄떡이며 반쯤 일으킨 몸을 물탕에 철퍼덕 부렸다. 굵은 빗방울이 바람 빠진 풍선 인형 같은 그의 몸뚱어리로 세차게 내리꽂혔다.

 "긍께, 시방 방죽 물이 넘친다고라? 잉! 터져? 워따매 인자 알아들었당께. 오매- 우짜쓰까잉 일 나부렀네. 점다 물구신 되게 생겼당께. 임자-, 임자- 아따 후딱 인 나랑께-!"

깊은 침묵 237

장수가 알리려던 말을 춘기가 묻고 되물어 겨우 전할 수 있었다. 그는 미처 날뛰듯 이집 저집 대문 두드려 피신하라고 고래고래 소리 지르며 겅중거렸다. 장수는 그제야 안도하며 바짝 쪼그라들었던 심장이 제대로 뛰고 숨도 고르게 쉬어졌다. 고통스럽게 일그러졌던 그의 얼굴 위로 떨어진 빗물에 웃음 섞인 눈물이 씻겨 내렸다. 춘기 고함에 잠 깬 노루목 사람들이 너도나도 아우성치며 속옷만 입은 채 집 밖으로 뛰쳐나왔다. 목숨이 경각에 달린 처지라 체면 따윈 차릴 겨를조차 없었다. 그들은 혼비백산해 앞서거니 뒤서거니 돌산 언덕으로 허겁지겁 내달렸다. 기진해 쓰러진 장수 곁을 본체만체 지나치며 눈길조차 주지 않았다. 생사가 걸린 갈림길에서 그들 이성은 동물적 본능을 통제하지 못했다. 그들 마음씨에 원망이나 섭섭할 겨를 없는 장수도 서둘러 피해야만 했다. 하지만 춘기가 휘두른 작대기에 맞은 다리를 옴짝달싹할 수 없었다.

  순간, 와지끈하는 굉음이 들판 한가운데를 훑고 단숨에 건너와 귀청을 때렸다. 기어코 저수지 둑이 무너지며 지축을 요란하게 뒤흔들었다. 장수가 이젠 불당골 제 집으로 돌아갈 수 없고 돌산 언덕으로도 피신하기에 늦었다는 걸 직감했다. 제게 시간이 얼마 남지 않은 것도 알아차렸다. 그는 주저앉은 채로 암흑 속에 잠긴 불당골 중턱을 멍하니 바라보며 허탈한 미소를 지었다.

  장수는 마지막으로 꼭 해야 할 일을 깨달았다. 춘기네 외양간까지 죽을힘 다해 기어간 그가 황소와 나란히 묶인 새끼 밴 암소 다섯 마리 목줄을 하나씩 풀기 시작했다. 내처 상구네 헛간에 갇힌 암소도 풀어놨지만, 어미 소는 커다란 눈망울만 희번덕거리며 송아지 곁에서 맴돌 뿐 한 발짝도 나가려 들지 않았다. 탈진해 엿가락처럼 늘어진 몸으로는 역부족이었다. 잠시 뒤, 들판 가까운 춘기네 집채가 밀려든 물기둥에 속절없이 무너져내리는 광경을 봐야 했다. 순식간이었다. 절체절명의 위기에 놓인 그도 소용돌이치며 허리춤을 강타한 물살에 휘말려 속수무책 빨려들었다. 외마디 비명조차 없이 물웅덩이에 떨어진 이파리처럼 몇 차례 수면 위로 솟았다가 잠기기를 반복하던 장수가 진흙탕 물 깊이 가라앉아 다시 떠오르지 않았다.

깊은 침묵

*

 침묵의 카르텔이 진실을 삼켰다.

 노루목 당산나무 아래 번듯한 제사상이 걸판지게 차려졌다. 그 옆으로 며칠 앞서 세워놓은 위령비가 커다란 흰 천에 가려진 채 외부 손님을 기다리고 있었다. 아녀자가 보면 부정 탄다며 공사할 때부터 얼씬 못하게 막았던 비석이 작은 마을과 어울리잖게 커다랬다. 춘기만 아는 위령비에 궁금증을 키워 안달 난 마을 사람들은 행사 시작만 목 빠지라 기다렸다. 행사는 계획한 시간보다 한 시간이나 늦게 진행되었다. 도지사가 도착할 때까지 기다려야 한다는 게 이유였다. 고급 승용차가 줄지어 몰려와 밭고랑이 뭉개지고 농작물은 짓밟혔다. 주차공간이 변변찮아 마을 사람 모두 나와 오솔길 잡초를 깎고 찻길을 넓혀놨지만 헛수고였다. 면사무소에서 빌려온 천막을 한쪽에 펼쳐놨어야 외부 손님 몫으로 그들이 들어가 앉기도 부족했다. 작렬하는 땡볕이 주민들 정수리로 온전히 부서져 내렸다. 마을 사람 수보다 외부 손님 머릿수가 더 많은 행사에 도지사가 참석하다 보니 지방 방송사 기자들까지 북적였다.

　방송이 나가면 그에 따른 호응이 또 있으리라 계산한 춘기의 움직임이 재빨랐다. 그는 비좁은 의자 사이를 오가며 넙죽넙죽 인사해 얼굴도장 찍느라 정신없었다. 노루목 주민 모두 매달려 며칠 밤낮 고생해 준비한 행사는 이십여 분 만에 끝났다. 한꺼번에 우르르 몰려와 저마다 홍보용 사진 찍기에 급급했던 그들은 필요조건이 충족되자 일제히 썰물처럼 빠져나갔다. 다음 일정이 있어 바쁘다는 핑계로 자릴 뜨며 그들은 당당했다. 노루목 주민들은 그들 꽁뒤에 대고 원성보다는 아쉬움 가득한 투로 구시렁거렸다.

　당산나무 아래로 고갱이 빼낸 배추겉잎처럼 마을 사람들만 덩그러니 남겨졌다. 땡볕 아래서 들이켠 막걸리에 취기 오른 상구가 한문으로 새긴 위령비 다섯 글자를 뚫어지라 들여다보고 있었다. 이내 허공에 대고 그림 그리듯 한 획 한 획 휘갈겨 써본 그가 분기 가득한 눈빛으로 춘기를 노려보며 속내를 털어냈다.

깊은 침묵　241

"동물위령비! 이런 우라질. 춘기 너! 대체 믄 수작질을 벌인 겨? 또 우덜 점다 속인 참이여?"

당산나무 아래 세워진 입석 앞뒤면 어디에도 장수 이름은커녕 그에 관한 내용 한 줄이 없었다. 그저 물난리로 떼죽음한 소 열세 마리와 여러 가축의 넋을 달래는 한낱 동물위령비에 지나지 않았다. 그제야 춘기가 제 낯을 내려고 꾸민 엄청난 계략에 부아가 치밀었다. 하지만 풀은 바람 부는 쪽으로 드러눕기 마련이라 대세를 따를 수밖에 없었다. 재작년 그날 밤 불당골 장수의 희생으로 자신들이 목숨 부지했음을 마을 사람 모두가 똑똑히 알고 있었다. 그러나 그는 시신조차 수습되지 못한 채 흔적 없이 사라졌다. 게다가 진실을 밝히기에 앞서 이미 텔레비전 뉴스에 각색된 춘기 인터뷰가 기정사실로 전파를 탄 상태였다. 그 덕분으로 늘그막에 새집 짓고 살림살이 골고루 갖춘 채 호사하는 처지라 아무도 입 열지 못했다. 당사자는 이미 세상에 없고 의인으로 추앙받은 춘기는 오늘 행사를 치르며 명실공히 도리까지 갖춘 참된 인물로 자리매김하였다. 그의 농간으로 진실이 왜곡된 일을 새

삼 들춰낼 명분 없는 마을 사람들은 묵과해야 했다. 이제라도 진실을 바로잡기 위해 그때 일을 까발릴 용기 있는 사람도 없었다. 장수를 처음부터 없던 존재로 만들어야 모든 아귀가 들어맞고 좋은 그림으로 완성되기에 전부 입을 봉해야만 했다. 진실은 무언의 공모로 깊숙이 감춰졌고 침묵은 그렇게 계속됐다.

고선자 소설집

닭 잡는 여자

＊

 엄마—.

 부르면 누구나 눈물부터 핑 도는 그 부름이 내 후각에선 닭 비린내로 변했다. 이내 닭목 내리친 칼질에 튄 피가 엄마 앞가슴으로 옮겨붙는 모습이 눈앞으로 다가들었다. 그 잔상은 이따금 방송되는 범죄 다큐멘터리의 끔찍한 장면처럼 내 머릿속에 각인되어 지워지잖았다.

 엄마는 내 살림집과 하룻길이면 오갈 거리에 살았다. 하지만 결혼하여 두 아일 낳아 기른 십 년 동안 단 한 번도 내 살림집에 와 본 적 없었다. 그런데 어젯밤 전화를 걸어 해묵어 주저앉은 이불솜처럼 착 까라진 목소리로 느닷없이 방문 의사를 밝혔다.

"진주야! 내 이번 사위 생일에 맞춰 너희 사는 집에 꼭 가 볼 생각이다."

"엄마가? 차를 어떻게 타려고……. 괜찮겠어?"

듣고도 엄마 말이 믿기잖았다. 하나뿐인 딸을 시집보내 놓고 못내 미덥지 않아 하며 애간장 졸였던 엄마는 매일 좌불안석 애태우면서도 가게 문만큼은 잠시나마 닫을 수 없단 그럴싸한 핑계를 둘러대기만 했었다. 난 엄마 속앓이를 진즉 알고 있었다. 딸네 집에 드나들다 혹여 사돈과 마주쳐 당신 초라한 행색으로 자식 체면이 깎일 성싶어 그리움조차 억누르고 있다는 것을.

보고픈 마음이야 나도 마찬가지였다. 하지만 먹고살기 힘들단 얕은 소견으로 한동안 친정집에 발길 뜸한 채 지내왔다. 재작년 추석 때 잠깐 다녀온 뒤 변변한 전화 통화조차 없이 벌써 그럭저럭 이태를 훌쩍 보내고 있는 참이다.

반가운 마음보다 걱정이 앞섰다. 차멀미 심한 엄마가 강화에서 서울까지 버스를 타고 오는 일은 생각만큼 그리 쉬운 노릇이 아니었다. 차를 타고 가까운 거리를 이동하자 들어도 솟구치는 구토로 오장육부까지 쏟아낼 듯 괴로워하며 초주검이 될 테니 말이다.

"우리 집까지 오려면 엄마 고생이 여간 아닐 텐데 어쩌려고……."

"걱정하지 마라. 여기서 직행 타면 한 번에 가는데 뭘. 설마 죽기야 하려고."

마음 한쪽 귀퉁이에서조차 기대라고는 털끝만큼도 품지 않았던 소식이었다. 어리둥절한 나는 남편 생일 상차림에다 엄마 접대할 음식까지 장만하려니 목돈 나갈 일이 큰 부담으로 어깨를 짓눌렀다. 식탁에 앉아 장거리 목록을 수첩에 적어나가다 막다른 골목과 맞닥뜨린 것처럼 꽉 막혀버렸다. 이것저것 빼곡하게 적힌 수첩에는 썼다가 지운 물목이 적잖았다. 식료품비로 계획한 지출 예산을 훌쩍 초과했기 때문이었다. 아파트를 사며 은행에서 대출한 금액을 상환하려면 아직 서너 해 남짓 남은 상태였다. 빚이 청산될 때까지 밥상에 세 가지 반찬만 올리겠다고 선언한 뒤 곁눈조차 돌리잖고 꼿꼿이 지켜왔었다. 하지만 이번에는 계획이 틀어지더라도 엄마 입맛에 맞을 음식만큼은 푸짐하게 차려 성의껏 대접하고 싶었다.

"엄마가 뭘 좋아하더라! 도무지 모르겠네. 뭘 해야 잘 드실까……."

그러고 보니 엄마 식성 호불호에 대해 아는 게 하나도 없었다. 단 한 번도 생각해 본 적 없이 무심히 지나쳤던 미안함에 겸연쩍었다. 언제나 그랬다. 엄마란 실체는 무관심하다는 가작에서 깨어나 후회한 다음에야 비로소 뚜렷이 보였다.

수첩에 적힌 글자를 뚫어지라 들여다보며 머리를 쥐어짜기 시작했다. 문득 볼펜을 튕겨 손가락 사이사이로 이동시키고 있는 걸 깨달았다. 무언가에 집중하거나 반대로 막혀 풀리지 않을 때 나도 모르는 새에 튀어나오는 습관이었다. 그러나 아무리 볼펜을 돌리며 고심해도 엄마가 좋아할 만한 음식 종류는 냉큼 떠오르지 않았다. 썼다가 지우고 다시 쓰길 반복해 결국 구매 물품에 포함한 '생닭'이란 글자가 경고문처럼 자꾸만 눈에 거슬렸다. 이

삭 모가지 끊어낸 빈 수숫대를 베어 간추려 놓듯 머리와 발목이 잘린 채 판매대 위에 모로 누워 수북하게 쌓인 생닭들이 떠올라서였다.

며칠 앞서 남편에게 생일날 뭐가 먹고 싶으냐고 물었다. 그는 내심 기다린 듯 닭볶음탕이라고 말하며 거침없이 웃었다. 나는 '그건 안 돼.'라는 말 대신 '왜 하필 닭이야? 그거 말고 다른 거로!'라며 단숨에 그의 웃음을 거두게 했다. 남편은 그러려면 뭐 하러 묻느냐며 볼멘소리로 구시렁거렸다. 나도 할 말은 있었다. 닭이라면 몸서리치는 내 과민반응을 빤히 알면서 굳이 닭볶음탕이냐고 타박하며 되레 섭섭함을 드러내고야 말았다.

남편 식성은 닭으로 만든 음식이라면 가리지 않고 좋아했다. 결혼한 뒤 그걸 훤히 알고도 내 손으로 직접 요리해 밥상에 올리려고 하잖았다. 하지만 어쩌겠는가. 자기 생일에 굳이 원하는 음식이 닭볶음탕이라니 이번이 처음이자 마지막이라 다짐하고 만들기로 작정했다.

나는 채식주의자가 아니다. 그러나 닭고기와 달걀은 눈앞에도 두고 싶잖은 기피 식품이었다. 손가락이 베일

만큼 빳빳한 신권이라도 편히 만지지 못하는 버릇도 닭에서 비롯되었다. 엄마 전대로 들어갔다 나오는 돈에선 늘 역겨운 닭 비린내가 났다. 그 기억 때문에 지금까지도 돈 만지는 일이 망설여져 선뜻 받아 쥐지 못하고 손길을 주저주저했다.

물건 구매는 카드 결제가 원칙이었다. 공과금도 자동이체로 처리하는 터라 굳이 손끝으로 돈을 만지지 않아도 큰 불편을 몰랐다. 현금사용만 가능한 상황에선 차라리 구매를 포기할 때도 있었다. 드물게 일이 꼬여 거스름돈을 받으면 그 돈은 어김없이 빨아 말렸다. 그런데 나조차도 이해할 수 없는 버릇 한 가지가 더 있었다. 어디서든 돈을 받으면 거부감에 진저리치면서도 어느새 슬며시 코로 가져가 냄새를 맡곤 했다. 내 이율배반적인 행동을 자각하는 순간 이미 기분 상한 상대방 눈초리를 감내하는 버릇도 굳어졌다. 병적일 만큼 예민한 버릇을 고치려 아무리 애를 써 봐도 기운 채 세워진 피사의 사탑처럼 굳어져 쉽사리 무너지지도 바로 잡히지도 않았다. 대출받기 위해 은행에 갔던 날도 헛구역질했었다. 계수기에서

너울너울 넘어가는 지폐의 낱장 갈피마다 생닭을 재이듯 얼룩진 핏물이 튀는 환영이 어른거렸다. 여지없이 닭 비린내가 풀풀 진동하는 것만 같았다. 똥물까지 게워낼 듯 치미는 욕지기로 기진맥진해 대기실 의자에 쓰러지듯 주저앉아 메슥거림을 달래야 했다. 먹잇감 노리는 포식자 눈빛으로 내 행동을 지켜보던 중년 여인이 지레짐작하고 알은체 말 걸었다.

"늦둥이 가졌수? 입덧이 심한가 보네. 나이 들어 힘들겠구먼. 쯧쯧쯧—."

못 본체 그냥 지나치지 못하는 여인의 마땅찮은 오지랖에 나는 대거리할 힘도 없었다. 한두 번 겪는 일이 아니기에 펄쩍 뛰며 아니라고 해명하는 것조차 이젠 의미 없었다.

남편의 생일날, 출근하는 그의 뒤통수에다 잘 다녀오란 인사 대신 당부만 연신 쏟아냈다.

"여보. 정말 잊어버리면 안 돼! 네 시야 네 시. 신촌 강화 직행버스 터미널 알았지?"

그의 출근길 바투 영 달갑잖은 마음 누르고 장거리 물

목부터 빠짐없이 샀다. 내 집에 처음 오는 엄마, 내 손으로 처음 산 생닭, 내가 처음 만든 닭볶음탕까지 기억에 남을 날이었다.

이런 상차림이 대체 얼마 만인가. 내 눈에도 흡족할 만큼 푸짐했다. 뿌듯한 마음으로 상차림을 살펴보니 엄마를 위한답시고 차린 음식 대부분 평소 내 식성 일색이었다. 나이 들며 내가 엄마의 입맛을 닮아가는지도 모르겠다는 생각이 들었다. 그 감정은 나쁘지 않았다.

*

엄마는 혼자 날 키우며 닭을 팔아 생계를 꾸렸다. 셋 평 남짓한 가게에서 산 닭을 직접 잡아 파는 일을 생업으로 삼았다. 흙바닥에서 뛰놀던 닭들은 아우슈비츠로 끌려간 홀로코스트 희생자처럼 작은 이동식 닭장에 빼곡히 갇혀 실려 왔다. 닭똥투성인 채 넘겨진 닭들은 토종닭이라는 명분으로 육계보다 비싸게 팔려나갔다. 상호를 새긴 그럴싸한 간판 하나 내걸지 않았어도 토종닭을 찾는 고객은 예상보다 많았고 단골손님까지 하나둘 생겼다.

엄마 모습은 볕을 쬐지 못한 진걸레처럼 후줄근했다. 사시사철 고무장화를 신고 발등까지 덮는 비닐 앞치마 입은 모습이 엄마의 한결같은 차림새였다. 잠잘 때 말고는 한가할 때조차 벗지 않아 몸에서는 항상 닭 비린내가 풍겼다. 그런 모양새만큼이나 축축한 앞치마에 덕지덕지 달라붙은 닭 살점, 핏물에 얼룩진 엄마의 모습과 체취가 난 진저리나게 싫었다.

아무것도 모른 채 좁아터진 이동식 닭장에 갇혔던 닭들은 엄마 손아귀에 잡혀 끌려 나와 삽시에 목숨을 잃었다. 엄마는 거리낌 없이 닭 모가지를 비틀거나 단칼에 머리를 잘라 숨을 끊었다. 이내 축 늘어진 닭 발목과 목울대를 번갈아 움켜쥐고 펄펄 끓는 물에 거꾸로 처넣어 휘젓기까진 채 오 분도 걸리지 않았다. 닭을 튀해서 까만 고무 돌기가 빼곡하게 달린 기계에 던져 넣어 털이 뽑히면 무쇠로 만든 묵직한 칼로 닭 몸통을 쩍 갈라 잽싸게 파헤쳤다.

폐백이나 제수용으로 쓰일 닭이 아니면 손님 대부분

머리를 자르라고 주문했다. 엄마는 말 끝나기 무섭게 닭 다릴 틀어잡고 깃털도 뽑지 않은 산 닭 모가지를 커다란 칼로 내리쳤다. 숨 끊긴 뒤에 해도 될 일을 굳이 먼저 하는 이유가 따로 있었다. 피를 받기 위해서였다. 머리가 댕강 잘린 닭을 거꾸로 치켜들면 모가지에서 시뻘건 피가 펌프질하듯 뿜어져 나왔다. 머리만 없을 뿐 숨이 남아 있는 닭은 경련 일으키며 용쓰다 서서히 죽어갔다. 엄마가 줄줄 흐르는 선혈을 즐기듯 바라보며 마지막 한 방울까지 기다려 양푼에 정성스럽게 받았다. 잠깐 새 검붉은 선지로 변한 닭 피가 엄마만 먹는 반찬으로 만들어져 밥상에 올랐다. 그 음식 때문에 우리 모녀는 상머리에서 툭 하면 각을 세워 말다툼이 잦았다.

　엄마가 닭 잡는 모습이 익숙해질 법도 한데 언제나 낯설고 섬뜩했다. 꿈속에서조차 선명해 악몽에 시달릴 때가 한두 번 아니었다. 엄마는 닭 부산물조차 한 점도 버리지 않았다. 닭이 팔릴 때마다 내장과 모래주머니뿐 아니라 밤톨만 한 콩팥까지 먹을 수 있는 부위를 전부 모아 저녁 밥상에 올릴 찌개로 끓였다. 엄마가 게걸스레 먹으며 맛있으니 먹어보라고 권해도 나는 끝내 냄비에 수저를 담그지 않았다. 닭 잡는 정황이 눈앞에 어른거려 도저히 먹을 수 없었다. 털과 함께 뒤섞여 있던 내장에 젓가락을 끼워 반으로 가를 때면 내 창자가 그렇게 찢어발겨지는 것 같았다. 도시락 반찬도 마찬가지였다. 언젠가 주문받은 닭을 잡던 엄마가 닭 배 속에서 껍질이 말랑말랑한 달걀 두 개를 꺼내 나에게 자랑했던 게 화근이었다.

"아이고! 진주야 우리 덕 봤다 야! 뜨끈뜨끈한 알이 두 개나 들었네. 내일은 요놈으로 네 도시락 반찬 싸면 쓰것다."

큰 횡재나 한 듯 싱글벙글 좋아하는 엄마가 한심스럽게만 보였다. 나는 혐오스럽단 표정으로 눈을 부릅뜨며 야멸차게 쏘아붙였다.

"저리 치워! 비위 상해. 그걸로 반찬만 해 봐. 도시락 안 가져갈 거니까 알아서 해!"

다음 날 아침 엄마는 그 미숙란으로 도시락 반찬을 만들었다. 반찬통 뚜껑을 열고 확인한 나는 홱 돌아서 엄마를 노려봤다. 내 경고를 귓등으로 들은 엄마 보란 듯이 도시락을 꺼내 방바닥에 팽개쳐놓은 채 뒤도 돌아보지 않고 학교로 가버렸다. 그날부터 나는 다른 가게에서 사온 달걀로 만든 음식도 절대 입에 넣지 않았다. 미숙란으로 만든 반찬 때문에 점심 한 끼를 억지로 굶고 속내에 쌓아두었던 분기가 만든 괜한 오기였다.

닭털 뽑을 때면 엄마가 꼭 덧붙이는 말이 있었다. 뜨거운 두 손을 번갈아 허공에 흔들고 입으로는 연신 후후 바람 불어 열기를 식혀가면서 수선스럽게 내뱉는 말이다.

"실하지 않시꺄? 이래 살집이 좋을 줄 알았으면 값을 더 불렀어야 했는데 덕 보셨시다."

흥정이 잘못돼 이득 봤다며 객쩍은 말로 손님에게 뒷북쳤어도 닭값을 올려 받는 일은 없었다. 한 마리라도 더 팔아 기분 좋아 늘어놓은 너스레가 내 눈에는 그조차도 수다스럽게만 보였다. 털 뽑는 기계를 들여놓은 뒤부터 바닥에 쭈그려 앉아 사정없이 닭털 쥐어뜯는 옹색한 모습을 보지 않아도 되었다. 하지만 또 다른 괴로움이 있었다. 축 늘어진 닭을 기계에 던져 넣고 스위치를 올리면 통이 돌며 고무 돌기에 닭 부딪치는 처참한 모습이 고스란히 소리로 느껴졌기 때문이다. 무지막지하게 가른 닭 배 속에서 모락모락 김이 나는 내장을 훑어내 아무렇지 않게 주무를 때면 벌겋게 우러난 핏물에 비위 상해 끝내 자리를 박차고 밖으로 뛰쳐나가 버렸다. 엄마 손에 죽임 당해 함지박 물속에 잠겨있거나, 내장 빼낸 몸통이 도마 위에서 도리 쳐지는 걸 볼 때면 소름 돋는 피부를 정신없이 문질러댔다. 무심히 지나칠 수 없는 그 정황은 마치 내가 옷이 벗겨진 채 알몸으로 누워있는 듯 수치심을 갖게 했다. 영락없이 내 팔다리가 잘린 것 같은 잔인함에 두려움마저 느꼈다.

장사를 마치면 엄마는 밤마다 목욕했다. 커다란 양은솥 한가득 데운 물로 깜깜한 가게 구석에 쪼그려 앉아 비린내 풍기는 몸을 샅샅이 씻어냈다. 닭 비린내라면 짜증부터 내는 나와 한 이불 덮어야 할 처지라 한겨울에도 목욕만큼은 거르지 않았다. 엄마는 목욕하기에 앞서 다음날 장사할 때 쓸 칼부터 갈았다. 늦은 밤 웅크린 채 칼 가는 모습은 마치 살인에 앞서 전의를 다지는 청부업자 행위처럼 느껴졌다. 숫돌에 칼 갈리는 음산한 소리마저 내 불안감을 키워 가슴 졸이며 잠든 날이 이어졌다. 가게 바닥 여기저기 움푹움푹 파인 곳은 늘 핏물이 고여 퀴퀴한 냄새가 나고 질컥거렸다. 하지만 등교하는 시간보다 앞서 엄마가 어떻게든 보송하게 말려놔 내 신발에 핏물 닿을 일은 거의 없었다.

어느 날, 아침 일찍 주문한 닭을 잡느라 엄마가 새벽부터 분주하게 움직였다. 닭털과 꺼내놓은 내장으로 어질러진 바닥에 미처 쓸어내지 못한 핏물이 흥건하게 고여 있었다. 그날도 엄마는 내게 줄 돈을 빨아 말려 새것으로 준비해 두었다. 그러나 정신없이 바쁜 엄마가 닭 주무르던 손으로 급히 돈을 집어 건넸다. 난 어이없다는 표정으로 그 돈은 받지 않겠다고 생떼 쓰며 까탈을 부렸다. 오늘만 그냥 가져가라는 통사정에도 요지부동인 내 고집에 엄마의 인내심은 무너지고 말았다.

"못된 년. 싫으면 놔둬! 돈 귀한 줄 모르고……. 철딱서니 없는 것 같으니라고. 에이―!"

내게 처음으로 불같이 화내는 엄마 모습에 적잖이 놀랐지만, 그 정도에 꺾이자니 어쩐지 자존심 상했다. 난

꼼짝 않고 서서 빨리 새 돈을 내놓으라고 빚쟁이 독촉하듯 노려보며 기어이 엄마를 이기려 들었다. 바짝 독 오른 살무사 눈빛을 한 엄마도 그때는 양보할 마음이 없어 보였다. 끝내 당신 속에 꽉 들어찬 화를 삭이지 못해 통나무 도마에 올려놓은 닭을 향해 높이 치켜든 칼로 분풀이하듯 힘껏 내리쳤다. 닭 몸통이 반으로 쪼개지는 순간 일은 이미 벌어져 있었다. 새치름하게 눈 내리깔고 서서 고집부리던 내 흰색 교복 윗도리로 동시에 불그죽죽한 핏물이 튀어 옮았다. 당황한 엄마가 얼떨결에 젖은 행주를 움켜잡아 내 앞섶을 황급히 문질러댔다. 행주에 밴 핏물까지 옷감에 스며들며 얼룩은 속수무책 물감 퍼지듯 더 너르게 번졌다. 이제 어떻게 할 거냐며 발악하고 울던 나는 그날 학교에 가지 않았다. 온종일 방안에 틀어박혀 단식시위한 그 날부터 닭으로 만든 음식은 내 밥상에서 사라졌다.

나는 엄마와 화해하지 않았다. 대화는 고사하고 무심코 마주친 눈길조차 애써 거둬들였다. 엄마에게 굽히기 싫은 마음에 며칠이 지나도록 용돈은 물론이고 학업에 필요한 비용도 요구하지 않았다. 그런데도 엄마는 여전히 밤마다 목욕했고 깨끗이 빨아 말려 비린내 가신 돈을 내 책상 위에 말없이 올려놓았다.

난 매사 퉁명스럽고 쌀쌀맞은 딸이었다. 살닿는 것조차 질색하는 내가 잠결에 무심코 당신 품으로 파고들어 끌어안을 때가 엄마에겐 유일한 기쁨이었는지 모르겠다. 당신이 묻는 말에 어쩌다 고분고분 대답하는 날이면 엄마 얼굴에선 온종일 미소가 사라지지 않았다.

며칠 뒤, 그날도 어둠 속에서 목욕 끝낸 엄마가 다시 가게 안에 불 밝히고 앉아 내게 줄 돈을 빨기 시작했다. 일부러 듣고자 한 의도는 없었는데 이어진 혼잣말이 나직이 들려왔다.

"내가 죽일 년이지. 내 죄로 저까지 힘들게 사는데 내가 좀 참을 것을……. 가엾은 것."

엄마는 분명 울고 있었다. 그러나 방안까지 들릴까 조심스러워 어깨만 들먹일 뿐 울음소리 대신 흠 흠 헛기침만 거푸 해댔다. 그 모습은 내게 형언 못 할 충격이었다. 우리 모녀를 싸잡아 업신여기는 이웃들과 맞서 싸우며 괄시당한 일이 수없이 많아도 그들은 물론 내 앞에서도 눈물 한 방울 보이잖던 엄마였다. 오빠 때와 달리 아버지 죽음 앞에서조차 울음을 아꼈었다. 문틈 새로 그 모습을 지켜보던 나는 팽팽하게 당겨진 고무줄이 튕기듯 쏜살같이 달려나가 돌아앉은 엄마를 와락 부둥켜안았다. 솟구치는 내 눈물로 엄마 모습이 흐릿했다. 하지만 우리 모녀의 어색해진 거리는 예전만큼 좁혀지지 않았고 자주 어긋나 삐끗거렸다.

*

내가 일곱 살 때까지 살던 곳은 읍내에서 이십여 리 떨어진 작은 시골 마을이었다. 엄마와 읍내로 이사하기에 앞서 떼쓰고 어리광부리며 오빠와 뛰노는 일밖에 모르던 철부지 때였다. 그곳에서 부모님과 세 살 위 오빠까지 네 식구가 함께 살 때만 해도 불행이란 의미조차 몰랐다. 당시 어린 내 눈에 비친 엄마는 우리 집 암탉이 낳은 달걀로 병아리를 만드는 신기한 재주가 있었다. 처음에는 재미로 시작한 병아리 부화가 점점 마릿수를 늘리며 살림에 큰 보탬이 되었다. 아버지는 이웃 마을 최부잣집 논 한 필지를 도지 얻어 농사지었다. 일손 야물고 부지런한 아버지 덕분에 우리는 넉넉잖은 형편에도 배곯지 않았다. 남매 키우며 달걀을 부화해 병아리를 팔아 목돈 만든 엄마의 내조가 있었기에 가능한 형세였다. 아버지는 밤이면 곧잘 여태껏 강화 땅을 벗어나 보지 못한 아내와 남매에게 외지에서 경험했던 이야기를 들려주던 자상한 성품이었다.

가뭄이나 태풍 피해 없이 다른 해보다 늘어난 소출에 우쭐한 아버지가 여분의 돈과 병아리 팔아 모은 돈을 합쳐 경운기를 샀다. 적잖이 빚을 졌지만 적은 농토라도 기계로 농사짓는 게 꿈이던 소원이 이루어진 날이었다. 아버지는 들뜬 기분에 해거름을 무릅쓰고 당장 몰아보고 싶어 했다. 호기심 많은 나와 오빠가 따라가겠다며 고집부려도 아버지는 위험해 안 된다며 극구 말리다 하는 수 없이 우리를 번쩍 안아 경운기 적재함에 태웠다. 경운기가 굉음과 함께 저수지 둑길을 쏜살같이 내달렸다. 아버지는 장난감 생긴 어린애처럼 달리는 내내 경운기 이것 저것 만져보고 조작법까지 익히며 뿌듯한 표정을 감추지 못했다.

  끔찍한 일은 잠깐 방심한 사이 순식간에 벌어졌다. 아버지가 빠르게 내려가는 경운기 방향을 바꾸려고 조향 클러치 레버를 잡자마자 생각과 달리 엉뚱한 쪽으로 꺾인 손잡이를 놓치고 말았다. 가파른 언덕길에서 가속 상태로 조향 클러치를 작동하면 반대 방향으로 돌아가는 경운기 속성을 미처 알지 못한 게 사고원인이었다. 거칠게 휘돈 손잡이로 옆구리를 가격당한 아버지가 뒤집혀 나뒹구는 경운기에 휘말려 오빠와 함께 십여 미터 아래 논바닥에 처박혔다. 실신했던 아버지가 깨났을 때 경운기 몸체에 깔린 오빠는 이미 숨져 있었다. 가장 무거운 엔진 부분 쇳덩이에 눌린 아버지 두 다리는 감각을 잃고 너덜거렸다. 경운기에서 바로 튕겨 나간 나는 얼굴과 팔다리에 긁힌 상처 말고 크게 다친 곳 없이 멀쩡했다. 큰 살림 밑천이 될 줄 알았던 경운기는 오빠 목숨 앗아간 흉기가 되어 둑 아래 처박힌 채 애물단지로 녹슬어갔다. 사고 당시 모습 그대로 방치된 경운기를 두고 마을 사람 저마다 재수 없는 흉물이라며 혀만 내둘렀다. 누구도 손대길 꺼린 경운기는 고물 장수조차 거들떠보지 않았다.

　사람들은 천운이 어찌 계집아이 몫이냐며 오빠의 죽음을 안타까워했다. 아버지를 두고도 차라리 죽는 이만 못하단 말을 거침없이 내뱉었다. 황소도 때려눕힐 만큼 힘세고 혈기 왕성했던 아버지가 하반신 불구 되어 하루아침에 혼자선 대소변도 가리지 못하는 갓난아기처럼 돼버렸다. 두 팔 외에 자기 뜻대로 움직일 수 없는 아랫도리가 오히려 거추장스러울 뿐이었다. 아버지는 아들까지 죽음으로 몰아넣은 그 날 일을 후회하며 죄책감에 시달렸다. 끝내는 불구가 된 자신의 처지를 비관해 술로 세월을 보내며 성격마저 거칠어갔다. 누구보다 큰 충격에 빠져 망연자실한 건 엄마였다. 자식 잃은 슬픔도 잠시, 졸지에 불구 남편을 수발하며 가장의 몫까지 떠안아 무슨 일이든 닥치는 대로 해야만 했다. 할 수 있는 일은 그리 많지 않았다. 그러나 아버지 목숨이 붙어 있는 것만도 다행으로 여기며 어려운 살림을 꾸려가느라 매일 아등바등했다.

악몽 같았던 그 날 일이 내 기억에서는 가물가물 잊혀 갔다. 그런데 정작 사고 현장에 없었던 엄마가 알 수 없는 이상증세로 시달렸다. 원인 모를 현기증과 구토로 이따금 읍내 갈 때 타던 버스조차 멀미 증세 때문에 더는 탈 수 없게 되었다. 제대로 된 치료나 약 한 봉지 써보지 못한 채 슬픔을 딛고 일어선 엄마는 본격적으로 달걀로 병아리를 부화해 팔기 시작했다. 그때부터 우리 집에선 기르는 암탉이 낳은 달걀조차 더는 반찬거리가 아니었다. 하지만 그리 안달하며 부화시키는데 들인 시간에 비해 이윤은 겨우 세 식구 입에 풀칠할 정도였다. 생계 위협을 느낀 엄마가 미처 배워두지 못한 화문석 짜는 일도 시도했지만, 당장 수입으로 이어지지 않았다. 도리 없이 손수 부화한 병아리를 파는 것만이 최선이었다. 엄마는 직접 병아리가 담긴 상자를 인 채 이십 리 길을 걸어 읍내에 가서 팔다가 어스름한 저녁에야 돌아왔다. 점차 장사에 눈뜨자 무정란을 골라내 파는 일까지 겸하며 수완도 늘었다. 하루 거르잖고 읍내 드나드는 엄마를 아버지가 수상쩍다고 의심하기 시작했다. 마침내 어린 내게 엄마 뒤를 밟도록 윽박지르고 본대로 낱낱이 고해바치길 원했다. 난 본 것도 할 얘기도 없었다. 아버지는 그도 여의치 않자 옴짝달싹하지 못한 채 감옥이나 다름없는 방에서 엄마에 관한 온갖 상상만 키우며 양심의 부끄러움마저 잃어갔다. 엄마 얼굴이 보였다면 말쌈을 걸어 불화가 잦았다. 아버지가 쏟아내는 말은 온통 억지소리로 어린 내가 들어도 억울할 시빗거리뿐이었다.

"진주 아부지. 그런 말 마시겨! 그리 애면 소리로 생사람 잡다 천벌 받시다."

"뭣이? 병신 돼 들어앉은 나더러 천벌까지 받으라고?"

"제발 그만하시겨! 사람 구실 못하고 이리 사느니 차라리 죽어 없는 게 낫갔시다."

얼토당토않은 말로 쥐 잡듯 몰아세우는 아버지에게 엄마가 차마 해선 안 될 말을 입에 올렸다. 거두기에 이미 늦은 죽음이란 단어가 아버지에게는 일촉즉발의 뇌관 같은 거였다. 엉겁결에 나온 말실수로 아버지는 이성을 잃었다. 순식간에 엄마 치맛자락을 낚아채 나자빠지게 한 뒤 사정없이 목울대를 졸랐다. 이내 머리채까지 움켜쥐어 앙갚음하듯 방바닥에 찧고 주먹 휘둘러 닥치는 대로 매질했다. 엄마는 저항도 못 하고 발버둥만 쳤다. 난폭함이 극에 달한 아버지를 어린 내가 말릴 재간이 없었다. 안절부절못한 채 발만 동동 구르며 그저 우는 것밖에. 차오른 분을 삭이지 못한 아버지가 급기야 자기 머리를 벽에 들이받는 자해까지 서슴잖았다. 이마를 찧으며 난동 부리는 아버지가 우리 모녀에겐 공포의 대상이었다.

밖에서 놀다가도 방안에서 부르는 한마디에 쪼르르 달려가 손과 발이 되던 나까지 차차 아버지를 멀리하게 됐다. 날 빈번하게 불러대는 이유가 있었다. 엄마가 하루하루 벌어 반닫이에 모아둔 돈으로 술 심부름시키려는 꿍꿍이였다. 술 취하면 엄마에게 가해지는 욕설과 매질이 더 난폭해져 그 일만큼은 끔찍이 하기 싫었다. 마음 졸이는 불안한 생활은 두 해 넘게 이어졌다. 엄마는 여전히 날 밝기 무섭게 장사 나가기 바빴다. 눈치껏 뒤따라 나간 나도 엄마가 올 때까지 가능한 집에서 멀리 떨어진 곳으로 달아나 하루 해를 지우곤 했다.

두어 달 뒤, 집에 혼자 남겨진 아버지가 안마당 두레박 우물 안에서 시체로 발견되었다. 퉁퉁 부어오른 얼굴은 긁히고 찢긴 상처투성이로 두 눈을 부릅뜬 채였다. 열 손가락도 성한 데 없는 참혹한 몰골이었다. 두 다리 못 쓰는 불구가 어떻게 마당까지 나와 우물에 빠져 죽었을까를 두고 의견이 분분했다. 모진 매를 이기지 못한 엄마가 술에 곯아떨어진 아버지에게 몹쓸 짓 했을 거란 추측으로 눈감고도 훤한 시골 동네가 뒤숭숭해졌다. 그 사건을 빌미로 엄마는 경찰서를 드나들어야 했다. 경찰관은 일곱 살밖에 안 된 내게도 그날의 진실을 알아내려고 온갖 사탕발림으로 구슬렸다. 그들 꼬임에 문득, 싸움이 있던 날 엄마가 보인 수상쩍은 행동이 퍼뜩 스쳐 지나갔다. 깊이 잠든 아버지 머리맡에 앉아 움켜쥔 수건으로 입을 틀어막으려 하던 며칠 전 모습이었다. 몇 번을 망설이다 실행에 옮기진 않았지만, 잠결에 뜬 실눈으로 나는 똑똑히 봤었다. 아버지를 죽이려던 독기로 가득 찬 엄마 모습을. 그날도 엄마는 아버지에게 흠씬 두들겨 맞았다. 부엌 나뭇가리에 엎드려 한참 울던 엄마가 서까래에 목매 자결하려다 미수에 그친 날이었다. 새끼줄을 말아 쥐고 광으로 들어간 엄마는 뒤쫓아간 나와 눈이 마주치자 모질게 먹었던 마음을 돌렸다. 그리고 잠결에 보았던 엄마의 그 살기 어린 눈빛. 나는 경찰에게 그날 일은 말하지 않았다. 절대 발설해선 안 된다고 강요받거나 엄마의 억압에 의한 약조는 없었다. 다만 어린 마음에도 그래야 할 것 같은, 그래야만 한다는 생각에서 나만 아는 비밀로 꼭꼭 씹어 삼켰다. 어쩌면 꿈결일지도 모를 일이기에 엄마의 행동 끝을 자신할 수 없기도 했다.

엄마에게선 어떤 살해 혐의도 나오지 않았다. 아랫도리 못 쓰는 육 척 장신의 남자를 여자 힘으로 끌어다 우물에 밀어 넣을 수 없다는 게 경찰 판단이었다. 더구나 마을 이장의 신고를 받고 그들이 올 때까지 엄마는 읍내에서 아직 돌아오지 않았었다. 최초 목격자는 마을에서 유일하게 불구인 아버지를 측은히 여기며 이따금 찾아와 말벗해주던 박동재였다.

어디선가 싸우는 것 같더라고 했다. 이내 꼭 한 번 들린 외마디 비명이 분명 아버지 목소리더라고도 덧붙였다. 그가 부랴부랴 달려와 보니 난장판으로 어질러진 채 휑한 빈방에서 섬뜩한 기운이 느껴지는 게 예사롭지 않았다고 했다. 집안 밖을 샅샅이 살피다 보니 우물가 반지르르하게 자란 이끼가 짓이겨진 채 뭔가에 쓸린 자국이 선명했고 적삼 단추까지 떨어져 있어 큰일이 났다 싶었다며 본대로 쏟아냈다. 그는 왕방울만 한 눈을 부릅떠 당시 너무 놀라 당황했던 표정 그대로 현장 목격담을 장황하게 설명하며 아쉬움까지 토로했다.

"아차 싶었지요. 허겁지겁 우물 안을 들여다보니 그 안에 중기가 곤두박여 이미……. 내가 지체만 하지 않았어도 살릴 수 있었는데……. 뒤가 급해 뒷간부터 다녀오느라 그만……."

근동에는 장사한답시고 읍내 드나들던 엄마가 외간 남자와 눈 맞았고 그것을 눈치챈 아버지가 홧김에 자결했다는 헛소문이 사실인 양 일파만파 퍼졌다. 아버지 죽음은 자살로 결론 났으나 마을 사람들 눈총은 여전히 따가웠다. 엄마를 바람기 많은 화냥년 취급하는 수군거림도 수그러지지 않았다.

아버지 장례를 치른 뒤부터 엄마는 밤이면 안에서 걸어 잠근 문고리에 걸쇠까지 걸고도 끈으로 칭칭 동여매 문단속했다. 게다가 머리맡에 부엌칼과 장도리를 가져다 놓고서야 잠들었다. 사십구재 지낸 엄마가 남편 목숨 앗아간 안마당 우물을 손수 메워버렸다. 며칠에 걸쳐 우물 안에 돌과 흙을 들이부은 그 길로 나를 이끌고 도망치듯 마을에서 빠져나왔다. 그 마을에서 더는 살아갈 수 없다고 말했다. 당신 손때 묻은 살림살이 하나 갖고 올 수 없었다. 당장 잠잘 곳조차 없는 막막한 처지였다. 고민 끝에 결혼할 때 아버지에게 받은 석 돈짜리 금반지를 팔았다. 임질로 번 몇 푼까지 합쳐 겨우 가게 보증금을 치른 엄마는 나와 월세방에서 지내게 되었다. 가게라야 두 팔 벌려 예닐곱 걸음 옮길 수 있는 정도 크기였지만, 방을 따로 얻을 필요 없는 좋은 조건이었다. 어떤 물건을 팔던 어린 나를 떼어놓지 않고도 장사할 수 있어 안성맞춤이라 생각해 고민하지 않았다. 며칠 궁리한 엄마가 당장 할 수 있는 일이 닭 장사였다. 닭을 도매로 떼 와야 많은 이윤이 나겠지만, 그 일은 혼자 된 여자 몸으로 할 수 있는 일이 아니었다. 엄마가 당신 처지를 설명하고 사정한 끝에 닭 농장에서 가게까지 실어다 주는 조건으로 계약이 성사됐다. 주먹구구식으로 어설프게 시작한 엄마의 닭 장사가 평생의 업이 되었다.

*

 엄마는 시장 골목에서 소문난 싸움닭으로 통했다. 장마가 시작되며 그날따라 우산으로도 막아내지 못할 만큼 폭우가 쏟아져 내리는 여름날이었다. 비를 피해 잡다한 쓰레기가 너저분하게 어질러진 재래시장 골목으로 뛰어들던 나는 우뚝 걸음을 멈췄다. 골목 안이 쩌렁쩌렁 울리도록 목청 돋워 싸우는 소리에 미간부터 찡그려졌다. 익숙한 그 소리는 흩어지지 않고 더욱더 또렷하게 내 귀청으로 파고들었다. 자주 벌어지는 일이라 한심한 생각마저 들어 머리를 절레절레 흔들었다. 눈 감고 들어도 분명 엄마가 시장 상인 누군가에게 또 당하는 소리였다. 엄마는 지금도 여자 혼자란 말을 무기 삼아 비굴하게 사정할

게 손바닥 보듯 빤했다. 그런 넋두리도 먹혀들지 않으면 곧 딴 사람으로 돌변할 것이다. 싸움의 승기를 잡으려고 악다구닐 써대며 길길이 뛰다 기진맥진하는 모습도 종종 보아온 터였다. 아니나 다를까 엄마 목소리가 점점 커지며 쇳소리를 냈다. 쌍소리로 응수해 요절내겠다는 선전포고였다. 따져 드는 상대 기세도 만만치 않았다. 곧 드잡이가 벌어질지도 모를 판세로 흘러가고 있었다. 하고많은 가게 놔두고 왜 하필 옷가게 앞에서 냄새 피워 피해를 주느냐며 속사포처럼 따지는 소리가 시장 골목을 가득 메웠다. 그에 뒤질세라 사납게 대거리하는 엄마 말에 두 여자 목소리가 점점 잦아들었다. 그 기세를 몰아 엄마는 더 큰 소리로 사납게 달려들며 서슴없이 거친 말을 내쏟았다.

"나 장사하는 데 도와준 거 있시꺄? 재수 없으니 얼른 저리 가시겨! 에이— 퉤 퉤 퉤—."

만약 내가 옆에 있었다면 분명 '진주야 소금 퍼 와라.'라고 소리 지른 뒤 두 여자 발꿈치와 골목 여기저기에 뿌려대며 재수 옴 붙었다는 말을 연거푸 쏟아낼 게 분명했다.

엄마와 유독 자주 다툼을 벌이는 사람은 닭집 맞은편 옷가게 주인 여자와 그 옆에 붙은 포목점 여자였다. 닭똥 냄새와 닭 비린내 말고도 나오는 즉시 치우지 않고 가게 앞에 쌓아 놓은 닭털이 이리저리 날리기 일쑤였으니 당연한 원성이었다. 수시로 죽는 닭은 발악하며 야단법석 날개 퍼덕여 괴성을 질러댔다. 그 요란함이란 시골 마을 고요한 새벽을 깨우는 정겨운 첫닭 울음소리와 달리 듣기 시끄럽고 불쾌한 소음이었다.

　난 어디 작은 틈이 있으면 얼굴만이라도 감추고 싶었다. 부끄러운 마음에 누가 볼 새라 허겁지겁 골목을 빠져나와 다시 비 내리는 거리에 섰다. 쉬이 멈출 것 같지 않은 굵은 빗줄기가 사정없이 내리꽂는 신작로에 미처 빠지지 못한 빗물이 황토물로 변해 내 발목까지 차올랐다. 반소매 자락 밑에 드러난 살갗으로 물바가지에 들러붙은 깨알처럼 소름이 돋았다. 털 뽑힌 닭 껍데기에 일제히 오돌토돌 솟은 모공이 내 팔뚝 위로 겹쳐 보였다. 내 몰골이 그와 하나 다를 게 없었다.

　엄마는 기르던 씨암탉이 낳은 알을 애지중지 부화해

새 생명 만들던 음전한 아낙이 아니던가. 이젠 그 손으로 거리낌 없이 닭을 죽이는 모습은 도무지 낯설었다. 날이 갈수록 우악스레 변해가는 모습도 안타까웠지만, 왜 하필 닭 잡는 일을 하는지 내 불만은 거기에 있었다. 사람 본성은 변하지 않는다는 말이 틀린 건지, 사람은 변하기 마련이란 말이 맞는 건지 나로선 도무지 알 길 없었다. 엄마에게 쏠리는 주위의 곱지 않은 언동 또한 나를 자극하기에 차고 넘쳤다. 그에 신경이 날카롭게 곤두서 엄마 일거수일투족을 못마땅하게 여겼고 사사건건 꼬투리를 캐며 트집 잡았다. 내가 예민한 까닭에는 가물가물한 가운데 유독 또렷하게 남은 기억 한 조각 때문이었다. 마을 사람들이 모이기만 하면 '읍내 나가 장사하며 눈 맞은 외간 남자'라고 쑥덕거리던 말이 늘 귓전에 맴돌아 잊히지 않았다.

  엄마는 가게에 찾아오는 남자 손님에게서 눈 떼지 못하고 샅샅이 훑어보곤 했다. 가게 앞을 오가는 남자도 예외는 아니었다. 난 그 눈빛과 표정을 놓치지 않고 지켜봐 왔다. 그럴 때마다 혹시 장사하며 눈 맞았다던 그 남자를 기다리는 것은 아닐까 하는 의구심을 품었다. 그 사내와 정분 때문에 성가시기만 한 아버지에게 몹쓸 짓을 저질렀을지도 모른다는 생각마저 들었다. 손님 뜸한 시간이면 엄마는 등받이 가로막대가 빠진 낡은 나무 의자에 한쪽 무릎을 세우고 앉아 청승맞게 노래를 불렀다. 노랫소리를 처음 듣던 날 난 엄마도 노래를 부를 줄 안다는 게 너무 놀랍고 신기해 두 귀 쫑긋 세운 채 토씨 하나 빠트리잖고 들었다.

─연부운호옹 치마아가아 봄바아람에 휘날리더어라. 오늘도 옷고름 씹어 가며 산 제비 넘나드는 성황다앙 길에. 꽃이 피며언 같이 웃고 꽃이 지며언 같이 울더언 아 알뜰한 그 맹세에 봄날은 간다. ─

지금 뭘 생각하며 그 노래를 부르냐고 묻고 싶었다. 직접 물어보면 궁금증이 바로 풀리겠지만 끝내 묻지 않았다. 엄마 심경을 속속들이 이해해서가 아니었다. 어쩌면 매일 애타게 기다리는 그 남자일지도 모르기 때문이었다. 봄날은 간다를 연거푸 너덧 번 부르면 그다음 노래로 넘어갔다. 그 노래도 어김없이 당신 싫증 날 때까지 불러댔다. 한 부분만 계속해서 불러 듣기 지겨운 엄마의 애창곡은 원본 악보에도 없는 도돌이표가 무수히 많았다.

-석탄 배엑탄 타는데 연기만 펄펄 나구요오. 요내 가슴 타는데에 연기도 김도 없구나아. -

난 '과부 청승 떤다고 흉보는 거 모르지? 아버지에게 그런 짓을 하고 노래가 나와?'라고 목구멍까지 치받친 말을 꾹꾹 눌러 놓고 긴 한숨만 쏟아냈다. 하고 싶은 말 다 하고 나면 내 속이야 시원하겠지만, 내 속이 시원한 만큼 엄마 속은 당신이 부른 노랫말처럼 연기도 피우지 못하며 시커멓게 타들어 가지 않겠는가. 그럴 땐 화제를 돌리는 게 상책이었다.

"내일 실습하는 시간에 보조 가방 만들어야 해. 재료 사야 하니까 잊지 말고 돈 준비해."

그날도 엄마는 골라낸 새 돈을 물에 빨아 아랫목에 쭉 늘어놓고 말렸다. 돈 준비하라는 말속엔 액수 포함해 필요한 만큼 물에 빨아 말리라는 의미까지 에둘러 담겨있었다.

엄마가 지닌 돈에서는 언제나 닭 비린내가 진동했다.

손님에게 받은 멀쩡한 돈도 엄마 수중에만 들어가면 냄새나는 돈으로 변해버렸다. 핏물이 얼룩져 축축하게 젖어있을 때는 그 악취가 유난히 심하게 풍겼다. 한 번도 내색한 적 없었으나 엄마는 내게 줄 돈만큼은 꼭 물에 빨아 말렸다. 그 행위는 언제부턴가 모녀의 암묵적 약속이 되었다. 난 뻔뻔스럽게 그 돈을 날름날름 받아서 고등학교까지 무탈하게 졸업할 수 있었다.

  십 년이 지나 결혼을 앞둔 내가 엄마에게 넌지시 마음속 진심을 털어놓았다.

  "엄마. 언제까지 혼자 살 거야? 나 결혼하고 나면 더 늦기 전에 엄마도 시집가라."

  진지한 나와 달리 엄마가 가당찮다는 말이라고 손사래 치며 펄쩍 뛰었다. 나는 엄마의 진짜 속마음이 알고 싶어 쐐기를 박듯 말을 이었다.

  "엄마 평생 고생만 했잖아. 마음 아파 더는 못 보겠어. 그러니 맘에 둔 사람과 결혼해."

  그날 난 미처 닭 비린내 씻어내지 못한 엄마를 처음으로 힘껏 끌어안았다. 그러나 내 안에 가득하게 자리하고 있던 속말은 차마 입 밖에 내놓지 못했다. '엄마. 매일 어느 아저씰 눈 빠지라 기다렸잖아.' 함지박 물속에 잠겨 두 다리 뻗친 닭을 볼 때마다 우물에 빠져 흠씬 젖은 채 숨진 아버지 주검이 떠오른다는 말도 끝내 하지 않았다. 여전히 풀리지 않은 아버지 죽음에 대해서 이제 더는 생각하지 않기로 했다. 오빠의 죽음과 달리 애써 잊으려 하면 더욱더 또렷하게 떠올라 내 숨이 끊기는 순간까지 가뭇없이 지워지지 않을 테니까.

*

시계를 보니 엄마를 마중 나간 남편과 진작 만났을 시간이 지나 있었다. 그때 요란스레 전화벨이 울렸다. 한껏 콧소리를 높여 전화를 받던 난 얼굴이 하얘져 주저앉고 말았다.

"지금 구급차 타고 병원으로 가는 중이야. 신촌 세브란스니까 당신도 빨리 와야겠어."

일순간 눈앞으로 검은 장막이 척 내려왔다. 내심 걱정

했던 일이 벌어진 게 틀림없었다. 안절부절못하며 병원에 도착했을 때 엄마는 그나마 안정을 찾아가고 있었다. 하지만 길에서 우연히 마주쳤다면 알아보지 못할 만큼 야위고 병색까지 짙어 당최 딴사람처럼 보였다. 단순한 차멀미로 병원까지 실려 온 게 아닐 수도 있다는 불길한 예감이 들었다.

쭈뼛거리며 나를 응급실 밖으로 데리고 나온 남편이 침통한 표정으로 어렵게 입을 열었다.

"당신 놀라지 말고 들어. 그게 말이야……. 장모님이 뇌종양을 앓고 계시데……."

상상조차 못 했던 병명에 기겁해 쩍 벌어져 다물어지지 않는 입을 손으로 힘껏 틀어막았다. 목울대가 찢긴 듯 아렸다. 극구 말렸으나 입원 사흘 만에 퇴원한 엄마는 딸네 코앞에서 강화 당신 집으로 되돌아갔다. 죽어도 당신 집에서 죽겠다는 마지막 의지처럼 보였다.

엄마는 서울 오기에 앞서 방 하나를 세 얻어 이사까지 한 터였다. 방에는 당장 덮고 잘 이불 한 채와 낡은 옷 몇 벌이 전부인 채 썰렁하기 짝없었다. '평생 겨우 이렇게 살 것을…….' 다시는 생각하지 않으려고 묻어두었던 아버지 죽음이 슬며시 고개를 들었다. 닭을 죽이며 질끈 눈 감고 오만상 찡그린 엄마를 볼 때마다 나는 속으로 표독스럽게 되뇌었었다. '웬 약한 척. 아버지에게 그 모진 짓을 서슴없이 한 엄마라면 능히 할 수 있을 텐데.'

잠든 줄로만 알았던 엄마가 미동도 없이 가느다랗게 실눈을 떴다. 눈두덩이 움푹 꺼져 눈동자도 없을 것 같은 눈꺼풀을 겨우 들어 올린 엄마가 눈짓으로 나를 불러 앉혔다. 그조차 힘겨운지 바짝 말라 대나무같이 뼈만 앙상해 마디마디 툭툭 불거진 손가락으로 당신의 가방을 가리켰다. 가방 안에는 여러 겹으로 싸고 또 싸맨 돈뭉치가 들어있었다. 돈다발을 내 손에 쥐여 준 엄마가 결연한 표정으로 힘겹게 말을 이었다.

"너 결혼한 뒤 전세로 돌렸던 가게 뺀 것하고, 장사해 벌어놓은 몇 푼 합쳤다. 그 돈은 미처 빨아 말리지 못해 미안하다. 얼마 안 되지만 내가 가진 전부다. 이제 네 몫으로 주마."

전 재산이라며 내게 뭉칫돈을 건네는 엄마의 말이 마

지막 유언처럼 들려 덜컥 겁부터 났다. 안 받겠다고 버티며 엉뚱한 말을 해서라도 엄마의 남은 시간을 늘리고 싶었다.

"엄마! 나에게 주는 돈은 매일 깨끗하게 빨아 말려 줬잖아. 이 돈도 예전처럼 빨아서 줘."

숨쉬기조차 힘겨워하면서 끊어질 듯 이어진 엄마 얘기에 밀려 더는 빈말을 내놓지 못했다.

"진주야. 니 아부지는 자살한 게 아니다. 그걸 알면서도 이 어미가……."

엄마의 뜬금없는 말에 순간, 의문으로 남은 엄마와 눈 맞았다는 남자가 퍼뜩 떠올랐다.

아버지가 죽던 날, 장사 끝내고 집으로 돌아오는 길에 우리 집 뒤꼍 덤불을 헤치고 허둥지둥 빠져나와 산등성이 억새밭께로 정신없이 내빼는 어떤 사내를 봤다고 했다. 전혀 예상치 못한 뜻밖의 말에 나는 심장이 요동치고 숨이 멎을 것 같았다. 얼마 뒤 경찰 오토바이가 엄마를 앞질러 마을로 쏜살같이 달려갔다고도 했다. 매일 오가던 길인데 그날은 뒷골이 싸하니 오싹해 안길을 돌고 돌아 집에 가서야 그 사달이 난 걸 알았다며 목소리가 떨렸다. 엄마는 가쁜 숨을 고르느라 힘겨워하면서도 작심한 듯 얘기를 이어갔다. 장사하며 조금씩 모아 반닫이 안에 감춰 두었던 돈이 없어진 걸 바로 알았다고 했다. 아버지는 돈을 빼앗기지 않으려고 그놈과 맞서다 봉변당한 거였다. 눈물이 범벅된 얼굴로 몸은 와들와들 떨면서도 그 남자를 범인으로 단정한 엄마 말을 충분히 공감했다. 사내가 빠져나간 덤불길은 마을에서 유일하게 우리 집만 드나들 수 있는 지름길이었기 때문이다.

"죽은 목숨이나 마찬가지였던 니 아부지. 차라리 죽길 바란 적도 있었다. 그 모진 매가 무섭고 사는 게 너무 힘들어서……."

도망치던 범인을 보고도 엄마는 경찰에게 말하지 않았다고 했다. 죽은 사람은 억울하고 안 됐지만, 산 사람은 살아야 하겠기에 어쩔 수 없었다고 말끝을 흐렸다.

"두려웠어. 시끄러워지면 세상천지 단 하나 남은 너까지 그놈에게 해코지당할까 봐 겁났다. 널 지키기 위해선 눈 질끈 감고 입 닫는 수밖에……."

그제야 분명히 알았다. 세상에 나와 단둘이 남겨진 뒤, 어린 딸을 지키려고 밤이면 칼과 장도리를 머리맡에 놓아두고서야 잠들던 심정을. 엄마가 말한 산 사람은 당신 아닌 나라는 사실이 명치끝을 아리도록 후벼 팠다.

엄마가 힘없이 감기는 눈을 부릅뜨 나와 눈 맞추며 오그라드는 혀로 마른 입술을 핥았다.

"엄마 됐어. 그만해. 힘드니까 천천히, 나중에 천천히 얘기해도 돼."

내 만류에도 엄마가 시간에 쫓기는 사람처럼 굴었다. 그동안 쌓아두었던 말을 모두 쏟아내려는 듯 안간힘 다해 목구멍 밖으로 밀어내느라 애를 썼다.

"번갯불일 듯 순간이었지만, 내 그놈 얼굴을 아직도 똑똑히 기억한다. 혹여 시장통으로 오고 갈 그놈과 한 번이라도 마주칠 줄 알았는데……. 장사하며 유심히 살펴 찾아봐도 보이지 않더라. 내 눈에 띄지 않길 다행이지. 눈에 띄었다간 그날이 그놈 제삿날이 됐을 테니……."

지금껏 풀리지 않은 의문 덩어리가 조각조각 모여 하나의 완성된 그림으로 선명해졌다. 엄마는 매일 시퍼렇게 날 선 칼로 애먼 닭을 도리 치며 울화를 달랬다고 했다. 매일 잡는 닭은 아버지 억울함을 달래준 살풀이굿의 제물이 되어 많은 사람 밥상에 올려진 격이었다. 닭 피 묻은 돈을 내게 주기 싫었다는 말에 내 참았던 눈물이 봇물 터지듯 했다. 내게 울지 말라고, 울면 기운 빠진다며 달래는 엄마 귀밑으로도 굵은 눈물방울이 끊임없이 흘러내렸다.

"진작 말하지 못해 미안해. 하지만 아가. 넌 그놈을 찾으려거나 억울함 따위는 밝히려 들지 마라. 그때부터 지옥이니……. 내가 그랬다. 하루도 편한 날 없는 생지옥……. 어디서고 그놈은 지금도 지옥에서 살기다. 그러니 아가. 너는 싹 잊어라. 잊어야 산다."

원망과 질타보다 아버지를 죽인 범인을 보고서도 묻어둘 수밖에 없었던 당시 엄마 심정을 이해하고 싶었다. 그러나 지금껏 아버지를 죽인 범인이 혹시 엄마일지도 모른다고 의심했던 이 엄청난 오해의 빚은 어쩌란 말인가. 엄마는 평생 죄인의 심정으로 살았다며 자신은 천벌 받아 마땅하다고 했다. 죽어 아버지 볼 낯이 없었는데 몹쓸

병에 걸려 그렇게라도 죗값 치를 수 있으니 좋다는 말이 내 가슴을 할퀴었다.

엄마가 홀가분한 표정으로 턱까지 차올랐던 숨을 토해 내더니 긴 하품을 했다.

"잠이 쏟아지네. 그간 하루도 편히 잠들 수 없었는데……. 아가, 나 이제 푹 잘란다."

엄마는 말끝을 흐리며 조용히 눈 감고 이내 깊은 잠에 빠져들었다. 그 모습이 젊은 날 아버지 그늘에서 여린 여자로 살던 때처럼 편안해 보였다. 엄마는 그렇게 잠들어 다시 눈 뜨지 않았다.

해설

개성 있는 캐릭터들이 던지는 강한 메시지

– 고선자 소설집 『깊은 침묵』을 중심으로 –

박상재(문학박사, 문학평론가)

　고선자(高善子) 작가는 2013년 〈문예사조〉 시 부문 신인상 당선으로 등단하여 시인으로 활동하다, 2020년 농민신문 신춘문예에 단편소설 「흔들리는 땅」이 당선되어 소설가로 변신했다. 소설(novel, fiction)은 작가의 상상력을 기반으로 현실을 반영하여 창작해내는 산문체의 문학 양식이다. 일정한 구조 속에서 배경과 등장인물의 행동, 사상, 심리 묘사를 통하여 인간의 모습과 사회상을 드러내는 것이 특징이다.

　오늘날 소설 문학은 사회 담론을 형성하는 견인차가

되었다. 따라서 소설가들은 작품을 통해 사회나 정치판에 하고 싶은 말을 돌려 말하게 된다. 이 때문에 문학이 사회적 주장을 담기 위한 수단으로 발전하게 되었고, 고선자 작가의 소설도 변화무쌍한 사회에 던지는 강한 메시지를 투영하고 있다. 미국의 작가 스티븐 무어(Steven Moore)는 소설을 "작가 혼자서 모든 배역을 맡는 오페라"라고 했다. 소설은 개성 있는 인간군상들이 등장하여 다양한 면모를 보여주는 문학이니 재미있는 정의라고 할 수 있다.

고선자 작가의 단편 소설집 『깊은 침묵』에는 표제작인 「깊은 침묵」을 비롯하여, 「흑점(黑點)」, 「부음(訃音)」, 「문패(門牌)」, 「닭 잡는 여자」, 「흔들리는 땅」, 「끊어진 매듭」 등 7편의 단편이 실려 있다. 이들 소설에 등장하는 인물들은 저마다 개성 있는 캐릭터로, 다양한 성격과 면모를 보여주고 있다.

「흔들리는 땅」은 한국 농촌 공동체 변화를 배경으로, 땅과 정체성을 매개로 격변하는 가족과 마을, 그리고 외국 노동자의 유입을 통해 얽히고설킨 감정과 권력 관계를 그려내고 있다. 이 소설은 단순한 농촌 변화 기록이 아니라, 강고한 전통적 정체성과 가족, 계급, 공동체라는 틀 속에서 '땅'의 의미가 광의적 요소로 어떻게 재구성되는지를 섬세하게 파헤친 작품이다.

다문화와 노동, 권위의 변화라는 문제를 중심에 놓고도 인물의 서사와 정서선을 충실히 다루며 감정의 공감과 해석의 깊이를 동시에 선사한다. 2020년 작품이지만, 지금 이 시대 농촌사회가 마주한 구조적 위기와 재구성의 흐름을 포획해 전통과 변화 사이의 긴장을 묘사한 작품이다. 땅은 단순한 생계 수단을 넘어 창호에게 정체성과 자존심의 근거이다. 아이를 잉태하는 여인의 몸도 광의적으로는 가장 신성한 땅이다. 반복되는 '땅 지키기' 대사는 그가 땅으로 자신을 증명하고자 하는 의지의 표현이다. 결국, '내 땅'이 아닌 것이 드러난 순간, 그는 땅의 '소유주'가 아니라 '허울뿐인 꼴'로 전락한다. 주어진 정체성의 허망함과 인간의 근원적 불안정성을 상징적으로 그렸다.

옹기점 마을이 쇠퇴하고 외국인 노동자가 유입되면서 '전통적 농촌'은 급격한 변화를 겪는다. 이 변화는 농촌사회의 전통적 가치관(땅, 자식 농사, 촌의 구성원)을 위협하며 창호의 위기감은 개인이 시대에 도태하는 공포를 드러낸다. 특히 '옹기장이→ 다문화 공동체'로의 변화 과정은 농업사회가 저성장·고령화·세계화 속에서 어떻게 재편되는지를 단적인 예로 보여준다. 인간관계의 계급과 권력 다층구조로 '가장 가까운 존재=적'이라는 유서 깊은 시선이 반복된다. 아들 영수와의 갈등, 점촌댁과의 미묘한 권력 경쟁, 스리랑카 노동자와의 권력투쟁. 특히 벤저민의 리더십 형성과 교섭 테이블의 구조는 노동-고용 관계 속에서 전통 권위(농부)와 새로운 권력(노동자 대표)이 충돌하는 과정을 상징한다. 창호의 언어폭력과 위계 장악 시도, 그러나 노동자들이 권리를 주장하고 창호는 수용하는 과정은 매우 사실적이며 사회학적 시사점을 제공한다. 다문화·정체성의 긴장에 마리아와 벤저민의 관계는 교차한 정체성(스리랑카인 노동자와 한국인 농촌 여성)의 이상과 현실을 상징적으로 보여준다. 자녀의 탄생, 특히 '까만 피부'의

아이는 농촌 마을이라는 폐쇄된 공간 속에서 다문화와 차별, 변화에 대한 저항과 수용을 모두 드러낸다. 창호는 태생적 편견과 스마트한 현실 사이에서 고군분투하며 다문화 공존의 중심에 서지만 여전히 소외된 존재이다. 감정의 흐름과 미묘한 서사 구조로 이야기 전개가 매우 유기적이고 감정의 고조, 이완을 반복하며 몰입감을 유도한다. 말투와 문체의 지역 사투리(충청도 사투리)는 등장인물의 개성과 현장감을 강화하며 몰입을 촉진한다. 특히 마지막(벤저민이 땅을 사겠다고 나선 뒤, 결국 그의 팻말이 꽂히는 장면)은 '훅 －하는 감정의 역전'으로 전통 중심인물이 몰락하고 변화의 주체가 교차하는 강렬한 클라이맥스이다. 고선자 작가는 농촌사회의 현실을 비판적 시선으로 직조한다. 전통이란 이름으로 은폐되어온 권위, 차별, 무능력, 후진성, 그리고 시대 상황 회피. 사실상 청·중장년 농민들도 서열 속에서 억압받으며 새로운 공동체의 등장도 쉽게 수용되지 않는다. '땅의 신화'가 깨진 후의 공허, 자식이라는 투자, 공동체라는 이름 아래 강화된 갈등은 농촌 내부의 부조리와 문제점을 진단한다.

「흑점(黑點)」은 생존, 인연, 후회라는 무거운 주제를 조각처럼 정교하게 새겨낸 서사이다. 삶과 죽음의 경계를 끊임없이 넘나드는 주인공의 상황은 '살고 싶은 본능'과 '인연에 대한 후회' 사이에서 아슬아슬하게 균형을 잡는다. '흑점', 즉 개의 존재는 단순한 조연이나 개의 이름만이 아니라 주인공 내면의 어두운 결점을 지시하는 상징적 블랙홀로 기능하며 자기 자신을 비추는 거울 역할을 제공한다.

초반부는 절박한 생존기(조난·부상), 중반부는 회상과 인연의 경험(노인·흑점과의 시간), 그리고 후반부에 이르러 비극적 역발상이 압축적으로 교차하며 극적 반전을 완성한다. 주인공은 무위도식하지만, 노인과 흑점과의 관계를 통해 자아 성찰과 감정의 회복을 경험한다. 폭력과 회한, 생존과 인연 사이의 진동을 되도록 냉정하고 담백하게 묘사하는 문체는 감정의 폭발이 아닌 냉정한 자기 성찰을 요구한다.

구조적으로나 서사적으로 단단하며 감정의 쌓임→ 인연→ 비극적 인식이라는 삼단 논법이 치밀하게 설계되어 있다. '인간'이 만든 경계(사냥 vs 보호, 생존 vs 학대)와 그 경계 위에서 내가 스스로 검증받는다는 사실. 인연을 잃고 회복하고 깨닫는 과정은 비극적 발견 앞에서 더 깊고 의미 있는 깨달음으로 나아갈 수 있다는 가능성을 보여준다. 삶과 죽음, 인연과 후회, 정체성과 자각이라는 보편적인 주제를 장황하지 않은 정제된 문장으로 응축해내며 단편의 리듬을 해치지 않는 문장 구성이 깊은 울림을 선사하는 작품이라 평가할 수 있겠다.

「부음(訃音)」은 절제된 묘사와 현실적인 감정선을 통해 주인공 여성의 삶이 '죽음'을 매개로 어떻게 전복되고 드러나는지를 효과적으로 그려낸다. 작품 초반, "도둑고양이 걸음새", "거실 바닥의 극명한 명암" 같은 비유는 주인공의 피곤함과 정신적 피폐를 생생하게 전달하며 일상의 피로와 감정의 경계를 공간과 빛으로 형상화한 점이 인상적이다.

친구의 죽음은 단지 슬픔이 아니라 모순적 감정(장례식장의 호화, 부조금 문제 등)과 함께 인물 내면의 '밀려오는 현실'을 깨우는 도구로 작동한다. 죽음을 통해 주인공은 자신 삶의 진폭과 공허를 자각하게 된다. 과거 '경자매'의 우정에서 시작해 친구들과의 결별, 그리고 경애의 파렴치한 모습 폭로에 이르기까지 관계의 역사가 차곡차곡 드러난다. 이 과정을 통해 주인공이 얼마나 외롭고 불안정한 삶을 살아왔는지 생생히 드러난다. 노래방에서 우연히 목격한 장면은 주인공 삶에서 결정적 전환점이 된다. 죽음이 가져온 감정 폭발이 단순 슬픔이 아니라 '배신'과 '굴욕' 그리고 뭉클한 현실 인식으로 이어진다. 이 장면 하나로 작품은 심리적 클라이맥스를 구축한다. 아들과의 갈등 그리고 이야기 말미 포옹 장면은 작품에 복선을 이루며 주인공의 감정적 여정이 단지 절망이 아니라 '어디로든 다시 이어질 수' 있는 여지를 남긴다. 가족은 치유의 가능성으로 기능한다. 심리 묘사로 일상의 피로, 슬픔, 경멸, 절망, 희망 등 다양한 감정을 촘촘하게 엮어 주인공 내면의 깊이를 풍부히 표현했다. '부음'과 친구의 장례, 노래방 장면 등은 삶의 부조리와 고통을 상징적으로 드러내었다. 이야기에 극적인 강도를 부여해 사건들이 적절한 순서로 배치되어 있고, 마지막 가족 장면으로 완결하며 현대적 삶의 반영 대리운전, 가계부채, 가족의 해체, 가면 속 인간관계 등, 현대인의 현실적인 고민을 사실적으로 그렸다. 이 소설은 '죽음'을 중심에 놓고 주인공의 결핍과 삶의 균열을 촘촘히 해부한 수작이다. 개인의 질곡과 현실에 대한 날카로운 통찰이 돋보이며 특히 '노래방' 장면은 그 정점에서 감정적 파고를 만들어 낸다. 현대인의 고단한 삶과 인간관계의 이면을 파헤치는 데 비수처럼 정확한 글이다. 충분히 몰입하고 사유하게 하는 강력한 여운이 남는다.

「문패(門牌)」는 아름답고도 처연한 풍경 속에 '문패'를 둘러싼 장흥댁의 서사에 상징과 감정이 결을 이루며 깊은 울림을 남긴다. 글의 중심에 놓인 문패는 그 자체로 정체성, 유산, 존재감을 상징한다. 남편의 이름이 선명한 나무 문패는 죽음 이후에도 장흥댁의 '삶의 증표'로 남고 남편 흔적이 깃든 기억의 매개가 된다. 결국, 장흥댁은 이 문패를 곁에 둔 채 삶을 지켜나가며 존재 이유를 스스로 일구어간다. 양재골 마을이 마치 생물처럼 공동체와 함께 늙어가고 사라지는 모습을 통해 사회적 고립과 소외가 한 마을의 역사가 됨을 드러낸다. 주민들이 하나둘 떠나가고 문패와 회관 현판이 철거 이후 더불어 쓰레기 속에 묻혀 사라지는 장면을 공동체 붕괴의 단면으로 날카롭게 그렸다. 한 줄기 빛처럼 들어온 어린아이 지혜의 존재는 끝없는 외로움에 빠졌던 장흥댁에게 새로운 연결의 매개가 된다. 비록 짧은 시간이나마 두 사람의 교감은 노년의 쓸쓸함을 다독이는 순간으로서 희망의 가능성을 열어 준다. 이 대목은 소설이 단지 슬픔만을 이야기하는 것이 아니라 관계 회복과 삶의 마중물을 놓지 않는다는 메시지를 던진다. 토속적 방언으로 빚어낸 음성은 인물의 개성과 감정을 실감 나게 전달한다. "오메", "썩을 할망구", "지랄맞은 성질머리" 같은 표현들은 단순한 서술을 넘어 정서의 선(線)을 긋고, 장흥댁의 체온과 공기까지 읽히게 유도한다. 결말 부에 삶과 공동체가 소멸해도 문패의 존재만은 남은 채, 결국 골프장의 LED 조명 아래로까지 버려지는 장면은 비애와 풍자의 쓴 여운을 동시에 남긴다. 문패를 아궁이에 던지고 깨지 못할 잠속에 드는 장흥댁의 모습은, 그녀의 삶과 문패의 '마지막 연결'을 장엄하게 마무리하는 정서적 절정이다. 단편 '문패'는 상징적 장치인 로컬 공동체의 붕괴, 세대 간 교감의 가능성, 방언의 생생함, 그리고 마지막 절정의 여운이라는 구성 요소들이 서로 교차하며 조화롭게 구축된 작품이다. 특히, 문패라는 물상(物象)을 생명 있게 부여잡고 남은 자의 삶을 끌어안는 장흥댁의 행보는 풍경이 사라져도, 문패 하나만은 존재함으로써 그간의 삶을 증명하고 스스로 지키겠다는 의지를 보였다. 이 소설은 장흥댁과 양재골이 품었던 모든 기억을 문패라는 오브제 하나로 응축했다.

「닭 잡는 여자」는 모녀 관계의 얽히고설킨 감정과 트라우마를 상처와 화해, 그리고 삶의 울림을 강렬한 감각으로 그려낸 수작이다. 이야기 전반에 걸쳐 '닭 비린내'는 단순한 냄새가 아니다. 주인공 내면에 각인된 트라우마이자, 엄마와의 관계에서 고통스러운 기억과 죄책감의 상징이다. 반복적이고 역겨운 감각 묘사는 감정적 긴장을 계속 유지 시키며 작품의 정서를 견인한다.

　엄마는 생계를 위해 닭을 잡지만, 딸에게 그 '닭 잡는 행위'는 폭력적이고 소름 끼치는 경험으로 남는다. 그럼에도 결국 서로 품는 연민과 이해가 나타나며, 두 사람은 '혐오'에서 '용서'에 이르는 감정의 변화를 겪는다. 비극적 가족사로 아버지와 오빠의 죽음, 시골 마을의 소문, 가난, 폭력, 외로움……. 이러한 현실적 고통이 소설 안에 무겁게 얽혀 있다. 단순히 한 모녀의 이야기를 넘어, 시대와 계층의 고난이 배경으로 내재한다. 이야기 초반엔 엄마를 맞이하려는 딸의 현실로 회상과 현재의 교차점에서 출발하지만, 중간중간 과거를 회상하며 장면이 전환된다. 학창 시절의 갈등, 가난과 죽음, 상실, 폭력, 이 모든 것이 유기적으로 엮이며 이야기의 감정적 무게가 쌓인다. 이야기의 정점은 마지막 병원 장면과 엄마의 고백이다. 엄마가 "내가 죽일 년이지……."라며 입을 열 때, 그동안 억눌려 있던 갈등이 정리된다. 딸은 이해하고, 용서하는 쪽으로 감정이 이동하며 작품은 한 줄기 해방감처럼 끝을 맺는다.

'닭 비린내', '핏물', '닭털', '닭뱃속' 등 호흡이 멎을 듯한 묘사들은 감각적 이미지의 밀도가 높아 독자의 오감을 자극한다. 반복되는 이미지의 집요함은 주인공의 죄책감과 거부감을 생생하게 전달한다. 때로 등장하는 주변 인물의 말투에서는 강화도 사투리와 정서적 진정성이 느껴진다. 이는 인물의 삶 배경을 자연스럽게 전달하며 공감대를 형성하게 만드는 작품이다.

「깊은 침묵」은 공동체의 재난과 상흔을 통해 기억의 윤리적 부재로 상실된 인간의 존엄을 섬세하고도 절제된 문체로 조명한 작품이다. 겉으로는 노루목 마을 위령비 제막식이라는 단일 사건을 배경으로 전개되지만, 재난 이후 회복된 마을의 화려한 외양과 달리 끝내 회복되지 못한 상처의 실체가 묵직하게 자리 잡고 있다. 작품의 첫 문장은 "정작 주인공은 없었다"라며 마치 부고처럼 시작된다. 위령비라는 상징물을 세운 자리에 진정한 '기억'과 '존재'가 빠져 있음을 말해준다. 여기서 주인공은 익명화된 죽음, 주인공이 없는 자리에 오히려 주인공의 존재가 강하게 부각 된다. 이 아이러니는 작품 전체에 흐르는 '깊은 침묵'의 정서와 맞닿아 있다. 즉 이 소설에서 '부재'는 단순한 결핍이 아닌 존재의 역설로 기능하는 이유다. 작가는 단순한 사건의 보고를 넘어 '기억되지 않는 존재들'의 고요한 울림을 담아낸다. 제목이자 주제인 '깊은 침묵'은 단지 말 없는 상태나 정적을 뜻하지 않는다. 그것은 누군가를 기억해야 할 자리에서 의도되었거나 체념인 침묵이며, 말하지 않음으로써 더 큰 비명을 지르는 방식이다. 소설은 위령비가 세워졌지만, 정작 그 주인공이 부재한 역설에서 출발한다. "주인공은 없었다."라는 첫 문장은 단순한 현실의 관찰을 넘어서, 공동체의 망각과 탈역사화된 죽음에 대한 비판적 인식을 제시한다. 소설은 2년 전 장맛비로 인한 수해를 중심으로 구성되지만, 그것은 자연재해 이상의 의미를 지닌다. 침수된 마을은 단지 물리적 손상이 아니라 공동체의 내면에 새겨진 균열을 상징한다. 무너진 집은 복구되었으나, 떠내려간 사람은 돌아오지 않는다. 물길을 타고 떠내려간 실종자는 단지 사라진 존재가 아니라, 국가와 공동체가 애도하지 못한 존재, 구조하지 못한 책임의 표상이다. 전반적인 문체는 사실적인 묘사를 바탕으로 하면서도 감정의 과잉을 경계한다. 이는 비극적 사건을 다룰 때 오히려 더 강한 울림을 자아낸다. "다만 세월이 삼켜버린 공백만이 그 자리에 남아 있었다,"라는 문장은 그 어떤 오열보다 묵직한 진실을 말한다. 말하지 않음으로써 말하고, 부재를 통해 존재를 부각시키는 이와 같은 서사 전략은 한강의 『소년이 온다』나 황정은의 『디디의 우산』에서 보이는 침묵의 미학과도 닮아있다.

위령비는 일반적으로 죽음을 기억하는 기념비적 장치이다. 그러나 이 작품에서는 그 기억의 무게가 의문부호처럼 남는다. "돌덩이 하나 놓았다고 아물겠는가."라는 반문은 상징의 실효성에 대한 회의이며, 동시에 공동체가 망각을 정당화하는 방식에 대한 성찰이다. '위령'은 죽음을 위로하는 것이어야 하지만, 여기선 일종의 형식적 면죄부로 전락한다. 이 작품의 정조는 애도의 부재이다. 장례도, 송별도, 흔적도 없이 사라진 사람. 그를 대신해 위령비는 서 있으나, 그 앞에 선 사람들은 진정한 기억과 공감을 품고 있는가? 이 질문은 독자의 마음에 깊은 여운을 남길 것이다. 결국, 소설은 위령비를 세우는 행위보다, '어떻게 기억할 것인가'에 대한 윤리적 질문을 제기한다. 「깊은 침묵」은 조용하지만, 힘 있는 이야기이다. 그것은 구조적으로 단출하면서도, 감정적으로 복합적이다. 슬픔의 과잉 없이, 오히려 그 부재를 통해 애도의 윤리를 되묻는 이 작품은, 자연재해라는 외형 아래 가려진 사회적 침묵과 기억의 단절까지 조명한다. 작가는 말한다. '돌덩이 하나'로는 부족하다고. 진정 필요한 것은 그 돌덩이 옆에 서는 사람들의 '기억하려는 태도'임을. 그리고 그것이 문학의 역할이기도 함을 조용히 일깨운다. 작가는 감정의 격렬한 토로 없이도 깊은 울림을 만들어 낸다. 말이 빠진 자리에 침묵이 들어서고 설명이 생략된 자리에 독자의 상상이 파고들게 교묘한 장치를 세웠다.

「끊어진 매듭」은 가족, 특히 부부 관계와 부녀의 갈등, 그리고 과거의 상처를 직면하고 풀어가는 화해의 여정을 섬세하게 다루고 있다. 종규가 처가에 방문하며 겪는 감정의 여정을 따라가며, 가족 간의 얽히고설킨 매듭이 어떻게 생겼는지, 그리고 그 매듭을 어떻게 풀어낼 수 있는지를 보여준다. 소설 제목 그대로, 이미 '끊어진' 줄 알았던 관계 속에서도 다시 이어질 수 있다는 메시지를 담고 있다. 갈등은 회피로 쌓이고, 진심은 거리 속에 감춰지지만, 결국 시간과 용기, 그리고 한 걸음의 행동이 화해의 출발점이 될 수 있다는 통찰을 제공한다.

친정아버지와 친정엄마는 단순한 감정 대립의 축이 아니라, 세월 속에 단단히 굳어진 오해와 상처의 상징이다. 인간관계는 한순간에 해결되지 않으며, 관계의 회복 역시 과정이라는 사실을 담고 있다. 이야기는 단순한 외출(처가 방문)을 기점으로 삼지만, 그것이 인물 내면에 얼마나 복잡한 감정과 결심을 요구하는지를 섬세하게 그려낸다. 단조로울 수 있는 가족 방문 에피소드를 통해 과거, 현재, 미래가 응축된 감정의 서사로 확장 시킨 점은 이 작품의 미덕이다.

특유의 절제된 문장과 감정의 완급 조절이 빛난다. 감정의 직접적인 표현보다는, 행동과 대사, 정황의 묘사로 긴장을 끌고 가는 방식이 표현은 조용하지만, 그 내면은 풍성한 파동을 일으킨다. 「끊어진 매듭」은 작지만 깊은 울림이 있는 단편이다. 우리가 살면서 얼마나 많은 관계가 어긋나고, 또 그 어긋남을 외면한 채 살아가는지를 되짚게 만든다. 화해는 단순히 손을 내미는 일이 아니라, 상대의 마음을 이해하려는 시도와 자신을 낮추는 용기에서 비롯된다는 점을 일깨운다. 죽음으로 부녀 관계마저 끊겨 이젠 풀래야 풀 수 없게 된 매듭이라 이 소설은 여운을 남긴다. 가장 가까운 사람이 멀어졌을 때, 다시 가까워질 수 있는 유일한 실마리는 '마음의 끈'을 다시 잇는 용기라고 「끊어진 매듭」은 그 진심을 조용히 설파한다.

모름지기 모든 문학은 현실의 반영이다. 한국 농촌의 변화를 배경으로, 땅과 정체성을 매개로 격변하는 가족과 마을, 외국 노동자의 유입을 통해 복잡한 감정과 권력 관계를 그려낸 「흔들리는 땅」, 삶과 죽음의 경계를 끊임없이 넘나드는 주인공을 통해 생존, 인연, 후회라는 무거운 주제를 조각처럼 정교하게 새겨낸 「흑점(黑點)」, 절제된 묘사와 현실적인 감정선을 통해, 주인공 여성의 삶이 '죽음'

을 매개로 어떻게 전복되고 드러나는지를 촘촘히 해부한 「부음(訃音)」, 주민들이 도시로 떠나가고, 문패와 회관 현판이 쓰레기 속에 묻혀 사라지는 장면을 공동체 붕괴의 단면으로 날카롭게 그린 「문패(門牌)」, 모녀 관계의 얽히고 설킨 감정과 트라우마를 섬세하면서도 강렬하게 그리며, 긴장을 유지 시켜 작품의 정서를 견인하는 「닭 잡는 여자」, 재난과 상흔, 기억의 윤리적 부재를 섬세하고도 절제된 문체로 드러내며 마을 위령비 제막식을 배경으로, '기억되지 않는 존재들'의 고요한 울림을 담아낸 「깊은 침묵」, 부부 관계와 부녀의 갈등, 과거의 상처를 직면하고 풀어가는 화해의 여정을 섬세하게 다루며 깊은 울림을 주는 「끊어진 매듭」은 변모하는 한국의 현실을 잘 반영하고 있다. 일곱 편의 단편마다 현실에서 파생되는 삶의 무거운 주제를 절제된 문체로 정교히 그려낸 고선자 작가의 소설집 『깊은 침묵』은 독자들의 마음까지도 세차게 흔들며 깊은 침묵의 강한 외침을 전할 것으로 믿어 의심치 않는다.

고선자 소설집
깊은 침묵

인쇄 2025년 7월 25일
발행 2025년 7월 30일

지은이 고선자
발행인 서정환
발행처 현대소설사 · 신아출판사
주 소 서울시 종로구 삼일대로 32길 36, 305호(익선동 30-6) 운현신화타워
전 화 (02) 747-5877, (063) 275-4000
팩 스 (063) 274-3131
이메일 novel2025@naver.com
출판등록 종로, 바00267
인쇄 · 제본 신아문예사

이 책은 제작비중 일부를 예술인복지제단 창작지원금으로 제작되었음.

저작권자 ⓒ 2025, 고선자
이 책의 저작권은 저자에게 있습니다. 서면에 의한 저자의 허락없이 내용의 일부를
인용하거나 발췌하는 것을 금합니다.
COPYRIGHT ⓒ 2025, by Go Seonja
All rights reserved including the rights of reproduction in whole or in part in any form.

저자와 협의, 인지는 생략합니다.
잘못된 책은 바꿔 드립니다.

ISBN 979-11-94595-85-4　03810
값 15,000원

Printed in KOREA